Das Buch

Einkaufsmarathon und Stollenstress, gründlich misslungene Geschenke und ungeladene Gäste – alle Jahre wieder kommt die Zeit, in der die Nerven so blank liegen, dass man schon mal einen Mord begehen könnte. Denn nicht immer bringt das Fest der Liebe das Beste in uns hervor: Monatelang unterdrückte Wut und geheim gehaltene Obsessionen treten zutage, und wenn Wunder nicht von selbst geschehen, so kann man doch gerade jetzt ein bisschen nachhelfen.

In diesen 24 noch nicht veröffentlichten Erzählungen bekommen 24 altbekannte Weihnachtslieder eine völlig neue Bedeutung. O du fröhliche? Von wegen. Und von drauß' vom Walde kommt nicht nur der Nikolaus ...

Die Autorinnen

Alle Autorinnen sind Mitglied der Autorinnenvereinigung »Sisters in Crime«.

Gisa Klönne (Hg.)

Leise rieselt der Schnee ...

24 Krimis zum Fest

Ullstein

Besuchen Sie uns im Internet:
www.ullstein-taschenbuch.de

Ullstein Verlag
Ullstein ist ein Verlag des Verlagshauses Ullstein Heyne List GmbH & Co. KG.
Originalausgabe
1. Auflage November 2003
© 2003 by Ullstein Heyne List GmbH & Co. KG
Redaktion: luera – Klemt & Mues GbR
Umschlaggestaltung: Thomas Jarzina, Köln
Titelabbildung: Mauritius, Mittenwald
Gesetzt aus der Joanna
DTP: Sabine Müller, München
Druck und Bindearbeiten: Clausen & Bosse, Leck
Printed in Germany
ISBN 3-548-25787-9

Inhaltsverzeichnis

Ulla Lessmann

Macht hoch die Tür

Neulich haben sie den Kanaldeckel befestigt.

Ihren vertrauten klappernden Kanaldeckel. Ihr stundenlanges Vergnügen, wenn die Autos, die es inzwischen ja besser hätten wissen können, mit wunderbarer Gewissheit über den falsch eingesetzten oder sich lockernden Kanaldeckel stolperten. Viele Vormittage, nachdem sie die Einkäufe erledigt, Staub gewischt, Blumen gegossen hatte, saß sie am Fenster und beobachtete die Kanaldeckelhupser. Die Gesichter der Fahrer – manche gelangweilt, weil sie täglich drüberfuhren, einige erschrocken, viele böse –, die Beifahrer, die sich empört umdrehten.

Den Kanaldeckel haben sie gemacht. Sehr ordentlich. Sehr langweilig. Rechtzeitig zu Weihnachten. Vielleicht Zufall, auf so was achten die ja wahrscheinlich nicht.

»Macht hoch die Tür, die Tor macht weit ...«, summt sie – doch, es kommt der »Herr der Herrlichkeit«. Sie summt das nicht als Weihnachtslied, obwohl heute Heiligabend ist – sie summt es, weil der »Herr der Herrlichkeit« wirklich einer sein soll. Sie will das Tor öffnen für einen, der nun nicht gerade »Heil und Segen« mit sich bringen wird, aber doch ein bisschen wunderbare Aufregung und ein Kribbeln im Magen, das sie ganz vergessen hat über die Jahre hin.

»Du bist verrückt«, hat ihre Freundin und Nachbarin Mina gesagt. Ihr hat sie sich anvertraut.

»Ich kann diese grässlich unerfreulichen Heiligabende nicht mehr leiden, sie machen mich nervös«, hat sie erwidert, über den Gartenzaun hinweg, schon im September.

Es gehört sich nicht, zu sagen, dass einem die eigene Familie auf die Nerven geht – die Familie, die doch seit jeher selbstverständlich am Heiligen Abend zu ihr kommt. Ohne sie zu fragen.

»Man muss dankbar sein, dass sie überhaupt kommen, Hella«, hat Mina gesagt und sehr irritiert ausgesehen.

Minas Kinder kommen nämlich auch nur am Heiligen Abend.

»Nein«, hat Hella gesagt und sich sehr über sich selbst gewundert, da in der späten Septembersonne am Zaun, »ich will nicht dankbar sein, ich bin einundsiebzig, das ist gar kein Alter heute, das habe ich nämlich neulich erst gelesen, dass das gar kein Alter ist, und man muss nicht ständig dankbar sein. Jedenfalls – ich lade mir jemanden ein!«

»Jemanden« hieß: Sie hatte bei verschiedenen Wohlfahrtsverbänden angerufen und gefragt, ob es nicht solche Projekte gäbe. Dass man »Projekte« sagte, wusste sie sehr wohl aus dem Fernsehen, sie hatte sehr bestimmt, sehr aufgeregt danach gefragt, und es gab welche, mehrere: Sie konnte sich Obdachlose einladen oder Asylbewerber, aber sie wollte keine Obdachlosen, auch wenn sie sich dafür schämte, sie wollte auch keine Asylbewerber, wofür sie sich noch mehr schämte, aber sie konnte keine Fremdsprachen, und so kam sie an ein Projekt, das »Miteinander statt allein« hieß, und das gefiel ihr. Man konnte sich anmelden und sagen, dass man jemanden, männlich oder weiblich, jung oder alt, aber auf jeden Fall von der Organisation geprüft, zu sich einladen oder selbst bei einer entsprechenden Person eingeladen werden wolle.

Das alles hat sie Mina erzählt und Mina war entsetzt. »Du holst dir da vielleicht einen Vergewaltiger oder Mörder oder Dieb ins Haus, Hella! Ich kann das nicht zulassen.«

Mina ist zwei Jahre jünger als Hella und maßt sich gelegentlich einen bestimmten Ton an, in dem etwas von nachsichtiger Fürsorge gegenüber verwirrten älteren Menschen mitschwingt. Hella hört diesen Ton ganz genau, und er macht sie wütend, neuerdings macht er sie wütend.

Die Organisation hat ihr dann einen Brief geschickt, in dem sie »Herrn Franz-Dieter Alledheim« ankündigte. Witwer, dreiundsiebzig Jahre alt, kultiviert, sie schrieben »kultiviert«, wie in einer Heiratsanzeige, aber Hella wollte nicht heiraten, nur einen gemütlichen, friedlichen und angenehmen Heiligen Abend verbringen, und das auf keinen Fall allein. Dann kam auch, nach ihrer Zusage, noch eine Postkarte von Herrn Alledheim, der sich für die Einladung bedankte, sich »ganz ungemein« freute und noch schrieb, er äße alles bis auf Marzipan und brächte eine Flasche Wein mit.

Ihr Entschluss würde ihr viel ersparen. Ihren Sohn, schon mit einer Fahne, wenn er rotköpfig aus dem Auto stieg, die Schwiegertochter verzweifelt strahlend, die Kinder übermüdet, hektisch, nervös. Ihr Sohn, der sich in den Sessel setzte, der eigentlich ihrer war – der am Fenster –, sich systematisch weiter betrank mit dem Wein, den er selbst mitbrachte, weil sie immer nur eine Flasche Sekt kaufte, eine Flasche zum Heiligen Abend, die sie sich mit der verzweifelten Schwiegertochter teilte, bis ihr Sohn endlich ins Bett ging, nachdem er versucht hatte, das Weinglas auf der Sessellehne zu platzieren, und es wie immer hinuntergefallen war, und sie dachte, ich wünschte, ich hätte diesen Sohn nie bekommen. Aber auch nachdem er endlich ins Bett gewankt war, fand sie nicht viel zu sagen. Die Schwiegertochter wiederum sprach viel und laut – erst um den

Monolog des Betrunkenen zu überdecken, dann um sein Schnarchen zu übertönen. Sie selbst schwieg meist. Sie schauten im Fernsehen das Adventssingen an, zwischen den immer noch unerträglich aufgeregten und lauten, nicht ermahnten Kindern, die das Papier von den Geschenken gerissen hatten und die Geschenke nicht mochten und mit zischendem Geflüster von der Schwiegertochter angehalten wurden, sich bei der Oma zu bedanken.

Als sie an ihrem Fenster sitzt, vor das sie im Winter immer die dicke Wolldecke legt, damit es nicht zieht – denn obwohl einundsiebzig kein Alter ist, friert sie mehr als früher –, schämt sie sich, dass sie um den Kanaldeckel trauert. Vielleicht kann sie dem Franz-Dieter Alledheim etwas darüber erzählen ... aber eigentlich müssen vertrauliche Gespräche gar nicht sein. Sie wird die CD mit den Weihnachtsliedern auflegen und in dem Moment starten, wenn er klingelt – um achtzehn Uhr –, »Macht hoch die Tür«. Sie hat natürlich überlegt, ob das nicht eine ungeheure Anspielung ist, die Franz-Dieter Alledheim völlig missverstehen wird, aber es ist ihr Lieblingslied, sie kann es bis zur letzten Strophe auswendig singen. Es ist nicht so kitschig wie »Stille Nacht«, das sie nicht leiden kann. Es hat etwas Weites, Armeausbreitendes. Ja, so wird sie es machen – die CD starten, wenn er kommt.

Andere sehen ihre Kinder nie, hat Mina gesagt. Sei doch froh, wenn sie mal kommen. Hella aber hat alles anders gemacht, neuerdings und zum ersten Mal, weil sie doch jetzt sagen, einundsiebzig ist kein Alter, und sie zieht auch nicht das schwarze Lange an, sondern das hellgrüne Kniebedeckte. Das passt sehr gut zum Weihnachtsbaum und dick ist sie auch nie geworden.

Diese traurige, leere, glatte Straße draußen vor dem Fenster. Schon halb sechs, da geht niemand mehr hinaus am Heiligen Abend. Da kann die Welt sich verändern, wie sie will.

Viele sind weg. Herr Brocke auf dem Friedhof, Frau Lessing im Heim und Hilde Kruse traut sich nicht mehr raus. Mina ist bei ihren Kindern, denn dieses Jahr – hat ihr Schwiegersohn gesagt – kommst du mal zu uns, hat Mina erzählt. Sie wollte gar nicht, aber man muss sich doch freuen, wenn die Kinder einen dabeihaben wollen.

Vielleicht könnte Hella ein Zimmer vermieten. Kleines, aber solides Haus, offener Kamin, großer Garten mit alten Obstbäumen, und das eine Zimmer braucht sie nicht, wenn ihr Sohn nicht mehr kommt, denn die Familie ist beleidigt, empört. Dabei wurden sie immer schlimmer, diese Heiligen Abende, und letztes Jahr hat ihr Sohn nach der zweiten Flasche gesagt: »Wenn du dieses verdammte ›Macht hoch die Tür‹ noch einmal spielst, kommen wir nie wieder.« Eigentlich war das der Auslöser dafür, dass sie dachte, ich lade mir jemanden ein, der das Lied mag, und die Familie nicht mehr. Und sie hatte nur noch drei von den guten Weingläsern. Sie wollte eigentlich ihrem Sohn gar kein gutes Glas mehr geben, weil er sie immer zerschmiss, aber es war doch Weihnachten.

Das mit dem guten Geschirr ist wichtig, sie will es für sich und Herrn Alledheim – Franz-Dieter, der Name ist nicht so schön, aber der Nachname ist schön –, für sie beide wird sie es decken. Sie hat es nur zweimal in den letzten Jahren herausgenommen, zu ihrem siebzigsten Geburtstag und davor zur Beerdigung ihres Mannes. Nie für die Familie, für den betrunkenen Sohn und seine verzweifelte Frau und die schrecklichen Kinder nicht, auch nicht für Mina. Echtes Meißner, sehr wertvoll, sehr edel.

Nostalgie, Romantik und das schöne Geschirr. Sie spürt, dass nun, nachdem in den letzten Jahren nicht viel geschehen ist, etwas Neues, Aufregendes auf sie zukommt.

Sie saugt das Zimmer noch einmal ganz gründlich. Fegt unter den beiden hohen Betten, schüttelt die Federplumeaus auf, schämt sich ein bisschen. An Sex – sie mag das kaum in Gedanken aussprechen – darf man an Heiligabend nicht denken, erst recht nicht mit einundsiebzig. Obwohl – und jetzt wird sie rot, allein in ihrem wunderschön weihnachtlich geschmückten Zimmer, an dem herrlich gedeckten Tisch – »der Herr der Herrlichkeit«, das hat irgendetwas, ja, Erotisches, was sie niemals niemandem wird sagen können, und man soll das auch nicht denken.

Sie sitzt am Fenster und wartet auf Franz-Dieter Alledheim.

Wie sie so dasitzt, aus Gewohnheit auf den Kanaldeckel sieht, spürt sie ihr Kreuz, ihre Schultern, ihr Herz und ist müde. Obwohl einundsiebzig kein Alter ist ... Aber sie hat natürlich mehr geputzt als sonst und drei Gänge gekocht, einen kleinen Salat mit Lachs als Vorspeise, gefülltes Rebhuhn und Mohntorte. Und Holz hat sie in den Kamin geschichtet, denn sie will ihn nach dem Essen anzünden.

Aber dann findet sie plötzlich, sie müsste noch den Weg von der Gartenpforte zur Haustür fegen, neue Seife in die Gästetoilette legen, doch die besseren Handtücher herausholen.

Es wird dämmerig, der Kanaldeckel ist nicht mehr gut erkennbar. Viertel nach sechs. Natürlich, kultiviert heißt eine Viertelstunde später! Sie hat das Auto zweimal vorbeifahren sehen und ihr Herz schlägt lauter. Beim dritten Mal hält das Auto vor ihrer Tür. Eine junge Frau steigt aus, betrachtet ihr Häuschen, kommt über den gefegten Weg. Klingelt. Sie startet die CD.

»Herzlich willkommen und frohe Weihnachten«, sagt sie und lächelt in das junge Gesicht über ihr.

»Frohe Weihnachten«, sagt die junge Frau. »Sind Sie Frau Markmann, die sich an unserem Projekt beteiligt und Herrn Alledheim erwartet?«

Sie schluckt. Ja, das ist sie nun, die Frau aus dem Projekt. Wo bleibt Franz-Dieter? Sie hat nicht gewusst, dass sie noch geprüft wird vorher.

Sie nickt trotzdem und fragt: »Möchten Sie mal gucken, ob alles recht ist?«

Die junge Frau nickt auch und die beiden gehen durch die Diele ins geschmückte, saubere Wohnzimmer. Sie schiebt sich höflich vorbei und stoppt die CD, gerade bei »der Heil und Segen mit sich bringt«.

Die Weihnachtskerzen flackern ganz leicht, die Weingläser glänzen matt, es riecht ein bisschen nach Salmiak. Das ist ihr vorher gar nicht aufgefallen. Aber vielleicht riecht die junge Frau auch gar nichts.

»Hübsch«, sagt die junge Frau. »Das sieht sehr nett aus. Wissen Sie, wir wollen nur keine Probleme.«

Sie schaut in die fremden Augen. »Ich weiß nicht, was Sie meinen«, sagt sie fest. »Hier gibt es keine Probleme, ich möchte nur einen netten Heiligen Abend.«

»Selbstverständlich, aber man darf kein Risiko eingehen. Herr Alledheim wird jeden Moment kommen. – Darf ich mal Ihre Toilette benutzen?«, fragt die junge Frau.

Hella nickt, zeigt ihr die Tür und ärgert sich. Das Handtuch wird dann schon feucht sein.

Sie sitzt am Fenster. Die junge Frau ist weg.

Sie sieht den wenigen Autos zu, die über den Kanaldeckel fahren. Als es ganz dunkel ist, knipst sie das Außenlicht an. Um elf kann sie die Augen nicht mehr offen halten, ihre Füße sind eingeschlafen, ihr Rücken ist vom langen Sitzen wie durchgebrochen. Um eins wird sie wach – müde und verwirrt. Sie lauscht und hört etwas. Mühsam steht sie aus ihrem Sessel auf, sieht die welken Salatblätter auf der Tischdecke statt auf den Tellern liegen.

Hella Markmann geht langsam, vorsichtig durch das Wohnzimmer. Sie macht kein Licht an. Die Glastüren der Anrichte stehen offen, das Meißen ist weg – alles, was für zwei Personen und ein Dreigängemenü nicht gebraucht worden ist. Die Teller unter dem Salat sind auch weg.

Sie ist ganz ruhig, merkwürdig ruhig. Schaut aus dem Fenster. Im Schein der Straßenlaternen sieht sie ein Auto direkt vor ihrer Gartenpforte stehen. Der Kofferraum ist offen, jemand beugt sich darüber, packt anscheinend etwas hinein. Es ist nicht die junge Frau.

Gut, denkt Hella, gut, ich bin eine blöde alte Schachtel, ich bin eine saublöde, sentimentale alte Frau. Doch, einundsiebzig ist ein Alter. Ich hab's verdient, dass Alledheim mit meinem Meißen abhaut. Er hat die junge Frau vorgeschickt, um zu gucken, ob bei mir etwas zu holen ist. Ich habe natürlich nicht zweimal rumgeschlossen, als sie gegangen ist, ich habe nur die Tür zugedrückt, er sollte ja doch sofort kommen.

Aber ich will das nicht, auch wenn ich es verdient habe. Ich habe die Tür aufgemacht, das Tor, ich habe ihn erwartet, ich wollte ihm Gastgeberin sein. Ich habe das Tor weit gemacht.

Hella nimmt den Schürhaken vom Kaminsims. Sie lächelt fast, überrascht, dass etwas so Klischeehaftes wie ein Schürhaken ihr einfällt, aber Schürhaken sind eben geeignet. Sie geht aus der Tür. Sie steckt sogar den Hausschlüssel in die Kleidertasche. Sie geht über den gefegten Weg. Es ist eiskalt und das merkt sie – nicht wie in den Krimis, wo die Menschen die Kälte nicht spüren. Sie spürt sie sofort.

Immer noch steht der Mann über den Kofferraum gebeugt. Sie denkt überhaupt nicht nach, sieht sich nicht um, spürt nur zitternde Wut und schlägt den Schürhaken dem Mann über den Kopf. Er sackt lautlos mit dem Oberkörper in den Kofferraum. Hella sieht sich immer noch nicht um, sie weiß ja, dass Heiligabend niemand auf der Straße ist, erst recht nicht nach ein Uhr.

Sie hievt die Beine des Mannes in den Kofferraum, das geht ganz leicht, weil er schon halb drinsteckt. Sie klappt den Deckel zu, geht zur Fahrertür, setzt sich hinter das Steuer, lässt den Wagen an – sie ist jahrelang nicht gefahren, aber einen Wagen starten kann sie noch –, sie fährt ein paar Meter, rollt über den Kanaldeckel, stoppt. Sie geht um das Auto herum, öffnet den Kofferraum, nimmt den Schürhaken und hakt ihn in den Kanaldeckel. Natürlich, das hat sie gewusst, geahnt, sie haben ihn nicht befestigt, nur gerichtet, er klappert nicht mehr, aber er lässt sich anheben. Also hebt sie ihn an. Herr Alledheim ist leicht, sie ist immer noch kräftig, sie zerrt ihn aus dem Kofferraum, er plumpst neben das offene Kanalloch. Sie greift seine Fußgelenke, zerrt ihn an den Rand des Kanallochs, tritt hinter ihn und schiebt ihn an den Schultern bis über den Rand.

Im letzten Moment, bevor er ganz hineinrutscht in den Kanal, sieht sie noch sein Gesicht.

Es ist ihr Sohn.

Hella schiebt mit dem Schürhaken den Kanaldeckel an seinen Platz. Sie fährt das Auto, das sie nicht erkannt hat, rückwärts die paar Meter zurück an den Straßenrand vor ihre Gartenpforte. Sie steigt aus, schließt die Fahrertür ab, sieht in den Kofferraum. Ein Päckchen ist darin, eine Reisetasche. Sie nimmt beides und geht ins Haus.

Sie startet die CD. »Macht hoch die Tür ...«

Sie hat ihn ausgeladen, sie hat ihm gesagt: »Ich will Weihnachten jemanden für mich einladen. Nicht die Familie, nicht dich. Ich will dich hier nicht mehr haben.«

Sie sitzt dort in ihrem Sessel und singt laut ihr Lieblingsweihnachtslied mit. Als das Telefon klingelt, nimmt sie ab. »Guten Abend, Frau Markmann, frohe Weihnachten. Hier ist das Projekt »Miteinander statt allein«. Entschuldigen Sie die späte Störung, aber wir haben es gerade erst erfahren und möchten

Sie warnen – es geht jemand herum, der behauptet, die einladenden Damen zu überprüfen, aber die junge Dame ist nicht von uns. Wir haben bereits zwei Diebstahlsmeldungen und mehrere Herrschaften, die nicht dort angekommen sind, wo sie eingeladen waren, aber dafür war diese junge Dame da, und nun ... Hallo, Frau Markmann? Hatten Sie schon Besuch?«

»Nein«, sagt Hella, »ich hatte keinen Besuch und ich erwarte auch niemanden mehr.«

Christa von Bernuth

Leise rieselt der Schnee

Auf ihrer Suche nach einem Mann hatte Lena schon mehrere Bars abgeklappert, bis sie schließlich die lauten, angesagten links liegen ließ und es mit denen probierte, die in keinem Stadtführer standen. Sie lagen in stillen Seitenstraßen des Zentrums, manchmal auch in düsteren Vorstadtgegenden. Sie waren unauffällig, mäßig frequentiert und angenehm leise. Jede besaß ihren eigenen Charakter, pflegte spezielle Rituale, denen sich die Gäste willig unterwarfen. An solchen Orten konnte man entspannte, intime, gewagte Zweiergespräche führen, denn innerhalb dieses geschützten Raumes existierten nur zwei Menschen ohne Familie, ohne Verpflichtungen, ohne stressigen Alltag und diffuse Ängste – es war schön. Angenehmer, als sie je gedacht hätte. Oft ging Lena danach seltsam beschwingt und glücklich nach Hause, obwohl bislang noch nie etwas dabei herausgekommen war. Keiner der Männer bat um ein Wiedersehen oder wollte sie auch nur nach Hause bringen. Sie wollten nur reden. Vielleicht, dachte sie, würde nie passieren, worauf sie wartete. Vielleicht war sie auf dem falschen Weg.

Aber sie fing ja erst an. Eines Abends – es war Mittwoch, der zweiundzwanzigste Dezember, und ein einsames Weihnachten stand vor der Tür – besuchte sie eine der wenigen Bars, die sie noch nicht kannte. Sie sah etwas teurer und exklusiver aus als die anderen. Einige Tischchen waren besetzt, doch Lena ließ sich als Einzige am Tresen nieder. Geistesabwesend wischte sie über die schimmernd lackierte, dunkle Holzplatte, als wollte sie Staub entfernen, der gar nicht vorhanden war. Sie zog ihren Mantel aus und ließ ihn einfach rücklings über den Barhocker fallen, sodass sie weich auf dem schwarz glänzenden Futter saß. Dann sah sie auf und bemerkte, dass die Wand unter der üblichen bunten Flaschenbatterie verspiegelt war. Ruhig senkte sie den Blick in ihre Augen – die blauen Augen einer Frau mit hellem, kurzem Haar, die einen schwarzen Blazer über einem schwarzen Rollkragenpulli trug.

Langsam füllte sich die Bar. Männer baten Lena höflich um die Erlaubnis, neben ihr Platz zu nehmen, aber niemand sprach sie an. Ein, zwei Stunden vergingen, sie hatte nun schon den dritten Fruchtcocktail intus und in ihrem Magen begann es zu rumoren. Lena beschloss aufzubrechen, sich bei einem Imbiss etwas zu essen zu holen und danach einfach ein Taxi nach Hause zu nehmen. Sie hob die Hand, damit der Barkeeper ihr die Rechnung brachte.

»Schade«, sagte eine Stimme neben ihr. Lena wandte sich um und stellte fest, dass sie gemeint war. Links neben ihr saß ein Mann, den sie bislang nicht wahrgenommen hatte. War er gerade erst gekommen? Lena ließ die Hand sinken.

»Sie wollten gerade zahlen, stimmt's?«, fragte der Mann. »Ich will Sie nicht aufhalten, ich find's nur schade, das ist alles.« Er lächelte.

»Danke«, sagte Lena. Der Mann war auf den ersten Blick eher unauffällig, auf den zweiten in einer Weise attraktiv, die man nicht benennen konnte. Er wirkte wie jemand, der viel wusste, es aber nicht nötig hatte, damit anzugeben. Jemand, der viel gesehen hatte und sich fragte, ob das alles gewesen war oder ob da noch etwas käme – Lebenslust, Leidenschaft, Liebe zum Beispiel.

»Ich wollte nicht zahlen, sondern etwas bestellen«, sagte Lena ruhig. Sie hob wieder ihre Hand. Der Barkeeper kam.

»Darf ich das übernehmen?«, fragte der Mann.

Lena zögerte. Der Abend war doch noch nicht zu Ende. »Sicher«, sagte sie schließlich. »Ich hätte gern einen Brandy Alexander und ein paar Erdnüsse.« Sie musste unbedingt ihren leeren Magen beruhigen.

»Einen Brandy Alexander, Erdnüsse, ein Bier«, sagte der Mann zu dem Barkeeper. Seine Stimme war tief, leicht brüchig, insgesamt sehr angenehm.

Nachdem er bestellt hatte, sagte er nichts mehr. Nervosität ergriff sie. Dies war die schwierigste Phase des Gesprächs: der Einstieg, der den gesamten weiteren Verlauf bestimmte. Er fuhr sich mit der rechten Hand über das Gesicht und rieb sich mit Daumen und Zeigefinger die Augen. Ihr fiel auf, dass er müde aussah.

»Harten Tag gehabt?«, fragte sie. Nicht sehr originell, aber meist hatte sie damit Erfolg. Alle Männer schienen ihren Alltag anstrengend zu finden und schätzten eine Frau, die begriff, wie hart das Leben eines Jägers und Sammlers war.

»Ziemlich«, sagte der Mann. »Hart und alles andere als erfolgreich.«

»Tut mir Leid für Sie. Was ist ... ähm ...«

»Schief gegangen?« Er lächelte. Lena gefiel sein Lächeln. Es war sehr kurz, aber es erhellte sein Gesicht auf beinahe magische Weise.

»Ja«, sagte sie. »Oder wollen Sie darüber nicht sprechen?«

Er zögerte. »Doch. Im Grunde ...« Zum ersten Mal wirkte er verunsichert.

»Ich meine«, sagte Lena, »wir müssen nicht ...«

»Doch. Ich muss mit jemandem darüber reden!« Das hörte sich an wie ein unterdrückter Hilfeschrei. Lena sah ihn neugierig an. Der Barkeeper stellte ihre beiden Getränke und ein Schälchen mit gesalzenen Nüssen vor sie hin. Gierig langte Lena hinein.

»Eigentlich dürfte ich Ihnen das gar nicht erzählen«, sagte der Mann. Er sah geradeaus auf die Spiegelwand und hielt beide Hände um sein Glas, als wollte er sich daran wärmen.

»Wir haben heute ...« Der Rest des Satzes verschwand in einem diffusen Gemurmel. Lena rückte näher zu ihm hin und verstand: »... dass sie sich selbst erdrosselt hat.«

Lena fuhr zurück. »Was? Wovon reden Sie da?«

Er wandte ihr sein Gesicht wieder zu. Sein Blick war prüfend, seine Stimme blieb gesenkt. »KHK Roleder. Ich bin bei der Kripo. Dezernat 11, Todesermittlung.«

»Oh.«

»Wir sind hinter einem Mann her, der Frauen in ihrer Wohnung besucht und sie dort ... äh ... umbringt. Er zwingt sie auf den Boden, legt sie auf den Bauch, fesselt ihre Fußgelenke, zieht sie am Seil nach vorn und legt danach das Seil um ihren Hals. Verstehen Sie?«

Lena stellte sich die Frauen vor, gebogen wie Räder, qualvoll sich selbst erstickend. »Ja«, sagte sie. Ihre Hand zitterte, als sie einen Schluck von ihrem kalten, klebrig-süßen Drink nahm.

»Er wartet ab, bis sie sterben.«

»Er ... wartet?«

»Wir nehmen es an. Aufgrund ... verschiedener Indizien.«

Sie fragte nicht, welche das waren. Sie wusste Bescheid. In der Zeitung waren die Morde in großer Aufmachung erschienen. Der Mann namens Roleder redete weiter, als sei ein Damm gebrochen, immer schneller und leiser. »Wir dachten, wir hätten ihn. Wir hatten einen festgenommen, auf den die Charakteristika der Profiler gepasst haben. Aber heute haben wir erfahren, dass die DNA nicht übereingestimmt hat. Sie hat nicht übereingestimmt. Wir waren so sicher.«

»Die DNA?«

»Sperma. Daraus konnte das Labor DNA isolieren. Nach dem Tod hat er jedes seiner Opfer ... vergewaltigt. Deshalb wissen wir auch, dass er abgewartet hat, bis sie ... Wir haben seine DNA, aber mehr nicht. Vier Frauen sind es bisher. Er läuft weiter frei herum.«

»Und Sie sind der ...«

»Leitende Ermittler. Ich dürfte Ihnen das nicht erzählen, aber ich will, dass Sie auf sich aufpassen.«

»Ich?«

»Schlank, hübsch, kurze, blonde Haare, erfolgreich, allein stehend. Freundinnen, aber kein Mann in Ihrem Leben. Stimmt doch, oder?«

Lena blieb die Luft weg. Das war sie in den Augen anderer, fernab jeder Individualität, reduziert auf einen kühl kalkulierten Kriterienkatalog.

»Alle Opfer waren blond, drei hatten kurze Haare. Das steht so nicht in der Zeitung, Täterwissen, verstehen Sie, aber ...«

»Na ja, man konnte es ja trotzdem sehen«, sagte Lena wie hypnotisiert. »In den Zeitungen, meine ich. Da waren ja ihre Fotos drin.«

»Er will Frauen wie Sie. Das ist Fakt.« Der Mann stützte sein Gesicht in die Hände.

Es klang wie ein Todesurteil. Lena lief ein Schauer über den Rücken und sie sah sich vorsichtig um. Es war halb eins. Die Bar hatte sich geleert, außer ihnen saß niemand mehr am Tresen. Es gab nur noch sie beide. Einen verzweifelten Mann und eine einsame Frau. Eine einsame Frau war das perfekte Mordopfer, das verstand sich von selbst. Die Morde, das wusste Lena, hatten immer in den Wohnungen der Frauen stattgefunden und der Täter musste sich in keinem Fall gewaltsam Zutritt verschaffen – alle Opfer hatten ihn gekannt und ihm vertraut, aber untereinander hatten sie keinerlei Verbindung gehabt. Es gab keine gemeinsamen Freundeskreise, keine beruflichen Überschneidungen.

Also musste der Täter diese Frauen irgendwo in der Öffentlichkeit kennen gelernt haben. Zum Beispiel in einer Bar wie dieser hier, wo man sie fand: die Frauen, die niemanden hatten und dankbar waren für ein wenig Beachtung, oberflächliche Komplimente, schnellen Sex.

»Ich möchte Sie gern nach Hause bringen, wenn es Ihnen recht ist«, sagte Roleder, von dem sie noch nicht einmal den Vornamen kannte.

Lenas Herz stolperte und begann dann zu rasen. Ein eiskalter Angstklumpen krampfte ihren Magen zusammen, ergriff von ihrem ganzen Körper Besitz, lähmte ihre Gefühle und Gedanken. Mördern sah man ihre Taten nicht an. Sie konnten charmant und glaubwürdig sein und vollkommen normal wirken. Lena starrte vor sich hin und antwortete nicht.

»Entschuldigen Sie«, sagte der Mann nach einer kleinen Weile.

»Was?« Sie wandte sich ihm wieder zu, immer noch mühsam um Beherrschung ringend.

»Es tut mir so Leid. Ich überfalle Sie mit diesen schrecklichen Geschichten ... Bitte entschuldigen Sie.« Er lachte kurz und bitter auf. »Was müssen Sie von mir halten!«

Lena stimmte zögernd in sein Lachen ein. Der Mann streckte seine Hand aus: »Ernst Roleder. Schön, Sie kennen zu lernen!« Sie nahm seine Hand und stellte sich ihrerseits vor: »Lena Wertmüller.« Sie sprachen über Lenas Beruf – Sekretärin bei einer Speditionsfirma –, dann kamen sie auf Kinofilme, die beide gut fanden, Bücher, die beide gelesen hatten, die politische Lage, die beide als hoffnungslos erachteten. Um halb zwei brachen sie gemeinsam auf, ohne ein weiteres Wort darüber zu verlieren – es erschien ihnen beiden selbstverständlich.

Draußen fiel nasser Schnee. In Sekundenschnelle schmolzen die dicken, schweren Flocken in Lenas Haaren und bildeten winzige, diamanten glänzende Perlen auf dem Plüschkragen ihres Mantels. Ernst Roleder zog einen Knirps aus seiner Manteltasche, spannte den Schirm auf und hielt ihn über sie beide. Lena hängte sich bei ihm ein.

»Rechts runter«, sagte sie. »Ich wohne nur ein paar Schritte von hier.«

»Schade«, bemerkte er zum zweiten Mal an diesem Abend, und sie lachten leise. Als sie angekommen waren, standen sie voreinander, als sei es ganz unmöglich, sich jetzt zu trennen. Lena fuhr ihm mit dem Finger über die hagere, eisige Wange. Es hatte aufgehört zu schneien. Sie küssten sich langsam und zärtlich, mit kalten Lippen. Lenas Herz begann erneut zu klopfen, in einem dunklen, harten Stakkatorhythmus. Sie brachte kaum die Worte heraus: »Willst du ... noch mitkommen?«

»Bist du sicher?«

»Ja. Bitte komm mit.«

Ernst Roleder sah die Straße hinauf und hinunter. Sie war leer. Es war so spät und so ungemütlich – um diese Zeit war niemand mehr unterwegs. Lena erschauerte. Sie holte den Schlüssel aus ihrer Handtasche und schloss die Haustür auf. Roleder folgte ihr. Langsam stieg er hinter ihr die abgetretene Holztreppe hoch. Vielleicht sah sie die zum letzten Mal. Sie schüttelte den Kopf über ihre morbiden Gedanken. Sie hatte sich immer ein riskanteres Leben gewünscht. Und jetzt? Wer sich in Gefahr begibt, kommt darin um, hatte ihre Mutter gesagt, bevor sie jämmerlich an Lungenkrebs gestorben war, obwohl sie nie eine Zigarette angerührt hatte. Entschlossen wandte Lena sich um und lächelte Roleder an.

»Hier ist es«, sagte sie. »Mach die Augen zu, drinnen sieht es furchtbar aus.«

Sie sperrte auf – eine Schrecksekunde lang klemmte der Schlüssel – und sie gingen hinein. Lena schaltete das Licht nicht an. Sie schob mit dem Fuß die Tür hinter sich ins Schloss und drückte Roleder an die Wand. Sie musste die Zeit nutzen, die sie noch hatte. Sie legte ihren Mund auf seinen und ließ ihre Zunge spielen. Roleder erwiderte den Kuss – er küsste gut! – und wühlte seine Hände in ihr kurzes, blondes Haar. Sekunden, Minuten, eine halbe Ewigkeit verging, schließlich schob sie langsam ihre rechte Hand nach unten, zwischen ihre und seine Hüften. Und ... nichts. Da war nichts. Als hätte er gar keinen ... Oder als wäre er so klein, dass man ihn durch den Stoff nicht spürte.

Sie wusste, dass jetzt alles vorbei war. Sie wusste es in dem Moment, als er sich von ihr löste, ihren Kopf aber weiterhin in beiden Händen hielt und im Halbdunkel auf sie hinunterstarrte.

»Was ist?«, flüsterte sie in der wahnsinnigen Hoffnung, dass sich doch alles als Irrtum herausstellen würde, dass sie eine Chance bei ihm hatte, dass es eine gemeinsame Zukunft geben würde, dass ... Er presste ihren Kopf zusammen, bis es wehtat. Im selben Moment flammte das Flurlicht auf, vielleicht war er versehentlich dagegen gestoßen. Sie sah in seine Augen und zuckte entsetzt zusammen. Seine Augen ... Sie waren jung und uralt. Sie waren leer und zugleich übervoll mit einem Wissen, das so schrecklich war, dass es sich niemandem mitteilen ließ. Sie schienen von innen mit einem kalten Feuer zu glühen, und Lena glaubte zu fallen, mitten in diesen seelenlosen Blick, bis sie anfing zu keuchen – sie musste diese Augen bezwingen, bevor sie sie aufsogen in ein wildes, tobendes Nichts.

»O Gott ...!«, sagte sie heiser, da knallte er ihren Hinterkopf gegen die Wand, einmal, zweimal, wieder und wieder.

»Hör ... auf ... bitte, ich ...«

Er schleuderte sie mit einem geübten Handgriff auf den harten Parkettboden und durch den Schmerz hindurch wurde ihr bewusst: Er war jetzt mitten in seinem Programm, ein Gefangener seines selbst geschaffenen Rituals. Egal was sie täte, es würde ihn von nichts abhalten. Sie war machtlos. Er würde sie wahrscheinlich nicht einmal wahrnehmen. Sein Gesicht wirkte plötzlich rot und aufgedunsen und hatte den angespannten, konzentrierten Ausdruck eines Menschen angenommen, der eine unangenehme, gleichwohl unumgängliche Pflicht erfüllte: Er war verdammt noch mal beschäftigt!

»Warum?«, fragte sie schließlich mit tränenerstickter Stimme, während er sie gewaltsam auf den Bauch drehte, sein Knie in ihren Rücken drückte und wahrscheinlich das zusammengerollte Seil aus seiner präparierten Manteltasche zog, so wie vorhin den Schirm.

»Es ist nötig«, sagte er mit gepresster Stimme.

»Die anderen Frauen ... die anderen ...«

»Es war nötig. Ihr habt es alle gewusst. Ihr habt es so gewollt. Und jetzt stell dich nicht so an.« Sie schluchzte vor Entsetzen auf, ihre linke Wange klebte auf dem schwach nach Lack riechenden Parkett, ihr Nacken schmerzte. Er packte ihre gefesselten Knöchel, in denen das Blut pochte, und hob sie hoch. Sie stöhnte laut auf. Sie versuchte zu schreien (warum hatte sie das nicht längst getan?!), aber von ihrer Stimme war nur ein kraftloses Keuchen übrig geblieben.

Ich werde sterben.

Das durfte nicht sein! Das *konnte* nicht sein! Sie konnte sich nicht einfach so in ihr Schicksal ergeben, sie musste sich wehren, sie musste ... Sie kämpfte. Sie schrie, so laut sie konnte, und wand sich wie eine Schlange auf dem Boden. Sobald er ihr das Seil, mit dem ihre Füße gefesselt waren, auch noch um den Hals gelegt hätte, wäre sie so gut wie tot, das wusste sie. Sie würde sich selbst strangulieren, ihr Zungenbein würde brechen, und wie das aussah, hatte sie gesehen. All die widerlichen Bilder hatte sie gesehen, und dann hatte sie ihren Entschluss gefasst, der sie geradewegs hierher geführt hatte. Das Seil zog sich um ihren Hals und ihr wurde schwarz vor Augen.

»Polizei!«, schrie jemand wie aus weiter Ferne. Lena öffnete die Augen. »Machen Sie auf! Sofort!«

Das Geräusch von splitterndem Holz. Lena drehte sich mit letzter Kraft auf die Seite, sah Waffen, schwarzes Leder, schwarze Helme. Roleder war weg.

»Macht mich los«, keuchte sie. »Scheiße, macht mich los!«

Einer der Polizisten kniete nieder und nahm seinen Helm ab. Darunter kam ein junges, erschrockenes Gesicht zum Vorschein. »Wir haben … also …«

»Ihr verdammten Idioten!«, fuhr sie ihn an. »Wo wart ihr?«

»Die falsche Wohnung. Wir haben hier im Haus zwei Wohnungen gemietet für solche … äh … Gelegenheiten. Wir waren in der falschen. In der im zweiten Stock.«

Die Fessel war los. Lena stand auf, schwindlig. Der junge Polizist fasste sie am Arm und stützte sie. Sie sah ihn zornig an.

»Er liegt unten!«, brüllte plötzlich einer, wahrscheinlich aus der Küche. »Er hat sich auf die Straße runtergestürzt.« Die Küchentür flog auf, vier schwarz gekleidete Männer polterten mit vorgehaltenen Waffen an ihr vorbei, hinaus auf den Hausflur, die Treppe hinunter. Auch der Polizist, der ihre Fesseln gelöst hatte, nutzte seine Chance, ihrer Wut zu entkommen.

Sie war allein in der fremden Wohnung und die plötzliche Stille dröhnte ihr in den Ohren. Silke würde durch ihr Wagnis nicht wieder lebendig werden, aber dennoch war es nicht umsonst gewesen. Lena ließ sich entkräftet auf den Boden sinken. Sie dachte an Silkes SMS, die letzte Nachricht, die Lena von ihr bekommen hatte: *... habe supersupernetten typen in dieser bar getroffen – melde mich morgen, erzähle alles ...*

Welche Bar?, hatte die Kripo gerätselt. Und Lena, Silkes beste Freundin, hatte es ihnen nicht sagen können. Silke hatte sie auf ihre Streifzüge, wie sie es nannte, nie mitgenommen. Sie dachte, zu zweit hätten sie weniger Chancen, jemanden kennen zu lernen ... Erneut kamen Lena die Tränen. Dezernat 11, Todesermittlung ... Roleder, oder wie immer er in Wirklichkeit hieß, kannte sich gut aus. Die Mordkommission hieß tatsächlich so, nur gab es dort keinen Roleder, und das wusste Lena, weil sie selbst so oft dort gewesen war. Es hatte nämlich viel Überredungskunst erfordert, die Kommissare davon zu überzeugen, dass sie der perfekte Köder für den Serienmörder war. Denn wie Silke passte sie genau ins Raster des Täters: blond, attraktiv, allein stehend.

Niemand durfte erfahren, dass sie ihn attraktiv gefunden hatte – und das zu einem Zeitpunkt, an dem sie längst Bescheid gewusst hatte. Niemandem durfte sie von dieser Sehnsucht erzählen: dass er doch ein normaler Mann war, auf der Suche nach einer Frau, die ihn liebte und verstand.

Langsam ging sie nach unten auf die Straße. Roleder lag auf dem Rücken wie ein seltsam verdrehtes X, umringt von mehreren Sanitätern, die sich um ihn bemühten. Leise rieselte der Schnee auf sein stilles, starres Gesicht. Aber hinter der Fassade ahnte Lena den Kampf zwischen dem Wunsch nach Normalität und dem Drang, zu zerstören, was ihn zu zerstören drohte.

Ohne den Protest des Notarztes zu beachten, kniete sie sich hinter Roleders zerschmetterten Kopf. Sie beugte sich an sein Ohr. *Was hast du mit Silke gemacht?*

Silke?

Die vierte Frau, die du ... die du ... getötet hast. Warum sie?

O Scheiße!

Warum Sie? Los, sag's mir!

Weil sie da war. Einfach nur weil sie da war. Verstehst du?

Lena richtete sich langsam wieder auf. Roleders Augen standen jetzt weit offen und starrten ins Leere. Waren das seine letzten Worte gewesen? Oder Gedanken eines Sterbenden, die nur sie wahrnehmen konnte? Waren sie einander so nah gekommen?

Lena erhob sich schwankend. Der Chefermittler kam auf sie zu, wollte offensichtlich mit ihr reden – wahrscheinlich hatte er Angst, dass sie mit dieser peinlichen Geschichte eines beinahe tödlich missglückten Zugriffs zur Presse gehen würde. Lena lächelte den Beamten beruhigend an, woraufhin er auf einer gefrorenen Pfütze ausrutschte und sich auf den Hintern setzte.

Still und starr lag der See, aber unter seiner spiegelglatten Oberfläche fraßen große Fische die kleinen, wuchsen geheimnisvolle Schlingpflanzen, die einen tief hinunterzogen, wenn man nicht aufpasste und nicht vorsichtshalber immer dort blieb, wo das Tageslicht hinreichte ... Lena hatte in die Hölle eines Menschen gesehen und würde nie wieder dieselbe sein.

Sie dachte an Silke. Letztes Jahr hatten sie zusammen Weihnachten gefeiert, mit acht weiteren Freunden in Silkes Wohnung. Nach dem Essen hatte Silke mehrere zerfledderte Weihnachtsliederheftchen verteilt. Nach einer kurzen Schamfrist hatten sie schließlich aus voller Kehle ein Lied nach dem anderen gesungen und sich über die kitschig sentimentalen Texte totgelacht.

In den Herzen ist's warm,
still schweigt Kummer und Harm,

Sorge des Lebens verhallt,
Freue dich, 's Christkind kommt bald.

Lena summte die kleine, zarte Melodie vor sich hin und dann kamen endlich die Tränen. Endlich, endlich konnte sie um Silke weinen, ihre beste Freundin, seitdem sie fünfzehn waren und hoffnungslos in denselben Jungen verliebt, was sie noch fester zusammengeschweißt hatte. Lena würde Silkes Tod verkraften, denn Silke würde immer bei ihr sein, das wusste sie im selben Moment. Man würde Lena eine Heldin nennen und Heldinnen wurden mit allem fertig. Sie mussten nur selbst daran glauben.

Langsam fing sie damit an.

Karin Ebeling

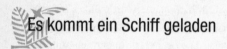 Es kommt ein Schiff geladen

Hannes:

Nun, da war dieser Riesenpott eingelaufen und hatte mir noch mal so was wie Interesse abgenötigt. Gerade kam ich mit den drei Metern Schot beim Schiffsausrüster raus, als er langsam reingelotst wurde. Meine Augen sind schlecht, und der dichte Schneeregen, der runterkam, machte die Sicht nicht besser. Es reichte immerhin, um zu erkennen, dass der Kahn verdammt tief im Wasser lag. Ich spannte den Schirm auf und machte mich auf den Weg zu den Hafenbecken. Aus purer Gewohnheit? Ich gucke mir immer die Schiffe an, und selbst wenn keine da sind, mache ich meinen täglichen Hafenspaziergang. Und auf den wollte ich auch nicht verzichten, bevor ich mich heute endgültig verholen würde. Keine Sentimentalitäten im Fernsehen mehr. Kein Kaffee und Kuchen an Resopaltischen unter einem kümmerlichen Tännchen, keine brüchigen Altfrauenstimmen, die mit Tränen in den Augen *Gottes Sohn voll Gnaden, des Vaters ewigs Wort* beschwören. Kein Pastor oder Gemeindemitarbeiter mehr, der mir die Tugend der Geselligkeit und den Trost des Glaubens ans Herz legt. Den Haken hatte ich schon gestern in die Decke gedübelt, keine einfache Aufgabe, auch meine Beine sind nicht mehr gut. Die Bohrmaschine über Kopf, Staub im Gesicht, fürchtete ich schon, mir bei einem Leitersturz den Hals zu brechen. Nicht dass es darauf angekommen wäre. Ein grauer Tag ist so gut wie der andere. Ich hab ja nichts dagegen, bin froh, dass der Komet, von dem dieses Jahr alle reden, hinter den Wolken bleibt. Seit Wochen stehen einem diese Amateur-Himmelsgucker im Weg, die ständig irgendwem zeigen müssen, da ist er, ah und oh. Selbst kann ich ihn natürlich sowieso nicht erkennen.

Und da lag sie, die *Northern Decency*, liberianische Flagge, natürlich, und die Container fast bis zur Brücke rauf gestapelt. Der Zoll kam gerade von Bord. Kann mir doch keiner erzählen, dass man in der Zeit fast viertausend Container überprüfen kann, mal ganz zu schweigen vom Rest. Wissen Sie, wie viele Nischen so ein Schiff hat, wie viele Verstecke? Ganz abgesehen davon, was in diesen international standardisierten Stahlkisten alles drin sein kann. Überprüft ja keiner. Aber die wollten wohl auch nach Hause. Schon eigenartig, dass heute überhaupt jemand anlegte. Im Hafen war's noch menschenleerer als üblich. Nur noch so ein seltsamer Alter, der etwas sucht, was es nicht mehr gibt, weil er nichts Besseres zu tun hat. Der sich an das Gewimmel von Matrosen und Lagerarbeitern damals erinnert. Die Gerüche, Kaffee, Kakao, Gewürze. Auch die Menschen rochen noch nach Mensch. Und heute – steril das alles. Schnell, effizient. Ein paar Stunden Liegezeit und schon sind sie wieder weg. Die armen Schweine von der Mannschaft kriegen ja meistens nicht mal Landgang. Und alles wegen dieser verfluchten Dinger. Zwanzig Fuß lang, acht Fuß breit, acht Fuß und sechs Inches hoch. Ich weiß noch, wie wir gelacht haben, als uns das erste Containerschiff begegnet ist. War's die *Fairland*, noch in den Sechzigern? Unsere Witze über diese sauberen Blechkästen, die so unbeweglich schienen, nach menschlichen Maßstäben. Nun, vielleicht sind wir immer blind für die Entwicklungen, die uns betreffen. Glaubt ja keiner dran, dass er schon bald nicht mehr gebraucht wird. Liegt sozusagen nicht in unserer Natur.

Ich arbeitete ja schon an Land, lange bevor eins von den Containerschiffen vier Frachter und die 20-Fuß-Einheit die Bruttoregistertonne ersetzte. Wir konnten uns auch noch untereinander verständigen, nicht wie heute, wo die paar Leute sich kaum mehr unterhalten können außer in brockigem Englisch. Da kommen sie. Russen, Asiaten, Schwarze. Hetzen schweigend in Grüppchen vorbei. Haben wohl keinen mehr vom Weihnachtsbaum weglocken können für die Umschlaganlage. Sehen müde aus. Und hauen jetzt ihre paar Dollar weg für ein bisschen weibliche Gesellschaft. Das wird ja wohl gleich geblieben sein.

Der Wind frischt auf. Ich rette mich unter das Vordach einer halb verfallenen Laderampe, um nicht völlig durchnässt zu werden. Da kommt noch einer, direkt auf mich zu. Blinzelt. Dabei ist es so grau, und der Matsch fällt so dicht, dass man die Hand kaum vor Augen sehen kann. Er legt mir die Hand auf die Schulter und sagt was in einem unverständlichen, vielleicht ostasiatischen Dialekt. Und auf einmal ist mir, als ob ich meine verstorbene Frau höre. Ich sehe mich sogar nach ihr um, so gegenwärtig ist sie mir in diesem Moment. Der Mann nickt mir noch mal zu und macht sich dann davon, Richtung Stadt. Da frage ich mich, was ich hier eigentlich tue. Ich hole den Strick aus der Tasche und werfe ihn ins Hafenbecken. Und beschließe, doch zum Altennachmittag zu gehen.

Magda:

Ich arbeite ja schon ein paar Jahre in dem Job, aber er war der erste Seemann, der mir begegnet ist. Hätt ich auch nicht gedacht, dass man so lange in 'ner Hafenstadt arbeiten kann, ohne einen zu treffen. Aber bei dem wusst ich's gleich. Kam rein, so vorsichtig, als müsste er jeden Moment zur Seite wegklappen, und roch nicht nach Alkohol. Sein Schwanken war so gleichmäßig wie die Wellen. Er war wie eine Art Weihnachtsgeschenk für mich. Ist ja ein gefährlicher Tag, so rein stimmungsmäßig, und viel los ist auch nicht. Leicht verdientes Geld, dachte ich noch, ich mein, monatelang auf See und so. Und dann machte er einfach gar nichts. Lächelte mich nur an. Süßer Typ übrigens – Araber, glaub ich, die mag ich, sauber sind die. Schon was anderes als die Kegelbrüder aus Verden an der Aller. Nicht dass es darauf ankäme, ich mach's eh nur mit Gummi, immer. Na, also jedenfalls machte er keine Anstalten sich auszuziehen oder irgendwas. Er schob mich sogar weg, als ich ihm helfen wollte. Strahlte nur immer weiter. Was sollte ich machen? Erst mal hab ich ein Räucherstäbchen angezündet. Das schien ihm zu gefallen. Er nahm's mir aus der Hand und wedelte es vor seinem Gesicht hin und her. Und dann hab ich eben angefangen zu quatschen. Irgendwas musste ich ja tun für mein Geld. Also hab ich ihm mein Leben erzählt, von Polen und meiner Tochter Anna und von meinen Plänen, wenn das alles hier vorbei ist. Irgendwann sagte er dann was, ich mein, ich hab davon natürlich genau so nix verstanden wie er von meinem. Und auf einmal heul ich los und kann nicht aufhören. Und er streicht mir über den Kopf, und ich weiß gar nichts mehr, löse mich auf, nur noch ein Wasserfall von Tränen. Aber gut ging's mir dabei, komisch, nicht? Und wie ich irgendwann hochgucke, isser weg. Ich hab dann auch Schluss gemacht, und sogar Vitalij hat eingesehen, dass ich mit dem Gesicht nicht mehr arbeiten kann, und mir nicht noch ein paar dazu reingehauen.

Sibylle:

Ich war vollkommen in Gedanken und begann meinen Magen zu spüren. In meinem Kopf ging es drunter und drüber, ich hatte das Gefühl, nur noch auf Memoryfunktion zu laufen. Hatte ich niemanden vergessen? Die Playstation für Patrick, das Ungaro für Klaus. Ob er an den Baum gedacht hatte? Die Cohibas für den Schwiegervater, auf dass er uns wieder die Wohnung verpesten könnte. Für die Schwiegermutter hatte ich einen wirklich bezaubernden Platzteller gefunden, Wedgwood. Die Erstausgabe für Peter, na, das war recht einfach gewesen, die hatte ich nur im Antiquariat abholen müssen, nach telefonischer Vorbestellung. Marion – das hatte länger gedauert. In meiner Ratlosigkeit hab ich meiner lieben Schwägerin einen Schal gekauft, Jil Sander, aber das Beige sollte ihr stehen, und vielleicht würde sie ja auch mal kapieren, dass Schwarz ab einem gewissen Alter nicht mehr so richtig schmeichelhaft ist. Das neue 1000-Teile-Puzzle für meine Mutter. Mein Geschmack ist es nicht, aber es ist eben das Einzige, was ihr noch Spaß macht. Sie musste auch noch aus dem Heim geholt werden. Beim Gedanken daran, dass mein Wagen ausgerechnet heute Morgen nicht angesprungen war, spürte ich den ersten schmerzhaften Stich in der Magengegend. Eine Fehlfunktion in der Elektrik, und dabei ist das Auto noch nicht mal ein Jahr alt – wie kann denn das sein? Ich konzentrierte mich auf meinen Atem – tief durch die Nase einatmen, anhalten, durch den Mund ausatmen. Wecke das Gi. Es wollte nicht wach werden.

Wenigstens hatte es aufgehört zu schneien. Auf den letzten Metern meines Heimwegs klarte es sogar auf. Wie spät? Nur noch drei Stunden, bis sie alle bei uns einfallen würden. Ich hoffte nur, dass die Hilfe schon mal mit den Vorbereitungen angefangen hatte. Den Brotteig angesetzt. Die Antipasti mariniert. Ich konnte sie ja auch nicht ewig bei mir behalten, spätestens um fünf musste sie weg. Roastbeef, Prosciutto, Ziegenkäse. Rucola, Flugtomaten, Feldsalat. Brunnenkresse für die Suppe. Um den Wein hatte sich Klaus gekümmert. Ich hatte auch so genug zu schleppen. Fünf Sorten Gebäck, kandierte Orangenscheiben mit Bitterschokolade und die Schachtel mit der verdammten Eistorte, die hoffentlich noch nicht angetaut war. Mir taten die Füße weh. Hätte ich bloß die Sneakers angezogen. Hoffentlich hatte Klaus Patrick dazu gebracht, den Baum zu schmücken. Oder die Hilfe. Nicht dass ich das auch noch ... Ich spürte genau, wie ich wieder anfing zu hyperventilieren, und zwang mich, meinen Atem zu kontrollieren. Tief durch die Nase ein, die Körpermitte suchen, langsam durch den Mund wieder aus. An der Trinkhalle stand nur noch ein einsamer Asozialer. Was Klaus dazu bewogen hat, ausgerechnet in dieser Gegend zu investieren. Es ist eine schöne Wohnung, jetzt, er hat beim Umbau seinem Ruf alle Ehre gemacht, das ja. Das Viertel liegt zentral, die Sozialstruktur ändert sich auch, aber zu langsam. Ich hätte viel entschiedener dagegen sein sollen. Wer muss denn Patrick immer in die Schule fahren, jeden Morgen eine halbe Stunde hin und nachmittags zurück? Hier gibt's doch keine adäquaten Bildungsangebote weit und breit. Investition schön und gut, aber wir leben doch heute, oder? Jedes Mal wenn ich aus unserem topsanierten Altbau komme und die zerfetzten Müllsäcke auf der Straße sehe, frag ich mich, was wir hier verloren haben. Vielleicht hat er sich ja auch geirrt und das Haus ist in zwanzig Jahren nicht mehr wert als jetzt, weil die Punker mit ihren Hunden immer noch vor dem Nachbarhaus rumgammeln und unsere Gäste anschnorren.

Und auf einmal lag ich auf der Straße. Ich hatte gar nicht kapiert, was mir da passierte. Ich fiel, rutschte ein Stück auf dem Gehweg, in dem ganzen Schmutz, die Tüten verteilten sich um mich herum, etwas klirrte. Ich weiß noch, dass ich hoffte, es wären nur die reizenden, aber nicht so wichtigen Kristallgläser für die Hilfe und nicht das Ungaro oder der Platzteller. Ich lag einen Moment lang wie betäubt, bevor mir übel wurde. Und dann reichte mir so ein junger Ausländer die Hand und half mir

auf. Während ich den Schaden besah – die zerrissene Strumpf-
hose, das aufgeschürfte Knie –, sammelte er meine Tüten ein
und drückte sie mir wieder in die Hand. Er sagte wohl irgendetwas. Und plötzlich fühlte ich mich ganz ruhig. Sicher war's
nur der Schock, aber in dem Moment empfand ich etwas wie
Frieden, fast Heiterkeit. Ich bedankte mich mit Worten und Ge-
sten und spürte den Wunsch, ihm etwas zu schenken. Geld wäre mir zu profan vorgekommen, und so gab ich ihm das Pröb-
chen Kenzo, das man mir in der Parfümerie beigelegt hatte,
bevor ich die letzten paar Meter bis zu unserem Haus humpel-
te.

Kalle:

Der Kanake hat mich provoziert. Lacht über mich. Stellt sich
einfach hin, glotzt mich an und grinst. Was hätten Sie denn gemacht? Und ich Trottel geb ihm noch ein Bier aus. Und der
rührt's nicht an, der Scheißfundamentalist, Paki, was weiß ich.
Sagt kein Wort, schiebt die Flasche beiseite und grinst mich blöd
an. Dabei sah er aus, als könnt er 'n Schluck brauchen. Hebt der
der Tussi die Tüten auf, dieser Architektenfotze. So was kann
meintswegen zwanzigmal mit ihren Tüten auf die Schnauze fallen, da rühr ich keinen Finger. Weiß die auch mal, wie Pflaster
schmeckt. Der ist jedenfalls auf einmal da, aus dem Nichts, gut,
ich war ja auch dabei, der Tante zuzugucken, wie sie da aus-
rutscht und sich langlegt. Hab also gar nicht auf Kanaken von
rechts geachtet. War fast, als würden die sich kennen. Sie dann
ab unter den Designerweihnachtsbaum, er hier rüber ans Büd-
chen. Un' ich denk, spendier dem mal 'n Bier, is' schließlich
Weihnachten und von den Jungs keiner da. Der sah ja auch
ziemlich fertig aus. Okay. Erzähl ihm vom Stress mit der Alten.
Meiner. Die Kuh hat doch wirklich die Flasche im Werkzeug-
kasten gefunden und die im Spülkasten auch. Leer gemacht,

klar. Riesengekeife. Ich ab. Die Läden längst zu. Und die Tante hier am Schiebefenster zieht auch schon ein Gesicht, als ich die Biere bestell. Erzählt einen von: Geh man nach Hause. Feiertagsterror. Ich kratz also die letzte Knete zusammen für 'n paar Flachmänner, für drei hat's nicht gereicht, aber sie gibt mir trotzdem drei und 'nen mitleidigen Blick dazu. Hätt ihr am liebsten eine reingehauen. Und wieder Klappe zu. Sie lässt schon den Rolladen runter. Und der Paki steht die ganze Zeit und glotzt mich fast genau so an. Frag ich ihn: Trinkste das noch? Dunkel wurd's auch schon. Ich nehm mir also seine Flasche. Hält der mir son Röhrchen hin mit überkandideltem Rasierwasser. O-oh, denk ich, 'ne Schwuchtel auch noch. Und rücke ein Stück weg. Und er grinst wieder und versucht mir das Zeug in die Hand zu drücken. Also fasst mich an. Ich könnt immer noch kotzen, wenn ich nur dran denk. Quatscht irgendwas auf mich ein. Was hätten Sie denn gemacht? Ich musste mich doch wehren. Ich bin halt ausgerastet. Einfach ausgerastet.

Astrid:

Hätt ich man bloß was früher Feierabend gemacht. Wollt ich ja auch schon. Aber kurz vor drei kommt der Kalle, Stammkunde, na ja, 'n armes Schwein halt. Hatte wohl wieder Ärger zu Hause. Die Frau kann einem wirklich Leid tun. So 'ne schmale, verhärmte. Und er ist schon einer, der immer das große Wort führt. Also, ganz klar, er ist mir von diesen ganzen Säufern sicher nicht der sympathischste. Aber schließlich leb ich ja von denen. Ich geb ihm also sein Bier und räum schon mal den Laden auf. 'n büschen später klopft er wieder und hat so einen Kleinen neben sich stehen. Den kannt ich nicht. Ich hab nur innerlich gestöhnt, weil, wenn der Kalle wen hat, den er zutexten kann, ist der doch nicht nach Hause zu kriegen. Der Kleine? So'n Stiller. Südländer, sah nett aus. Freundlich, irgendwie. Traurig, dass er's nicht geschafft hat. Ist der Rettungswagen doch zu spät gewesen. So richtig wahrgenommen hab ich ihn aber nicht. Ich wollt doch den Kalle loswerden. Aber der musste natürlich auch noch seine letzten Kröten in Sprit umsetzen. Ich hab dann die Kasse gemacht und den Laden schon mal zu und hör die ganze Zeit das Gequatsche. Manchmal frag ich mich ja, warum ich mir das immer wieder antu. Aber irgendwie muss das Geld ja reinkommen, nich' wahr? Und dann gab's schon das Geschrei. Bin auch gleich raus aus dem Kiosk und wollte dazwischengehen. Bis ich das Messer seh. Dann bin ich doch lieber wieder rein und hab über Handy die Polizei gerufen. Wenn Sie mich fragen, das liegt alles an dem Stern. Also dem Kometen. Der macht die Leute verrückt. Auch wenn man ihn gar nicht sieht. Aber als die Blaulichtblitze durch die Dunkelheit zuckten, stand er so strahlend am Himmel wie die ganze Zeit noch nicht.

Ursula Steck

Vom Himmel hoch

Furcht und Hass sind manchmal schwer zu unterscheiden. Du hasst den, vor dem du dich fürchtest, du fürchtest den, den du hasst. Ich habe mich noch nie so vor Heiligabend gefürchtet wie dieses Jahr. Denn an Heiligabend steckt im Adventskalender erfahrungsgemäß das größte Geschenk.

Ja, auch in meiner Kinderzeit war mein Lampenfieber vor diesem Tag mächtig. Es saß mir im ganzen Körper, ein Wesen, so drängend und pochend, dass ich es manchmal mit Angst verwechselte. Es konnte ähnliche Gestalt annehmen wie die dumpfe Furcht vor dem Zahnarzt, die sich schon Tage vorher, bei jedem Gedanken daran, dass ich bald wehrlos in seinem Stuhl liegen würde, festbiss und mich für Momente in die Hölle versetzte.

Doch damals durfte ich in der Vorweihnachtszeit jeden Morgen eines der roten Filzsäckchen öffnen, die mit goldenen Ziffern nummeriert an einer Schnur über meinem Bett hingen. Ich zog die Süßigkeit oder das kleine Spielzeug heraus – manchmal war es ein lustiger Weihnachtsmann, ein anderes Mal ein glitzernder Bleistift, den meine Mutter hineingepackt hatte –, und mir fiel wieder ein, dass es ein Fest der Freude sein sollte. Die nagende Ungewissheit, was der vierundzwanzigste Dezember bringen würde, ob es wieder Streit geben würde, wenn die Erwachsenen vom Alkohol in Weltschmerz versetzt wurden und wir Kinder im Zuckerrausch wild und nervtötend herumtobten, wurde von diesem Ritual beschwichtigt.

Doch ich bin kein Kind mehr. Inzwischen bin ich selbst die Zahnärztin, zu der die Leute mit heftigem Herzklopfen und üblem Angstgeschmack im Mund kommen. Ich versuche ihnen die Furcht zu nehmen. Das tun wir Zahnärzte heute alle. Wir lernen die Methoden schon an der Uni: leise Musik im Behandlungszimmer, ständige Kommunikation mit dem Patienten, freundliche Erklärung jedes Behandlungsschritts. Bei manchen Menschen wirken diese Maßnahmen besser, bei anderen weniger gut oder gar nicht. Mir ist klar, dass mich einige meiner Patienten wahrscheinlich so sehr verabscheuen, wie sie sich vor dem fürchten, was ich ihnen in meinem Stuhl notgedrungen antue. Und einige – sehr wenige – der Leute, die ich behandelt habe, habe auch ich selbst zu hassen gelernt.

Es ist der dreiundzwanzigste Dezember. Morgen, an Heiligabend, wird die Pilotin das Spiel, das sie mit mir treibt, zu Ende bringen, da bin ich sicher. Sie ist eine Person, die ihre Ziele erreicht. Das wusste ich auf den ersten Blick, schon als ich sah, wie sie mit ausgreifenden Schritten durch die Flughafenlounge ging, ein gelassenes Lächeln in den Augenwinkeln. Das war einer der Gründe, warum sie mich fasziniert hat. Der andere war, dass wir uns so unglaublich ähnlich sehen.

Das erste Päckchen kam am ersten Dezember an. Vier Wochen zuvor war ich wegen eines Unwetters auf dem Flughafen von San Francisco gestrandet. Ich kam von einer Zahnärztekonferenz in Houston und wollte weiterfliegen in den Urlaub nach Thailand. Mein Anschlussflug nach Bangkok hätte am frühen Abend starten sollen. Doch um zehn Uhr konnte mir die

Fluggesellschaft immer noch nicht sagen, wann es weitergehen würde. Ich saß in einem schicken Warteraum – in Anbetracht der besonderen Umstände durften auch wir Economyclass-Passagiere ausnahmsweise diese Edellounge nutzen –, trank meinen dritten Gin Tonic und las einen Artikel über chirurgische Kronenerweiterungen. Hinter den großen Fenstern tobte der Sturm. Regentropfen prasselten mit der Wucht von kleinen Steinen gegen das Glas und zerstoben durch die Gewalt des Aufpralls zu Gischtschwaden. Es war, als ob eine Flutwelle das Gebäude überrollen wollte. Es fiel mir schwer, mich auf den Text, den ich las, zu konzentrieren. Immer wieder starrte ich aus dem Fenster. Ich wäre von der Urgewalt dieses Orkans begeistert gewesen, wenn er mich nicht in einem langweiligen Raum mit grauen und rauchblauen Plastikmöbeln und nerviger Fahrstuhlmusik festgehalten hätte.

Zuerst sah ich nur die Reflexion einer großen Frau in der Scheibe vor mir. Sie fügte dem wilden Toben des Sturms eine fremde, ruhigere Bewegung hinzu. Ich drehte mich um. Sie kam auf meinen Tisch zu. Ihr Körperbau war maskulin: schmale Hüften, breite Schultern, keine Andeutung von Busen war unter der schicken, weißen Bluse zu erkennen. Sie trug blaue Stoffhosen. Auf den ersten Blick verrieten mir nur ihre flachen, schwarzen, sehr eleganten Schuhe, dass sie weiblich war. Doch als ich in ihr Gesicht sah, war kein Zweifel mehr möglich. Sie musste jünger sein als ich, hatte noch keine Fältchen um die Augen, ihre Stirn war nicht ganz so hoch wie meine, ihre Nase etwas breiter. Trotzdem kam es mir vor, als ob ich in einen nur leicht verfremdenden Spiegel schaute. Sie setzte sich mir gegenüber an den Kunststofftisch. Lächelte. Fragte: »Geht es Ihnen wie mir?«

Ich nickte, erwiderte ihr Lächeln. Ihre Haare waren kürzer als meine, auch schwarz, doch ohne ein einziges weißes Haar. Sie standen ihr ein wenig vom Kopf ab, während meine mir gern in die Stirn fallen, sodass ich sie morgens mühsam aus dem Gesicht föhnen muss. Wir unterhielten uns vom ersten Moment an prächtig. Sie berichtete über ihren Beruf. Sie war Charterpilotin für kleinere Düsenmaschinen, flog reiche Geschäftsleute und hin und wieder einen Prominenten quer durch die USA. Das behauptete sie jedenfalls. Sie war gerade aus Hawaii gekommen – nicht selbst geflogen, sondern mit einem Linienflug, auf einem Transfer an die Ostküste, wo ihr nächster Auftrag wartete.

Die Zeit mit ihr verging schnell. Wenn die Redewendung in diesem Fall nicht so merkwürdig unpassend wäre, könnte ich sagen: wie im Flug. Kurz vor Mitternacht forderte eine Lautsprecherdurchsage alle Passagiere des United-Airline-Fluges 405 nach Bangkok auf, zum Gate 31A zu kommen. Tatsächlich hatte sich das Wetter beruhigt. Die Nacht war nun klar und eigenartig transparent, die roten Lichter auf dem Vorfeld blinkten wie die Lämpchen einer Spielzeuglandschaft.

»Schade«, sagte die Pilotin, als ich meine Sachen zusammensuchte. »Es war spannend, mit Ihnen zu reden.«

»Same here«, erwiderte ich. Wir hatten uns auf Englisch unterhalten. Auch für meine Gesprächspartnerin war das nicht die Muttersprache. Sie hatte einen leichten spanischen Akzent. »Ich bin als Teenager mit meiner Familie aus Argentinien eingewandert«, hatte sie erklärt. »Aber meine Mutter ist deutscher Abstammung.«

Ich gab ihr meine Visitenkarte. »Falls Sie mal nach Mannheim kommen sollten. Ich wohne gar nicht so weit vom Frankfurter Flughafen entfernt.«

»Ich melde mich«, versprach die Frau, »Linda«, fügte sie hinzu, als sie meinen Vornamen entziffert hatte. Wir hatten uns nicht vorgestellt. Und ihren Namen weiß ich bis heute nicht.

Als das erste Päckchen ankam, freute ich mich. Ich dachte, es sei einfach ein Lebenszeichen meiner neuen Bekannten. Allerdings hätte ich eher mit einer Postkarte oder einer E-Mail gerechnet als mit einem richtigen kleinen Geschenk. Die Bedeutung des Ankunftsdatums war mir zunächst überhaupt nicht bewusst. Erst als auch am folgenden Tag und danach, am dritten und vierten Dezember und an allen weiteren Tagen bis heute jeweils ein wattierter Umschlag mit Luftpostmarke und ähnlichem Inhalt eintraf, ging mir auf, was hier gespielt wurde. Wie die Pilotin es geschafft hat, dass mich pünktlich vom ersten Dezember an alle Sendungen genau an aufeinander folgenden Tagen erreichten, weiß ich nicht. Glück wahrscheinlich. Sie sind alle in Thailand abgeschickt worden. Ich erinnere mich nicht, ihr erzählt zu haben, dass ich nach Bangkok unterwegs war. Aber sie kann es sich natürlich gedacht haben, nachdem ich auf den Aufruf für den Flug dorthin reagierte. Was für ein komischer Zufall, dass auch sie einige Tage nach mir dorthin geflogen war, hatte ich zuerst überlegt. Wenn wir das gewusst hätten, dann hätten wir uns dort treffen können. Aber bald wurde mir klar, dass sie das nie vorgehabt hatte.

Auf keinem der Päckchen stand ein Absender, aber ich bin sicher, dass sie von meiner neuen Bekannten stammen. Bevor ich das erste öffnete, hatte ich es nur gehofft. Doch als ich den Inhalt sah, wusste ich es. Ich war zunächst zwar erstaunt, aber auch amüsiert über das, was mir die Pilotin da geschickt hatte. In dem gepolsterten Umschlag steckte ein kleines Plastikschächtelchen, wie man sie in Juweliergeschäften bekommt. Darin lag ein Zahn. Genauer gesagt ein vorderer Backenzahn. In der Fachsprache ein Prämolar – die Kaufläche ist kleiner als bei den hinteren Mahlzähnen. Ein winziges Loch war mitten hindurchgebohrt, durch das ein feiner Goldfaden gezogen worden war. Man konnte den Zahn als Dekoration aufhängen, wenn man wollte. Ich suchte nach einer Nachricht, einem Gruß, einer Karte, fand jedoch nichts weiter in dem Umschlag.

Spontan dachte ich, dass sie mir vielleicht einen ihrer Milchzähne geschickt hatte. Ich selbst besitze noch einige von mir, die ich in einem meiner kindlichen Schatzkästchen aufbewahre. Es wäre ein merkwürdiges, viel zu intimes, aber irgendwie ja auch rührendes und bedeutsames Geschenk gewesen. Ein kleiner Scherz unter neuen Freundinnen. Das alles schoss mir in den Sekundenbruchteilen durch den Kopf, bevor mein Zahnärztinnenblick mir unzweifelhaft verriet, dass dieser Zahn einem Erwachsenen gehört hatte. Er war groß, ungleichmäßig abgenutzt, gelblich verfärbt und an der Wurzel abgebrochen. Dieser Zahn war nicht professionell gezogen worden – jemand hatte ihn ausgeschlagen. Aber er hatte ein sehr gut gemachtes Goldinlay.

Auch in dem nächsten Umschlag steckte ein Zahn, ebenso im übernächsten und in allen folgenden. Inzwischen habe ich dreiundzwanzig Zähne, und bereits seit dem sechsten weiß ich, dass sie zusammengehören, sich aneinander abgerieben haben, demselben Mund entstammen – wahrscheinlich einem männlichen Mund, um die fünfzig, mit nicht besonders gutem, aber teuer restauriertem Gebiss. Der Mann ist mit höchster Wahrscheinlichkeit tot. Wie sonst wäre jemand an dreiundzwanzig ausgeschlagene Zähne von ihm gekommen? Die Zähne haben mir nicht die ganze Geschichte verraten. Manches habe ich auch aus dem gefolgert, was mir die Pilotin erzählt hat.

Erst am dreizehnten Dezember war ich wirklich sicher, dass mehr hinter den Päckchen steckte als einige in einem Boxkampf ausgeschlagene Zähne, in deren Besitz jemand irgendwie gekommen war. Ich hätte zur Polizei gehen können. Doch mit dem dreizehnten Zahn kamen auch meine Kreditkartenabrechnungen. Die eine – sie gehörte zu meiner Visacard – hatte ich erwartet. Die Zahlungen, die mit der zweiten Karte getätigt worden waren – einer Mastercard, die ich selten benutzte, weil ich mit ihr keine Vielfliegermeilen sammeln konnte –, stammten nicht von mir. Ich durchsuchte mein Portmonee, dessen Kartenfächer allerlei nützliche und unnütze Plastikscheibchen beherbergten. Die Mastercard war verschwunden. Ich hatte nie besonders gut auf sie aufgepasst. Sie war ja mit einem Foto von mir ausgestattet. Aus Sicherheitsgründen.

Die Abrechnung dieser Mastercard wies Posten in allen Orten in Thailand auf, von denen aus die Päckchen abgeschickt worden waren. Es waren ausschließlich Airmailsendungen damit bezahlt worden. Der finanzielle Schaden war gering. In manchen dieser Städte war ich selbst auch gewesen, in anderen nicht. Aber wie sollte ich das beweisen? Mein Herz schlug heftiger bei der Vorstellung, der Polizei die ganze Geschichte erklären zu müssen. Vor allem als mir wieder einfiel, was die Pilotin über Luftpost gesagt hatte.

Sie hatte die Fachzeitschrift gesehen, die ich bis zu ihrer Ankunft gelesen und dann auf dem Tisch abgelegt hatte. Als ich ihr erklärte, dass ich Zahnärztin bin, verengten sich ihre rauchblauen Augen kurz – abschätzend, verächtlich oder panisch? Ich konnte es nicht sagen. Gleich darauf war sie aber wieder heiter und lebhaft wie zu Beginn unseres Gesprächs und bemerkte: »Wenigstens können Ihre Kunden nichts sagen, während Sie sie behandeln.«

»Währenddessen zum Glück nicht, aber vorher und nachher«, erwiderte ich. »Und manchmal wünsche ich mir dann, ich hätte ihnen den Kiefer so verdrahtet, dass sie nie wieder etwas von sich geben könnten.« Ich erzählte ihr die Geschichte von Herrn P. Natürlich nannte ich seinen vollständigen Namen nicht – Arztgeheimnis –, aber da P. mich vor Gericht gezerrt hatte und die ganze Sache von der Heidelberger und Mannheimer

Presse genüsslich durchgekaut worden war, war sein Name ohnehin nicht mehr besonders geheim.

P. hatte kleine, braune Zähne gehabt, als er zum ersten Mal zu mir in die Praxis gekommen war. Ich habe mich in den letzten Jahren im Bereich von Veneers fortgebildet und gelte hier in der Gegend als Spezialistin für diese aufgeklebten Keramikscheibchen, mit denen sich aus kleinen, braunen Zähnen schöne, weiße machen lassen. Teure, weiße Zähne. Mein Problem mit P. war simpel. Ich hatte ihm in mehrstündiger Arbeit sämtliche Eck- und Schneidezähne verschönert und er wollte nicht zahlen. Er behauptete, meine Leistung sei stümperhaft, er sähe aus wie ein Zuhälter (was er übrigens auch vorher schon tat und was ganz einfach an der Wahl seiner Sonnenbankstufe und dem dumpfen Kastanienbraun seiner künstlichen Haarfarbe lag), und außerdem könne er seit der Tortur in meinem Stuhl vor Schmerzen nicht mehr kauen. Vor Gericht kam zur Sprache, dass er nur einen Tag nach der Behandlung von einer Bekannten von mir in einem Heidelberger Steakhaus gesehen worden war, als er gerade ein pfundschweres T-Bone-Fleischstück verdrückte. Ich gewann den Fall und P. musste mein Honorar vergüten. Aber er war ein wohlhabendes, angesehenes Mitglied des Mannheimer Stadtrats – ein gesellschaftlicher Verantwortungsträger, der für eine bessere Welt kämpfte, wie er mir noch vor der Behandlung mitgeteilt hatte – und der Schaden längst nicht mehr rückgängig zu machen. Seitdem bekam ich höchstens noch ein Drittel so viele Aufträge für kostspielige, kosmetische Zahnbehandlungen wie zuvor, und ich hasste den Mann so inbrünstig, dass sich meine Hände kühl anfühlten und ich das Metall einer imaginären Waffe darin zu spüren glaubte, wann immer ich an ihn dachte. An den meisten Tagen wollte ich ihm nur mit einem meiner kleinen, feinen Geräte seine schicken Veneers durchbohren und die Zähne darunter auch gleich noch bis zum Nerv. Aber in übleren Momenten wurde die Waffe größer und ihre Durchschlagskraft gewaltig.

All das hatte ich der Pilotin erzählt. Grimmig, voller blutiger Details, aber auch lachend und mit der Portion Ironie, die eine gute Geschichte aus dem Leben als Frau verlangt. Schließlich ist dieses Fantasieren über das, was wir mit unseren Feinden machen würden, wenn wir nicht so zivilisiert wären, das einzige Ventil, das wir unserem Hass gestatten. Dachte ich jedenfalls.

Meine Gesprächspartnerin mit dem so anziehend verwegenen Blick hatte interessiert zugehört. Als ich geendet hatte, sagte sie: »Ich kenne diese Gefühle genau. Haben Sie sich auch schon einmal überlegt, was Sie mit der Leiche anstellen würden? Das ist ja der entscheidende Punkt für einen perfekten Mord. Ohne Leiche kann man Ihnen niemals etwas nachweisen.«

»So weit bin ich bisher noch nicht gegangen«, gestand ich.

»Luftpost«, bemerkte die Pilotin, und ihr Lächeln wurde noch vergnügter. Sie summte eine kleine Melodie.

Vom Himmel hoch, da komm ich her ..., ergänzte ich im Stillen den Text des Liedes.

»Man könnte die Einzelteile eines Toten einfach in alle Welt verschicken«, fuhr sie dann fort. »Adressen von Leuten überall findet man heute doch ohne Probleme im Internet. Eine Leber auf die Fidschiinseln, ein Auge nach Sibirien, die Zähne nach Europa.«

Ich schlug noch exotischere Länder vor: die Siegfried-Insel, eine Forschungsstation in der Antarktis, einen kannibalischen Pygmäenstamm in Westafrika. Es war Teil unseres Spiels. Wenn ich ernsthaft über ihren Plan nachgedacht hätte, wären mir die Mängel aufgefallen. Wäre es nicht viel besser, den Körper eines Menschen, den man ermordet hat, nach und nach von seinem Haushund fressen zu lassen, als ihn Fremden per Post zuzuschicken?

Aber es ging mir ja nicht um den wirklichen perfekten Mord, sondern nur um den Spaß, den es machte, darüber zu reden.

»Wen würden Sie denn am liebsten auf diese Weise beseitigen?«, hatte ich die Frau gefragt.

»All diese stinkreichen, heuchlerischen, erzkonservativen, hirnvergiftenden Prediger«, sagte sie. »Falsche Propheten, die die Angst und den dumpfen Hass von Leuten ausnutzen und anfeuern. Hier in den USA haben wir ja leider jede Menge solcher unmenschlicher Anheizer, die so weit gehen, zum Mord an Andersdenkenden aufzurufen. Ich hatte gerade bei meinem letzten Flug wieder so einen in der Kabine. Die meisten Passagiere wollen vor dem Flug mit dem Käpt'n reden. Wenn sie dann sehen, dass ihr schneidiger Pilot eine Frau ist, fällt manchen immer noch die Kinnlade runter und sie würden am liebsten gleich wieder aussteigen. Darauf darf sich meine Company aber nicht einlassen. Gleichstellungsgesetze. Der Passagier müsste trotzdem zahlen ohne Recht auf Beförderung durch einen männlichen Piloten. Also fliegen diese Typen mit. Hin und wieder ist ein echter Fundamentalist dabei. So wie vorgestern. Er hat während des ganzen Fluges über den Untergang der Welt und über Gottes Zorn getönt. *Wenn Männer zu Frauen werden und Frauen zu Männern, dann ist die Apokalypse nahe. Und vor Gottes Thron wird Recht gesprochen über die Sünder!*« Die Pilotin ahmte den pathetischen Ton des Mannes nach, verzog den Mund voller Abscheu und fuhr fort: »So oder so ähnlich hat er rumgebrüllt. Ich würde schon noch sehen, wo ich ende, war sein Tenor. Es war eine kleine Maschine ohne abgetrenntes Cockpit. Ich hätte den Typen – es war so ein betont rechtschaffen aussehender, mit dickem Hals und jovialem Gesichtsausdruck – am liebsten unterwegs aus dem Flugzeug geworfen. Aber das hätte dann doch zu viele Schwierigkeiten gegeben. Ich weiß jedenfalls, wo er wohnt.«

»Das ist immer hilfreich«, erwiderte ich mit einem Augen-
zwinkern. Als kurz darauf die Durchsage kam, die mich zum
Gate rief, gab ich ihr meine Visitenkarte. Heute frage ich mich,
ob es irgendetwas in ihrem Gesichtsausdruck gab, was mich
hätte misstrauisch machen sollen. Aber was hätte das sein können? Eine Art Starre im Blick? Ein etwas zu künstliches Lächeln?
Ich konnte mich nicht erinnern, dass die Pilotin irgendwie un-
echt gewirkt hatte – geschweige denn gefährlich. Sofern sie
überhaupt eine Pilotin war.

Ist es möglich, dass die *Geschenke*, die ich bekommen habe,
doch einen harmlosen Ursprung haben? Vielleicht stammen sie
gar nicht von der Frau aus der Flughafenlounge. Vielleicht hat
ein Kind, das ich behandelt habe und das furchtbare Angst vor
dem Zahnarzt hat – eine Angst, die sich nicht mehr von Hass
unterscheiden lässt –, irgendwo einen menschlichen Schädel
gefunden und mir die Zähne geschickt, als Streich, als Mittel,
um seine Hilflosigkeit zu bekämpfen. Ich wäre natürlich auch
über diese Erklärung nicht wirklich froh. Wer wünscht sich
schon kindliche Patienten, die Totenschädeln die Zähne ausschlagen und sie dann aus dem Urlaub in Thailand verschicken?!

Die Zähne, die bisher gekommen sind, gehören zu niemandem, den ich behandelt habe. Die Inlays sind mit einer Metho-
de gemacht, die ich nicht verwende. Ich habe nachgeforscht.
Sie wird vor allem in den USA angewandt. Ein Erwachsener hat
bis zu zweiunddreißig Zähne. Bei den allermeisten von uns fehlen schon ein paar. Vielleicht bekomme ich morgen, an Heiligabend, eine größere Sendung mit den vier oberen Inzisiven –
den Schneidezähnen – des Mannes, die stehen nämlich noch
aus. Aber ich vermute es nicht. Die Zeitungen berichten mit
großem Aufhebens darüber, dass P. seit drei Tagen vermisst wird.
Er ist von seiner morgendlichen Joggingrunde nicht zurückge-

kommen. Es gibt bisher keinerlei Spur von ihm. Die Angehöri-
gen – seine platinblonde Frau mit unnatürlich straffer Ge-
sichtshaut und ein erwachsener Sohn, deren Fotos einem von
allen Titelblättern neben dem von P. entgegenstarren – haben
sich in der Presse an etwaige Entführer gewandt mit der dringenden Bitte, ihrem Ehegatten und Vater nur nichts anzutun. Sie
warten auf Lösegeldforderungen. Wollen P. doch Weihnachten
wieder bei sich haben.

Ich weiß, dass es jetzt dringend an der Zeit wäre, der Polizei
die Zähne zu übergeben, ihnen die ganze Geschichte zu erzählen. Aber ich fürchte mich vor der nächsten Kreditkartenab-
rechnung. Ich bin sicher, dass die Aufstellung Käufe aus den
letzten Tagen in Heidelberg enthalten wird. Vielleicht sind sogar Luftpostsendungen in alle Welt damit bezahlt worden. Auf
vielen modernen Postämtern ist das heutzutage möglich. Mit
einer Mastercard, die mein Foto trägt und die ich nie als gestohlen gemeldet habe. Und wie soll ich der Kripo um Him-
mels willen erklären, was ich Heiligabend in der Post finden
werde?

Monika Geier

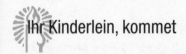
Ihr Kinderlein, kommet

»Sterben müssen wir sowieso alle«, hatte Jan gesagt, und ich hab keine Ahnung, was daran schlimm sein soll. Das ist eine Tatsache. Er muss es auch wissen, denn vorletzte Weihnachten ist seine Oma gestorben. Ganz plötzlich – sie hat ihm noch ein Essen gekocht und ist dann friedlich eingeschlafen. Er war dabei. Einfach eingeschlafen in ihrem Sessel, nachdem sie ihm einen Truthahn gebraten hat, dabei mag Jan gar keinen Truthahn. Das ist was für Schwule, sagt er, das kann man nicht essen, mit dem ganzen Knochenkram drin. Er mag richtiges Fleisch. Das hat er der Oma auch gesagt, aber die hat an Weihnachten immer Truthahn gebraten. Und jetzt ist sie nicht mehr da. Und auch ihr Haus nicht, das hat sich Jans blöde Tante unter den Nagel gerissen. Aber irgendwann holt Jan sich das Haus zurück. Das weiß er schon und ich auch und vor allem die blöde Tante, die soll ruhig zittern.

Leider wird er nur in der nächsten Zeit nicht dazu kommen und daran bin ich mit schuld. Weil ich so gern ein Weihnachtsfest wollte. Obwohl ich nie in die Kirche gehe oder so. Ich weiß gar nicht richtig, wie man das überhaupt macht – Weihnachten. Aber ich wollte ein Fest haben wie alle. Auch wenn wir schon seit dem Sommer nicht mehr im Haus von Jans Oma wohnen dürfen und die Clique auseinander gebrochen ist.

Wir haben ja ein halbes Jahr zusammengelebt, Jan, Melanie, Stolle und ich. Ich war echt froh, dass ich da untergekommen bin. Vorher lebte ich ja auf der Straße. Und Jan sagte, kein Problem, wir haben Platz. Er hat es nicht ausgenutzt. Nie habe ich mich so sicher gefühlt wie damals bei Jan – der hatte seine Melanie und fertig. Deswegen kann mir auch niemand erzählen, dass Jan ein Killer ist. Das ist Quatsch. Es war Stolle, der alles versaut hat.

Jedenfalls – wegen Jans blöder Tante mussten wir aus dem Haus raus. Ich hatte trotzdem Glück und kriegte Arbeit beim Kiosk dort in der Nähe. Der Besitzer lässt mich sogar hinten im Laden schlafen, bis ich eine richtige Wohnung hab. Stolle seh ich weiter, weil der sowieso den ganzen Tag am Kiosk abhängt. Jan und Melanie sind zu Melas Eltern gezogen. Das muss schlimm gewesen sein. Weil die Wohnung so klein ist und die Eltern sich den ganzen Tag streiten. Die haben dann auch Melanie angeschrien und das kann Jan eben nicht vertragen. Außerdem hat er eine Katzenallergie. Und Melas Mutter besaß drei Katzen. Ich hätte die an seiner Stelle auch weggebracht.

Deshalb kriegte er dann auch Krach mit Mela, weil die bis heute glaubt, er hätte die Viecher gekillt. Dabei stimmt das gar nicht. Er konnte ihr nur nicht sagen, dass er die Katzen einem Kumpel geschenkt hat, weil Mela sie dann zurückgeholt hätte. Und dem Kumpel kann man sie ja auch nicht wieder wegnehmen. Mir hat Jan das erzählt. Weil ich schweigen kann und weil ich eine Nette bin, sagt er. Ich finde Jan auch nett, er sieht aus wie Brad Pitt, nur dass er sich die Haare nicht blond färbt, weil das nur was für Schwule ist. Er ist der einzige Mann mit Charakter, den ich kenne, auch wenn das vielleicht blöd klingt. Da kann Mela so viel lästern, wie sie will, und bei der Verhandlung Lügen erzählen, mich schockt das nicht.

Jan kam nur manchmal zum Kiosk. Ganz selten brachte er

Mela mit. Die war immer total aufgetakelt und so. Eigentlich hatte ich deshalb keine Lust mehr, mit ihr zusammen zu feiern, aber dann wurde es so weihnachtlich überall. Ebendiese ganzen Tannenbäume, die Lichter in den Fenstern, die Nikoläuse und die vielen goldenen Pralinenschachteln und Geschenkboxen im Aldi. Da dachte ich, es wäre schön, auch Weihnachten zu haben. Und fragte die anderen.

Mela war sofort dagegen und erklärte, sie würde Weihnachten gemeinsam mit ihren Eltern und Jan »verbringen«. Aber Jan sagte zu Mela, wenn sie glaubte, dass er einen Abend lang unter dem albernen Kronleuchter ihrer Eltern billigen Sekt trinken und Fischhäppchen essen und den schwulen Wiener Sängerknaben beim Jodeln zuhören würde, dann sei sie verdammt schief gewickelt. Da lachten alle am Kiosk und Mela war beleidigt. Und Jan sagte zu Stolle: »Alter, du hast doch so eine nette Oma mit einem großen Haus, die würde uns doch sicher gern zu einem Steak einladen, damit sie an Weihnachten nicht so allein ist.« Dann flüsterte er Stolle was ins Ohr. Und Stolle sagte ja.

Also kaufte ich Geschenke. Das machte richtig Spaß. Stolle war einfach – für den besorgte ich das Kicker-Bayern-Sonderheft. Und für Stolles Oma eine Schachtel Pralinen. Für Mela packte ich eine Körperlotion ein, die ich schon hatte, aber nie benutzte, weil sie so nuttig riecht. Am schwierigsten war Jan – da rannte ich einen ganzen freien Nachmittag durch die Stadt, um etwas zu finden. Es durfte ja keine Anmache sein, wie Aftershave, oder zu tuntig, wie die Sachen aus dem großen Geschenkeladen. Trotzdem – dort hätte ich am liebsten einfach alles gekauft. Obwohl man das meiste überhaupt nicht gebrauchen kann. Nur den einen Spagettiteller hätte ich fast genommen, der war wunderschön, ganz blau und riesig groß. Ich wusste gar nicht, dass man Spagetti normalerweise aus so tiefen Tellern isst. Und dass es überhaupt extra Geschirr für sie gibt. Ich kaufte ihn deswegen nicht, weil ich ihn behalten hätte, und sich selbst Geschenke zu kaufen ist ja albern. Jan mag keine Spagetti. Für ihn besorgte ich eine Flasche Tequila, den mag er. Später am Kiosk erzählte ich dann den anderen, wie gut mir der Teller gefiel, aber viel Hoffnung hatte ich nicht, dass sie mir überhaupt etwas schenken würden.

Am Vierundzwanzigsten gegen Mittag kam dann Stolle in seinen besten Klamotten, mit feuchten Haaren und ganz nervös zum Kiosk. Er trank ein paar Bierchen, bis auch Jan eintraf, allerdings ohne Mela. Jan sah ebenfalls komisch aus und sagte: »Zu der Schlampe geh ich nie wieder zurück.« Dann guckte er mich an. »Ich fang jetzt ein neues Leben an.« Mir wurde ganz warm, und so war zumindest ich gut gelaunt, als ich meine Geschenke packte und mit den anderen zu Stolles Oma aufbrach.

Sie hatte ein großes Haus. Jan bekam schon leuchtende Augen, als wir nur vor der Tür standen. Aber Stolles Oma ist auch eine große Frau und, wie ich vermute, anders, als Jans Oma war. Man sah gleich, dass nicht wir ihr die Einsamkeit vertrieben, sondern sie uns mit dieser Feier eine Freude machte. Sie schaute so scharf, dass ich mich kaum traute, meine Schachtel Pralinen zu überreichen, obwohl ich andererseits froh war, daran gedacht zu haben. Wir mussten die Schuhe ausziehen und in das große Wohnzimmer kommen, wo ein riesiger geschmückter Christbaum stand, es nach Truthahn roch, eine Katze auf einem Sessel schlief und im Hintergrund ein Jungenchor etwas mit Kinderlein sang, was – finde ich – gar nicht schlecht klang. Jedenfalls passte es zu dem Zimmer und dem Abend.

Andererseits war klar, dass Jan sich das Ganze anders vorgestellt hatte. Normalerweise redet er viel. Hier fiel ihm das schwer. Nicht weil Stolles Oma ihrerseits so drauflos gelabert hätte. Nein, im Gegenteil – weil sie so genau zuhörte. Sie saß nur da, stellte ein paar Fragen, guckte uns gerade in die Augen, und man sah, dass sie sich einiges dabei dachte, nur nicht, was. Sie ging auch selten in die Küche, um nach dem Essen zu sehen, und kam nicht auf die Idee, den Jungs Bier zu bringen oder so. Zu trinken gab es nur Wasser und Johannisbeersaft, obwohl im Barschrank neben dem Christbaum guter alter Schnaps stand.

»Gott, ist die alte Zicke geizig!«, zischte Jan Stolle zu, als dessen Oma gerade von einer tropfenden Kerze am Baum abgelenkt wurde. »Gönnt uns nicht mal ein Schnäpschen.« Dann nieste er und zwickte die Katze, die ihm blitzschnell eine krallte und dann einfach weiterschlief. Jan blutete sofort und machte ein Riesentamtam drum. Stolles Oma jedoch blieb ganz ungerührt und holte ihm nicht mal ein Pflaster. Sie sagte nur, das sei ja merkwürdig, wie »spontan« Jan zu bluten angefangen habe. Ob er das mit der anderen Hand auch könne.

»Das Drecksvieh hat mich gekratzt«, antwortete Jan sauer, worauf Stolles Oma völlig ungläubig die Katze anguckte, die einen Meter von Jan entfernt auf dem Nachbarsessel lag und friedlich schlief.

»Ich hab einfach eine Katzenallergie, okay?« Jan nieste wieder.

»Eine außergewöhnliche Allergie«, sagte Stolles Oma, »mit dermaßen dramatischen Symptomen.«

»Scheiße!«, rief Jan. »Bringen Sie das Vieh jetzt raus oder soll ich es raustreten?« Natürlich kam das nicht gut, aber andererseits hat Jan wirklich eine Katzenallergie.

»Vielleicht wollen Sie lieber vor die Tür gehen und sich ein wenig abkühlen«, versetzte Stolles Oma darauf kalt. »Herr Klein.« So heißt Jan mit Nachnamen. Aber wie Stolles Oma das

»Klein« aussprach, hörte es sich an wie »winzig«, ich kann es gar nicht richtig beschreiben. Jan war stocksauer. Er fragte Stolle laut, ob er sich das gefallen lassen müsse, und sagte, dass er nichts weiter wollte als in Ruhe feiern und endlich was Anständiges zu trinken. Stolle wurde noch nervöser und wusste nicht, zu wem er halten sollte. Also stand Jan auf, fing an, der Oma vor der Nase rumzufuchteln, und verlangte, sie solle uns jetzt gefälligst was zu trinken und das gottverdammte Essen bringen. Stolle zuliebe, der sei ihm nämlich eine Menge schuldig.

»Mir auch«, sagte die Oma. »Sie werden uns jetzt sofort verlassen, Herr Klein.«

Jan zitterte, dann ging er zu Stolle und haute ihm mit aller Kraft eine rein. Das war natürlich uncool, zugegeben, aber immer noch besser, als die Oma zu schlagen. Gleich darauf packte er Stolle am Kragen und zerrte ihn hoch. Stolle hing nur so da und traute sich nicht, sich zu wehren oder auch nur einen Ton zu sagen, und da sagte Jan es. Dass die Oma sich in Acht nehmen soll, denn »sterben müssen wir alle, nur manche früher«. Und so ist er gegangen, hat noch ein paar Gläser runtergeschmissen und gegen einen Schrank getreten und Stolle einfach hinter sich hergezogen.

Nur ich, ich bin geblieben. Ich weiß auch nicht, was es war, wahrscheinlich einfach Weihnachten. Ich drückte mich wie die Katze ganz tief in den Sessel und vergaß einfach mitzugehen. Jan war sowieso auf hundertachtzig und Stolle würde sich höchstens noch voll laufen lassen. Ich kannte sie ja: Ein Essen würde es bei denen nicht geben, und Geschenke hatten sie auch keine dabei, das hatte ich schon gesehen. Und der Sessel war so weich und das Zimmer so schön, Holzfußboden und echte Kerzen am Baum und eine Katze – ich mag Katzen.

Jedenfalls – als Stolles Oma von der Tür zurückkam, sah sie

plötzlich furchtbar müde aus, guckte mich lange an und sagte dann: »Jetzt müssen wir die Rolläden runterlassen.« Also half ich ihr, überall im Haus die Rolläden runterzulassen. Sie versperrte alle Türen. Sie war alt und langsam und sehr ungeschickt, und ich frage mich immer noch, wie sie vorher, als die Jungs noch dabei waren, so stark wirken konnte. Dann haben wir die Scherben von den Gläsern weggekehrt und gegessen. Es gab Wein zum Essen, den musste ich aufmachen, weil sie es nicht schaffte. Sie hörte auch nicht mehr richtig zu, obwohl sie mich viel fragte. Sie war einfach nur noch müde.

Ich weiß nicht, weshalb sie mich nicht auch rausgeschmissen hat. Nur als ich ihr sagte, dass Jan sonst nicht so komisch ist, schaute sie mich ganz plötzlich hellwach an, ganz kurz nur, als hätte sie Angst vor mir. Dann schenkte sie mir ein Buch, einfach so aus dem Regal: »Es drängte sie, die Welt zu sehen« heißt es. Ich hab noch nicht angefangen, es zu lesen, obwohl sie sagte, dass es nur kurze Geschichten von echten Frauen sind, die wirklich gelebt haben. Ich schenkte ihr die Körperlotion und sie machte sie auf und roch dran und freute sich. Geschmack hat sie also nicht, aber immerhin gefiel es ihr. Dann durfte ich die Katze streicheln, und sie fragte, ob ich eine Wohnung hätte. Ich sagte ja, weil ich merkte, dass ich gehen sollte. Es war ein komischer Abend. Ich habe sie nie mehr besucht. Ich glaube, sie hatte mich schon vergessen, als ich noch da war.

Am nächsten Tag kamen dann Leute zum Kiosk, die sagten, Jan säße im Bau. Stolle hätte ihn verpfiffen. Jetzt tat es mir Leid, dass ich bei der Oma geblieben war. Ich sagte: »Verpfeifen kann man nur jemanden, der was gemacht hat, Witzbolde. Stolle hat bloß endlich gekriegt, was er lange verdient hat.« Wegen so was und drei Gläsern kommt man nicht in den Bau. Das wäre ja das Allerneueste.

Aber tatsächlich – Stolle, der linke Hund, hat sich erst verprügeln lassen und ist dann zu den Bullen gerannt, wie das seine Art ist. Denen hat er dann was total Irres gedrückt: dass Jan ihn dazu überreden wollte, gemeinsam mit ihm seine Oma umzubringen. Total abgedreht, kann ich da nur sagen. Jan hätte damals vor einem Jahr schon seine eigene Oma ermordet. Einfach mit einem Kissen erstickt, weil sie ihm Truthahn statt Steaks gemacht hat. Irre. Und weil er ihr Haus wollte. Das ist totaler Quatsch, hab ich gesagt, aber die anderen meinten, dass es typisch sei für Jan.

Ich finde es aber viel typischer für Stolle, was in der Art zu planen, sich dann nicht zu trauen und am Ende aus Frust einen anderen anzuschwärzen. Natürlich sind die Bullen bei mir aufgekreuzt, weil Stolle mich als Zeugin genannt hat. Dafür, dass Jan angeblich der Oma gedroht hätte. Ich war so sauer auf Stolle, dass ich das Kicker-Heft zerrissen hab, was doof war, denn das hätte ich noch verkaufen können. Fast hätte auch noch das Buch von seiner Oma dran glauben müssen, aber das hab ich dann doch verschont. Schließlich war es mein einziges Weihnachtsgeschenk. Bei der Verhandlung und vorher zu den Bullen hab ich jedenfalls gesagt, was ich von Stolle denke. Jan nützt es nicht viel, aber lange können sie ihn nicht drinbehalten, sie haben nämlich keine Beweise.

Und wenn er rauskommt, geht er nicht zu Mela zurück, die ihn im Stich gelassen hat, das hat sie jetzt davon. Er kommt zu mir. Dann schmeißen wir seine blöde Tante aus dem Haus, das eigentlich seins ist. Oder suchen uns noch ein größeres, so eins wie das von Stolles Oma. Und da werden wir dann wohnen, nur wir zwei.

Jutta Wilbertz

Morgen kommt der Weihnachtsmann

Morgen kommt der Weihnachtsmann,
kommt mit seinen Gaben.
Püppchen, Spielzeug, vielerlei,
eine große Schäferei,
einen Schlitten und noch mehr
möcht ich gerne haben.

»Was soll das, bist du verrückt geworden?«

Er hat sich noch nicht umgezogen. Ist wohl direkt in seine Küche gerannt, um den Herd anzustellen. Nun schwitzt er. Sein Gesicht glänzt rot und aufgedunsen. Mit dem weißen Bart und der roten Mütze sieht er einfach lächerlich aus.

»Wo ist sie?«

»Ich weiß es nicht, wie oft soll ich das noch sagen?«

»Lügner!«

Dieser Volker war mir vom ersten Moment an nicht ganz geheuer gewesen. Allerdings hatte ich mein Unbehagen darauf geschoben, dass er im schönsten Altweibersommer eine Schachtel halb geschmolzener Dominosteine herauskramte und dabei mit tiefer Stimme »für die Engelchen« brummte.

Nicht dass ich etwas gegen Weihnachten hätte – im Gegenteil. Ich dekoriere meine Wohnung, verbringe Heiligabend mit meiner besten Freundin Mira bei Karpfen und Wein, ich backe sogar Plätzchen.

Aber bitte alles zu seiner Zeit. Das »Morgen-kommt-der-Weihnachtsmann«-Geplärre in den Supermärkten, während ich noch nicht einmal die Dias vom Sommerurlaub sortiert habe, macht mich nervös.

Und dann Volker mit seinen Dominosteinen. Mira hatte zum Picknick eingeladen, wollte ihn mir als ihren neuen »Mister Right« vorstellen. Kennen gelernt hatte sie ihn im VHS-Wochenendseminar »Französisch kochen«. Das war immerhin besser als damals bei Tom (Disko) oder gar Henning (Sauna). Wie immer war Mira Feuer und Flamme und wie immer war ich vorsichtig.

Mira und ihre Männer. Bis jetzt hatte sie sich jedes Mal den Falschen ausgesucht, und wenn es dann vorbei war, musste ich wieder einmal erste Hilfe leisten – seelisch, aber nur allzu oft auch ganz praktisch, mit kalten Kompressen und Arnikasalbe. Nein, sie hatte wirklich kein glückliches Händchen in Sachen Partnerwahl.

Dabei war sie intelligent, hatte sogar mal studiert. Und sah mit ihren roten Haaren und ihrem spitzbübischen Lächeln geradezu unverschämt gut aus. Die Männer lagen ihr zu Füßen, aber mit untrüglichem Instinkt wählte sie immer den mit der Macke und dem Goldkettchen.

Volker dagegen schien endlich einmal nicht dem üblichen Schema zu entsprechen – ein rundlicher Genießer, der viel erzählte und dessen dröhnendes Lachen immer eine Spur oberhalb meiner Schmerzgrenze lag. Dennoch – als er sich genüsslich auf der Picknickdecke ausstreckte und einen exzellenten

Rotwein aus dem Korb angelte, beschloss ich, ihm den Faux-pas mit den Dominosteinen im September nachzusehen und meine Abneigung hinunterzuschlucken.

Hauptsache, Mira war glücklich.

In der Küche zischt etwas. Volker zuckt zusammen.

»Was hast du mit ihr gemacht?« Meine Stimme klingt ungewohnt schrill.

»Nichts. Was soll ich gemacht haben? Sie hat sich seit einer Woche nicht mehr bei mir gemeldet. Sie hat mich ohne ein Wort abserviert, das kleine Biest.«

»O nein, sie hat mir gesagt, dass sie zu dir fahren und Schluss machen wollte!«

»Tja, Schluss gemacht hat sie wohl auch. Aber sie hat sich nicht die Mühe gemacht, mir das mitzuteilen.«

»Sie würde niemals verschwinden, ohne mir etwas zu sagen!«

»Offenbar doch.«

Ja, Mira war begeistert. Volker hier, Volker dort, ich konnte es bald nicht mehr hören. Er kochte wie ein Gott, er erkannte den Jahrgang eines Weines am Geschmack, er hörte Vivaldi und Mozart, er hasste Sport. Genau wie sie – die ganzen Jahre über habe sie nur sportlich getan, weil doch Tom und Henning so gestählte Muskelmänner waren. Aber im Grunde sei sie ein Kulturmensch, eine künstlerische Seele.

Ich kannte das schon. Wie bei jeder neuen Liebe machte Mira sich geradezu chamäleonhaft die Vorlieben ihres jeweiligen Partners zu Eigen, als ob sie nie andere gehabt hätte. Innerhalb eines Monats war ihre Wohnung umdekoriert, ihre CD-Sammlung um philharmonische Errungenschaften erweitert und ihre Garderobe ausgewechselt. Wobei Letztere so gar nicht in die schöne neue ästhetische Welt des Volker K. zu passen schien: kurze Röckchen, knappe Oberteile, dazu weiße Söckchen und flache Schuhe. Das reinste Girl – und das mit über dreißig!

»Er findet, es steht mir«, sagte sie und wurde rot.

Ich unterdrücke das Zittern meiner Hand, in der ich jetzt die Pistole halte. Ich habe es zuerst im Guten versucht, aber er streitet beharrlich alles ab. Da habe ich die Pistole hervorgeholt. Es ist ein kleines, unscheinbares Ding – kaum vorstellbar, dass ich nur einen Finger zu krümmen bräuchte und er würde umfallen. Einfach so. Mitten in seiner Wohnung. Ein dicker Kloß im roten Mantel.

»Du hast sie umgebracht!«

»Was redest du denn da?« Er weicht zurück.

»Wenn sie noch lebt, wo ist sie? Warum hat sie sich nicht bei mir gemeldet? Wir wollten zusammen Heiligabend feiern.«

»Vielleicht hat sie keine Lust? Vielleicht ist sie einfach untergetaucht, weil sie keinen Bock mehr hat auf Karpfen, Wein und altjüngferliches Getratsche?«

Nun fängt meine Hand doch an zu zittern. Dieser unverschämte Kerl! Am liebsten würde ich ihn direkt abknallen, aber zuerst muss ich wissen, was er mit Mira gemacht hat. Aus der Küche wehen Kochgerüche. Auf dem Tisch steht eine offene Flasche Rotwein. Ihm rinnt der Schweiß in Strömen übers Gesicht.

»Komm schon, Monika. Bitte, leg das Ding weg.«

Er versucht es auf die nette Tour.

»Ich kann ja verstehen, dass du enttäuscht bist. Ich habe mir Weihnachten auch anders vorgestellt. Von mir aus hätten wir morgen zusammen feiern können, wir alle drei. Ein leckeres Filetstück, Rucolasalat, Röstkartoffeln, zum Abschluss Mousse au Chocolat und dann im Fernsehen ›Ist das Leben nicht schön?‹. Stattdessen hocke ich hier allein.«

Ich halte wortlos die Pistole auf ihn gerichtet.

»Lass mich wenigstens das Kostüm ausziehen. Ich komme um vor Hitze.«

»Ach, ich dachte, das trägst du so gern.«

Irgendwann im Oktober zogen die ersten Wolken am Himmel des jungen Glücks auf. Denn da hatte er den letzten Cent seiner Abfindung verfressen, vornehmlich in Form von Perlhuhn und Rinderfilet. Sein exquisiter Gaumen stand in keinem Verhältnis zu seinem profanen Arbeitslosengeld. Und seine wachsende Gier nach einem guten Tropfen entwickelte sich diametral zu dem schrumpfenden Guthaben auf seinem Konto.

Mira war zutiefst besorgt um ihn und verteidigte ihn natürlich vorbehaltlos.

»Du verstehst ihn nicht«, sagte sie, als ich mir eine Bemerkung über ihre immensen Lebensmittelausgaben erlaubte.

»Ihm wird schlecht von billigem Fleisch. Das ist so, als ob du Hundefutter essen müsstest.«

Sie sah nicht gut aus. Einmal hatte sie ein blaues Auge.

»Er ist nervös«, sagte sie und wich meinem Blick aus.

Anfang November fand Volker einen neuen Weg ins Schlaraffenland. Er schloss einen Deal mit einem Delikatessenladen, wo er mit Handkuss genommen wurde. Sein Aussehen sprach für ihn, und zudem kannte man ihn als erfahrenen Gourmet. Zweimal wöchentlich beriet er nun im Weihnachtsmannkostüm die Kundschaft in Sachen Festtagsessen. Als Entgelt trug er blutige Fleischstücke nach Hause.

»Morgen kommt der Weihnachtsmann, kommt mit seinen Gaben«, sang er, wenn er abends heimkehrte. Und damit ging für Mira wieder die Sonne auf. Sie wurde erneut zum kichernden Girlie, trällerte Weihnachtslieder vor sich hin, und als sie eines Tages vom Friseur kam, hatte sie ihre schönen roten Haare gegen goldblonde Löckchen eingetauscht.

»Er ist der Weihnachtsmann und ich bin sein Engelchen«, sagte sie und wurde rot.

Püppchen, Spielzeug, vielerlei. Es war in der dritten Adventswoche, als Mira eines Abends unangemeldet bei mir auftauchte.

»Diese ganze Fresserei ist widerlich«, sagte sie. »Fleisch, Fleisch, immer nur Fleisch! Das ist doch nicht normal. Lange mach ich das nicht mehr mit.«

»Monika, bitte! Mir brennt alles an.«

Sein Essen scheint ihm größere Sorgen zu bereiten als die Waffe in meiner Hand. Immer wieder wirft er einen hastigen Blick in Richtung Küche.

»Lass mich doch wenigstens den Herd runterdrehen. Bitte!«

Er schaut mich flehentlich an.

»Das ist ein ganz besonderes Gericht, weißt du, etwas, was ich noch nie gegessen habe ...«

Ein süßlicher Fleischgeruch weht aus der Küche.

Und dann begreife ich – Mira!

Mir wird übel. Ich reiße die Balkontür auf. Luft, ich brauche frische Luft!

Im selben Moment macht Volker einen Satz auf mich zu und versucht, mir die Waffe aus der Hand zu reißen.

Es knallt. Trocken.

Dann läuft alles ab wie im Film: Er schaut mich einen Moment lang verblüfft an und sackt dann langsam über der Balkonbrüstung zusammen.

Irgendwie komme ich unten vor der Haustür an. Ein paar Leute sind noch unterwegs, und ich zwinge mich, ruhig zu gehen.

Es hat angefangen zu schneien. Ich blicke kurz zum Haus zurück. Volker hängt mit dem Oberkörper über der Brüstung. Weiße Flocken fallen auf seinen roten Mantel. Die Mütze sitzt noch fest auf seinem Kopf.

Ein Weihnachtsmann mehr an der festlich dekorierten Häuserfassade.

Zu Hause blinkt der Anrufbeantworter.

»Monika? Du, tut mir schrecklich Leid wegen unserem Weihnachtsessen, aber du ahnst ja nicht, was passiert ist! Rate mal, wo ich bin! In der Toskana, mit Gianfranco. Er ist so süß ... Er ist Schafzüchter und ich lerne jetzt Italienisch. Und es schneit hier sogar und ich bin Schlitten gefahren ... Es ist alles so romantisch! Ach, und meine Haare habe ich silberblond gebleicht – ich bin sein Lämmchen, sagt er ...«

 Eva Rossmann

Jingle Bells

Es schneit. Ich bin in der Karibik und es schneit. Der Welcome-Drink heißt »Jingle Bells«. Soweit ich feststellen kann, besteht er hauptsächlich aus Eis und aus dem feinen Styroporzeug, das von der Zwischendecke rieselt. Meine Mitgäste scheinen begeistert. Vor allem ältere US-Amerikaner und Deutsche. Eine Lady in pinkfarbenen Shorts blickt zur Decke auf und flüstert mit ergriffenem Schaudern: »Snow, snow.« Zu Ehren des vierundzwanzigsten Dezember läuft die Klimaanlage auf Hochtouren, mehr als siebzehn Grad hat es sicher nicht. Vielleicht hat sich die Alte aber auch schon zu viele »Jingle Bells« genehmigt.

Wenigstens braucht es mir ums Geld nicht Leid zu tun. Ich bin gratis hier. Genauso wie der fette »Blatt«-Journalist aus München, der sich schon heute Vormittag sechs Rum-Punsch gegeben hat und nun fehlt. Eigentlich arbeite ich in Wien für das »Magazin« im Ressort »Lifestyle«. Nicht dass ich dafür besonders viel übrig hätte – es ist mir passiert wie so vieles in meinem Leben und von irgendwas muss der Mensch schließlich auch leben. Momentan bin ich an die Reiseredaktion verliehen und in die Karibik verschickt worden. Ich soll von der Eröffnung des »Stars Unlimited« auf der Insel St. Jacob einen sonnigen und netten Bericht liefern – eine gute Gelegenheit, auf andere Gedanken zu kommen.

Ich nehme noch einen Schluck von meinem »Jingle Bells« und versuche die Weihnachtslieder im Hintergrund zu verdrängen. Mikrofonprobe. »One, two, three«, flüstert die Hotelassistentin. Das läuft weltweit gleich ab: Es wird gezählt, auf Deutsch, Englisch und Suhaeli. Denn wer zählt, kann keinen Blödsinn erzählen. Eigentlich sollten die meisten Redner sich besser aufs Zählen beschränken. Was für eine Erleichterung auch im politischen Journalismus!

Ein nett aussehender Inder prostet mir zu. Vier Santa Claus kommen hinter der Bar hervor. Sie schwitzen enorm – offenbar haben sie draußen in der Hitze auf ihren Auftritt warten müssen. Strand und Sonne und Palmen. Deswegen bin ich da. Ich versuche den händeschüttelnden Weißbärten zu entkommen und lächle den Inder an. Bald erfahre ich, dass er als Psychologe im Inselkrankenhaus arbeitet. Außerdem leidet er an einer Schmetterlingsphobie, und niemand hat ihm gesagt, dass es auf dieser Insel besonders viele und enorm große Schmetterlinge gibt.

Der Auftritt des Vizepräsidenten der Hotelkette bewahrt mich davor, mehr über das Leben eines Mannes hören zu müssen, der sich krankhaft vor Schmetterlingen fürchtet. Der Vize sieht aus wie aus einem Katalog für seriös wirkende Vizepräsidenten: schlank, grauhaarig, kultiviert, aber tatkräftig. Er trägt einen grauen Anzug aus feinem Tuch, das wirkt, als wäre es seinem Träger nie zu heiß oder zu kühl.

»Merry Christmas!«, dröhnt er mit deutschem Akzent in das Mikrofon. Es quietscht auf – Rückkoppelung, auch das kennt man weltweit, aufgeregtes Herumfummeln an Reglern und Knöpfen und ein leicht genervter Redner, der endlich loswerden will, was er zu sagen hat. Als das Problem behoben ist, erzählt der Vize von karibischem Flair und dass wir uns trotzdem alle wie daheim fühlen sollen. Will ich nicht – daheim hat Oskar in der Zwischenzeit vielleicht schon seinen Schrank in meiner Wohnung oder auch meinen Schrank in seiner Wohnung mit der ihm eigenen Gründlichkeit geräumt.

Applaus, als der Vizedirektor geendet hat und nun Planungsdirektor Müller innig die Hand schüttelt. Den kenne ich schon. Ziemlich attraktives Mannsbild, blond und sportlich und groß. Etwa so alt wie ich. Zum Glück steh ich mehr auf dunkle Typen.

Ich stehle mich davon, um vor dem großen Christmas-Büfett noch schwimmen zu gehen. Beim Hinterausgang höre ich eine erregte Männerstimme: »White, white, not black, I told you.« Ich schleiche näher und sehe den Planungsdirektor auf die PR-Chefin des Hotels einreden. Ausschließlich weiße Weihnachtsmänner habe er bestellt, Weihnachtsmänner haben weiße Hautfarbe, das sei nun einmal klar, und gerade die Gäste hier ... die Frau wirft ein, dass zu wenige zu bekommen gewesen seien, also habe sie einen zugelassen, der zwar nicht weiß, aber immerhin hell sei, zirka wie der Außenminister Powell. Der Planungsdirektor findet Powell deutlich weißer. Fast will ich mich mit der Vermutung einmischen, dass der weiße Bart nicht ganz Weiße eher dunkler erscheinen lässt – man stelle sich den Außenminister nur mit Rauschebart vor und schon wäre er auch seinem Präsidenten und seinen Beratern zu dunkel.

Das Wasser hat sechsundzwanzig Grad, die Dämmerung macht es noch weicher und wärmer. Seltsam, ich bin die Einzige am Hotelstrand. Die meisten Gäste bleiben lieber im eisigen Kunstschneetreiben oder am Pool, als ob das Meer gefährlich wäre. Dabei ist der Bereich, der zum Schwimmen vorgesehen ist, eigens mit blauen Styroporkugeln abgegrenzt. Styropor scheint man in diesem Hotel jede Menge zu brauchen. Morgen werde ich über die Leine hinausschwimmen. Allein der Gedanke stimmt mich euphorisch.

Die Hotelleitung hat darauf Rücksicht genommen, dass in Amerika erst am fünfundzwanzigsten Dezember gefeiert wird, und beschert uns in der Früh daher gleich noch eine Portion Weihnachten. Eine Steelband intoniert »Jingle Bells«, zwei als Rentiere verkleidete Ponys ziehen einen Weihnachtsschlitten über den Strand bis vor die Frühstücksterrasse. Sie werden von zwei Weihnachtsmännern mit »Ho-Ho-Ho«-Rufen und heftigem Glockengebimmel angefeuert. Über der Ladung des Schlittens – was immer es sein mag – liegt eine rotsamtene Decke.

Endlich steht der Wagen. Eine als Engelchen verkleidete Bikini-Schönheit hüpft herbei und zieht unter Assistenz der Weihnachtsmänner die Decke herunter. Auf der Terrasse ist es atemlos still geworden. »Jingle bells, jingle bells, jingle all the way«, ertönt es, als ein Aufseufzen durch die frühstückende Menge geht. Enttäuschung, Entspannung nach der Spannung, Überraschung? Jedenfalls sitzt im Schlitten noch ein Weihnachtsmann. Er scheint zu schlafen und kommt mir bekannt vor.

Als das Engelchen höchst unfeierlich aufkreischt, stürme ich reflexartig zum Schlitten. Der schlafende Weihnachtsmann ist im wirklichen Leben Vizepräsident. Und er schläft auch nicht, sondern hat die Augen auf diese eigentümliche Art verdreht, die jedem sagt, der wird nicht wieder lebendig.

Reisejournalisten kümmern sich nicht um Mordfälle. Sagt mein Münchner Kollege vom »Blatt«. Der Planungsdirektor hat uns zu sich gebeten. Ich sage gar nichts. Ich bin ja auch eigentlich keine Reisejournalistin, sondern bloß ausgeborgt. Eine gute Gelegenheit, auf andere Gedanken zu kommen. Die habe ich nun auch.

»Nichts soll vertuscht werden«, sagt Müller mit etwas zu viel Trauer in der Stimme. Für solche Fälle gibt es eben noch keine Management-Seminare. »Ich vertraue auf die lokale Polizei. Es gibt auch schon Spuren. Aber wir wollen seiner Familie Kummer ersparen. Also bitte: Es bleibt unter uns.«

Warum erzählt er es dann?

»Er hat ... er war nackt. Unter seinem Weihnachtsmannmantel, meine ich.«

»Mann, und das dürfen wir nicht schreiben?«, fragt mein dicker Kollege, nun endlich auch interessiert.

Mit welchen Knilchen hab ich es hier zu tun? So was fragt man doch nicht – man tut es einfach. Aber offenbar leben Reisejournalisten in einer völlig anderen Welt.

»Ich bitte Sie«, fährt Müller fort, und nach einer Kunstpause rückt er mit Weiterem heraus, das wir bitte nicht schreiben sollen.

»Es gibt ein Gerücht – wohlgemerkt, ein Gerücht ... Angeblich hat es im Zimmer des Vizepräsidenten eine Art ... nun ja, Sexorgie gegeben. Mit jungen Mädchen von der Insel. Und wer die Einheimischen kennt ... Rache. Ein Bruder oder ein Vater. Man ist hier sehr ... religiös. Wenn Sie verstehen, was ich meine.«

Der vom »Blatt« ist inzwischen ganz aufgeregt: »Sexorgien? Hier?«

Ich weiß, gleich wird der Münchner mit seiner Redaktion telefonieren. Sex hat seinem alkoholgetränkten Gehirn auf die Sprünge geholfen.

Ich sehe zu, dass ich vor ihm im Mobilzentrum des Hotels bin. Auch mein Chefredakteur mag Storys, die mit Sex zu tun haben.

E-Mail an den Chefredakteur: »Vizepräsident wurde mit Drahtseil erwürgt und mit Weihnachtsmannkostüm im Rentierschlitten gefunden. Darunter war er nackt. Möglicherweise Sexorgie mit Einheimischen. Karibische Grüße, Mira Valensky.«

Ich starre auf den Bildschirm. St. Jacob ist eine kleine Insel, knapp zwanzigtausend Einwohner. Da weiß man, welche Mädels halbseidenen Geschäften nachgehen. Der Chefredakteur persönlich mailt zurück. Er erwartet »Interview mit Insel-Schönen samt Fotos. Wenn möglich, auch von der Familie des Vizedirektors.«

Aus den Megalautsprechern vor der Police-Cafeteria dröhnt Weihnachtsmusik. Menschen drängen aneinander vorbei, lachen. Anders als im Hotel sind Weiße hier die Ausnahme. Eine alte Frau balanciert eine Staude Bananen auf dem Kopf. Taxis sind teuer. Erstaunlich, wenn man bedenkt, dass es hier bisher wenig Tourismus gegeben hat. Aber vielleicht hat man eben auf den Luxusschuppen reagiert. Immerhin ist er nicht von heute auf morgen am Strand aufgetaucht – es hat offenbar sogar ziemliche Bauverzögerungen gegeben, aber das kommt bekanntlich nicht nur in der Karibik vor. Bei der Polizei prüft man freundlich meinen internationalen Journalistenausweis. Als handle es sich um einen Staatsakt, setzen dunkle weibliche Officers in braunen Uniformen mit langen, blutroten Fingernägeln und erheblichem Übergewicht Telefone, Faxgeräte, Computer in Tätigkeit, ohne selbst auch nur einen Schritt zu tun. Bürokratie ist hier noch eine Kunst für sich.

Ein Officer führt mich zu einem anderen, und endlich stehe ich vor demjenigen, der offenkundig den Fall betreut. Er ist mindestens so freundlich wie seine Kolleginnen und fragt mich, wie es mir auf seiner schönen Insel gefällt. Ich gebe die richtige Antwort, woraufhin er befriedigt nickt. Nur über den Fall will er nicht reden, darin unterscheidet er sich nicht von seinen Wiener Kollegen.

Der gut aussehende Planungsdirektor Müller ist höflich genug, sich meiner zugegebenermaßen etwas penetranten Erinnerung an ein versprochenes Abendessen nicht zu entziehen. Die Sonne geht riesengroß und blutrot unter, Meer und Luft leuchten in Orange und Rot und Lila, leise weht der karibische Wind. Eine schlanke Inselfrau mit wunderschönen Augen kommt und öffnet mit diesem unwiderstehlichen dezenten Plopp eine Flasche chilenischen Chardonnay, einen von den wirklich guten. Fast vergesse ich den Mord, ganz zu schweigen von allem anderen, das mich hierher getrieben hat. Müller ist ein charmanter Gastgeber. Er erzählt, er werde bald schon zum nächsten Projekt weiterziehen, diesmal in Südafrika. »Ich sorge für einen guten Start, die Früchte genießen andere.« Er lächelt und sieht mich mit seinen grünen Augen an. »Aber mir ist es recht so. Neue Abenteuer ...«

»Manchmal solche mit viel Styropor«, werfe ich mit einem Anflug von Spott ein. »Wo wird das Zeug eigentlich entsorgt?«

Er verschluckt sich fast. »Na ja, mit der Mülltrennung haben sie es noch nicht so auf der Insel, leider. Es wird verbrannt. Aber dafür auf der schönsten Mülldeponie der Welt. Ein Platz zum Verlorengehen. An einem Strand, direkt bei einem wilden Palmenwald. Keine Ahnung, warum sie den Müll ausgerechnet dorthin schaffen. Unsere Hotelkette finanziert übrigens ein Projekt mit, um diese Deponie zu schließen. Mittelfristig.«

Er wird noch eine Spur charmanter, schenkt mir nach und legt kurz seine Hand auf meine. Ich zucke – hoffentlich unmerklich – zusammen. Ist es, weil ich die Berührung durch Fremde nicht so mag? Ist es, weil er mir gar nicht mehr fremd scheint und dass die nächste Stufe hin zu ... Ich sollte langsamer trinken. Stattdessen nehme ich noch einen großen Schluck und räuspere mich. Das hier ist Business, Mira Valensky. »Die Sexorgie war nur ein Gerücht?«

Müller sieht mir tief in die Augen. »Sex ist etwas Wunderschönes. Aber so etwas ... das kotzt mich an. Angeblich war Clarissa Wilson, eine unserer einheimischen Buchhalterinnen, mit von der Partie. Reden wir lieber über das Leben und die Liebe.«

Tausende Sterne am Himmel, und das dunkle, warme Meer lässt träge Wellen an den Strand rollen.

Am nächsten Tag ist das Frühstück karibisch, wie es sein soll. Weder verkleidete Ponys noch tote Weihnachtsmänner trüben die Idylle. Nur dass ich nicht weiß, wie ich zu Clarissa Wilson in der Buchhaltung kommen soll. Schließlich versuche ich es nach viel zu viel Ham and Eggs and Ananas and Pancake and Papaya and Toast und köstlichen Baked Beans auf dem direkten Weg: Ich gehe zum Büro, klopfe an und frage nach ihr. Ich ernte neugierige Blicke. Clarissa Wilson sei nicht da, man wisse auch nicht, wann und ob sie wiederkomme. Die das sagt, ist fast eins achtzig groß und hat pinkfarbene Fingernägel wie Waffen. Ihr marineblaues Kostüm platzt fast aus den Nähten. Ich gehe, ohne weitere Fragen zu stellen.

Ein Telefonbuch finde ich im Hotel nicht. Wenn ich nur jemanden auf der Insel kennen würde! Der indische Psychologe mit der Schmetterlingsphobie fällt mir ein. Die Nummer des Krankenhauses steht in der Servicemappe des Hotelzimmers, meine Beschreibung reicht aus, wenig später habe ich ihn am Telefon. Er freut sich hörbar und hat tatsächlich eine Vermutung, wo ich die junge Frau finden kann.

»Clarissa Wilson? Wilson? So heißt die Besitzerin der Beach Bar an der Long Bay. Evelyn Wilson. Sie hat eine Tochter, die, glaube ich, im Hotel arbeitet. Clarissa. Sicher. Sie hilft gelegentlich am Strand mit.«

»Ist sie jung und hübsch?«

»Warum? Ja, jung. Ja, sehr hübsch.«

»Long Bay?«

»Die beliebteste Strandbar der Einheimischen.«

Diesmal verhandele ich mit dem Taxifahrer und bekomme einen Pauschalpreis für einen halben Tag.

Wir fahren über Schlaglöcher auf eine unbewohnte Halbinsel. So muss die Welt gleich nach ihrer Erschaffung ausgesehen haben: wilde felsige Hügel, Palmen, dazwischen Teiche, grüne, duftende Büsche und Gräser, Wasser rundherum und ein unverbrauchter blauer Himmel.

Dann das zusammengezimmerte Schild »Long Bay Beach Bar – Cool Drinks, Great Food«.

Der Strand ist schöner, als ihn sich ein Fünfsternetourist in seinem Luxusgetto träumen lassen kann: zwei Kilometer Sand, dahinter Hügel voller Agaven, wild wachsende Palmen, vier bunte Beach-Bar-Hütten, aus Brettern zusammengenagelt, drei davon sind geschlossen. Evelyn werde im nächsten Jahr ein Restaurant bei der Hauptstadt eröffnen, ganz in der Nähe des Hotels, erzählt der Taxifahrer. Die sei wirklich tüchtig.

»Sie will etwas über Clarissa wissen«, sagt er in karibisch klingendem Englisch zu Evelyn und deutet auf mich. Es folgt offenbar eine nähere Erklärung in Patois, von der ich kein Wort verstehe außer ab und zu »okay« und »Stars Unlimited«. Evelyns Haut ist von einem geradezu duftenden Kaffeebraun. Sie sieht mich neugierig und offen an. »Clarissa ist nicht da, sie arbeitet im Hotel.«

»In der Buchhaltung«, ergänze ich.

»Am Abend wird sie kommen. Sie ist ein tüchtiges Mädchen, hat das College gemacht, wie ich es wollte. Auch Frauen sollen etwas lernen, das macht einen unabhängig.«

Vielleicht hat sie noch andere Zusatzeinnahmen – aber wie fragt man das eine Mutter?

Zum Glück gibt es rund um die Bar Leute, die neugierig auf ein neues Gesicht sind. Evelyn wendet Hühner am Grill und pinselt sie mit einer roten Paste ein. Eine betörende Duftwolke steigt auf und lässt mir das Wasser im Mund zusammenlaufen. Ich muss mir unbedingt das Rezept für die Marinade geben lassen.

»Haben sie das ›Stars Unlimited‹ nun also tatsächlich eröffnet«, nickt ein ausgewanderter Schotte. »Hätte man schon gar nicht mehr gedacht. Da soll eine Menge an Bestechungsgeldern geflossen sein, die Regierung hat natürlich auch mitgeschnitten, und von den Baufirmen heißt es ... «

Ja, ja, hab ich alles schon gehört. »Und jetzt noch der Mord«, werfe ich ein.

Er und seine Begleiterin nicken eifrig.

»Was ist diese Clarissa eigentlich für ein Mädchen?«

Die Frage irritiert das Paar sichtlich.

»Lieb und brav und tüchtig«, fasst die Schottin zusammen. Sie ist beneidenswert braun. Aber auch ganz schön faltig.

»Und hübsch«, ergänze ich. »Hat sie viele Freunde?«

»Nein ... Sie hatte einen Freund, aber mit dem ist es wohl aus.«

Ich muss es direkt angehen, auf die Gefahr hin, dass sie mich vom Strand jagen und ich mich stundenlang über Staubstraßen schleppen muss. »Könnten Sie sich vorstellen, dass sie an einer Sexparty teilnimmt?«

Zuerst fassungslose Blicke, dann großes Gelächter. Clarissa? Nie im Leben, nein, und die Schottin ergänzt: »Man ist hier sehr religiös.«

Das habe ich schon einmal gehört. »Hat sie Brüder? Was ist mit ihrem Vater?«

»Ja, zwei jüngere Brüder. Ihr Vater ... Evelyn ist jetzt mit Joe zusammen, der ist der Vater der beiden Jungen.«

»Wie jung?«

»So zirka sechs und zehn Jahre alt.«

Evelyn legt mir die Hand auf die Schulter. Sie ist einen Kopf kleiner als ich, aber sie verleiht allem, was sie tut, ein besonderes Gewicht. Sie strahlt Autorität aus. Offenbar hat sie mitgehört. Ich könnte in den Erdboden versinken. »Clarissa macht so etwas nicht. Das ist böses Reden. Sie ist eine zu gute Buchhalterin, das gefällt nicht allen.«

»Warum?«

»Weil sie zwei und zwei zusammenrechnen kann, mehr sage ich nicht.«

Sie wollen Clarissa decken. Schande unter den Teppich kehren, das kennt man ja auch bei uns. Oder aber ...

»Wo ist Clarissa?«

Evelyn sieht mich alarmiert an: »Im Hotel.«

»Ist sie nicht. Ihre Kollegen dort haben mir gesagt, sie wüssten auch nicht, ob sie wiederkommt. Was weiß Clarissa?«

Ihre Mutter schüttelt den Kopf. »Keine Ahnung, sie hat nur gesagt, dass es gut ist, dass der Vizedirektor gekommen ist, und dass sie eben zwei und zwei zusammenzählen kann. Sie war ja auch am College.«

»Wo kann ich sie finden?«

»Ich weiß nicht ... Ich rufe sie an.«

Mobiltelefone gibt es auch hier. So viel zum angeblichen Ende der Zivilisation. Doch Clarissa hebt nicht ab.

Jetzt ist Evelyn besorgt. »Ich weiß nicht, wo sie sein kann. Ich hab ihr nicht gut zugehört, leider. Zu viel anderes im Kopf. Der Konkurrenzdruck wird auch hier am Strand härter. Wenn ein Kreuzfahrtschiff kommt, dann sperren die anderen ihre Bars auf, schieben ihre Liegestühle auf die besten Plätze, und wenn man sich wehrt ... dann kann schnell mal in der Nacht deine Bar brennen. Aber sie war aufgeregt, sie hat mit dem Vizedirektor reden wollen … oder sie hatte schon mit ihm geredet … der war auch Finanzchef, glaube ich.«

Und wenn »Reden« doch Sex heißt?

Man muss Clarissa finden.

Ich renne fast grußlos davon, kann mich nicht drum kümmern, dass alle hinter mir in Aufruhr sind, weise den Taxifahrer an, so schnell wie möglich zum »Stars Unlimited« zu fahren. Als wir die Hügelkuppe erreichen, sehe ich Rauch, der aus der Richtung des Hotels kommt. Ich will nicht, dass die schwarzen Leinenhosen, die mich wirklich schlank machen, verbrennen. Der Taxifahrer beruhigt mich. Der Rauch komme von der Mülldeponie, sie sei durch das Hotel ganz schön gewachsen.

Was hat Müller, den ich seit gestern Nacht Claus nenne – mit »C« wie Santa Claus, aber völlig unheilig –, gesagt? »Ein Ort zum Verlorengehen.«

Er hat den Bau zu verantworten.

»Zur Mülldeponie«, weise ich den Taxifahrer an.

»Ich dachte, wir suchen Clarissa. Ich fahre dort nicht gern hin, dort wohnen die Geister.«

Ich schaue auf den Rosenkranz, der vom Rückspiegel baumelt. »Was für Geister?«

»Jumbies«, sagt er mit Ehrfurcht in der Stimme. »Sie kommen in der Nacht, sagt man, aber sie sind immer da. Auf der Deponie ist auch am Tag fast Nacht.«

»Dann gehe ich allein.«

Wir fahren durch einen Palmenwald im Nebel. Es stinkt abscheulich. Ich steige trotzdem aus, lasse den Fahrer zurück und sehe gerade noch, wie er ein Kreuz schlägt. Verbrennungsgase. Ruß. Wahrscheinlich ist das Zeug extrem giftig, viel gefährlicher als Jumbies. Ich renne instinktiv in Richtung Meer. Ein überdimensionales Lagerfeuer. Zwei Arbeiter mit Mundschutz schaufeln immer neuen Müll hinein. Ich kann Rentiergeweihe erkennen, mir scheint, als hätte ich auch einen Teil der Styroporverkleidung des Schlittens gesehen. Aber das kann eigentlich nicht sein, der ist Beweismaterial. Jingle Bells, jingle all the way. Dann fliegen viele kleine Styroporkügelchen. Zwei total verkehrte Herren Holle sind da am Werk. Meine Lunge schmerzt. Ein halb verfallenes Haus. Ein Geräusch. Ein Tier. Tier? In dem Giftnebel? Ich unterdrücke den Husten, schleiche näher, meine Augen tränen, irgendwo über all dem Qualm muss der Himmel immer noch karibikblau sein.

Claus Müller. Autoritär. Fast perfektes Englisch. »Du unterschreibst das. Dann lass ich dich gehen.«

Die Stimme einer jungen Frau. »Das tu ich nicht. Lüge. Meine Mutter, die Schande ...«

Pfeif auf die Schande, Mädchen, unterschreib. Aber: Ein falsches Geständnis und ab in den Müllberg. Ich spähe durch ein Fensterloch. Clarissa ist wirklich sehr hübsch. Und sehr jung. Sie muss etwas gehört haben, sieht sich gehetzt um, springt auf, versucht zu fliehen. Müller packt sie brutal am Arm, sie stürzt, schreit auf. Ich weiß nicht, was ich tue, renne zu dem Loch, wo die Tür gewesen ist, sehe eine Holzlatte, hebe sie auf ... Er dreht sich um.

»Lass sie los!« schreie ich. Nebel und Gestank lassen meine Worte stumpf klingen.

Noch ehe ich die Latte heben kann, hat er das Drahtseil um ihren Hals geschlungen. »Bleib, wo du bist«, herrscht er mich auf Deutsch an, »sonst ziehe ich zu!«

»Unterschreibe!«, rufe ich Clarissa zu, als ob es darauf jetzt noch ankäme.

Ich stolpere langsam rückwärts über Holz- und Metallteile, falle, spüre einen scharfen Schmerz in der Hand.

»Ich weiß alles«, sage ich, während ich mich wieder aufrapple.

»Dein Pech«, entgegnet der unheilige Claus völlig uncharmant.

»He took money, much money!,« schreit Clarissa, und sie habe dem Vizedirektor alles erzählt und nur sie wisse, wo die Kopien der Unterlagen sind.

Zeit gewinnen. Solange wir reden, bringt er niemanden von uns um. Zeit gewinnen wofür?

»Lass sie gehen«, fordere ich noch einmal. »Ich halte den Mund.« Warum sollte er mir glauben? Er zerrt Clarissa mit dem Seil um den Hals zu mir, ich taumele einen Schritt zurück. Seine Augen sind nicht kalt – sie sind, als ob er keine hätte. Dann schlägt er mir mit der freien Hand ins Gesicht. Ich spüre, wie meine Lippe aufplatzt, schmecke den verbrennenden Müll nun noch intensiver.

Trotzdem. Ich schreie, versuche, so viel Lärm wie möglich zu machen, vielleicht hören mich die Heizer da draußen.

»Die Heizer gehören mir«, lacht er böse. »Und sie machen ihre Arbeit gründlich.«

Ich höre sie näher kommen. Zwei gewaltige schwarze Männer mit Mundschutz, denen sich der giftige Ruß tief in die Haut gefressen hat. Mein Schrei erstickt zu einem Winseln.

Plötzlich noch ein Schrei, viele Schreie, ich kenn mich nicht mehr aus. Müller liegt am Boden, der dicke Schwarze vom Strand ist da, immer noch in Badehose und Tanktop, der Taxifahrer, Evelyn, die zu Clarissa stürzt, zwei, drei andere Männer, schließlich, etwas später, höre ich eine Polizeisirene.

Evelyn stößt Schreie aus in einer Sprache, die klingt, als stamme sie direkt von den Jumbie-Geistern. Irgendwie hindert sie die Männer dadurch, Müller auf der Stelle zu lynchen. Später erzählt sie mir, sie habe bloß Anweisungen gegeben, wie sie ihn gut festhalten können. Wer weiß. Wer will es wissen.

Die nächsten Tage verbringe ich an der Strandbar. Dort bin ich fast eine Heldin. Und nirgendwo ein einziges Brösel Styropor.

Ja, und dem »Magazin« habe ich eine Story geliefert, die so gar nichts von einer klassischen Reisereportage hat. Mein Chefredakteur fürchtet, die Hotelkette wird darauf bestehen, dass mein Zimmer bezahlt wird.

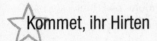

Gabriele Keiser

Kommet, ihr Hirten

Die rosafarbene Herzchengirlande blinkte und das Radio dudelte. Dieses Weihnachtsgesäusel ging ihr tierisch auf die Nerven. Dennoch brachte sie es nicht fertig, es einfach abzustellen. Dann hätte sich das Gefühl, der einzige Mensch auf der Welt zu sein – zumindest in diesem gottverlassenen Landstrich –, noch verstärkt.

Alle Jahre wieder musste sie die rammdösige Sentimentalität, das verlogene Halleluja und diesen dümmlichen Holdseligkeitsscheiß aufs Neue ertragen. Schon seit Tagen benahmen sich die Leute in den Geschäften, als ob Krieg und Hungersnot bevorstünden. Und alle rannten noch schnell, ein paar Geschenke zu ergattern.

Carmen beschenkte niemanden außer sich selbst. Sie war gern mit sich allein. Meistens jedenfalls. Sie drückte die Zigarette im Aschenbecher aus, in dem schon unzählige Kippen lagen, und sah die Straße rauf. Schon ewig war kein Auto mehr vorbeigefahren. Noch immer bewegte sich nichts. Aber vielleicht kam doch noch einer, der es nötig hatte so kurz vorm Kerzenanzünden im trauten Heim. Bis jetzt waren noch jedes Jahr mindestens drei gekommen, um sich nach einer schnellen Erleichterung bei ihr anschließend der holden Familie zu widmen. Diejenigen waren sowieso ihre besten Kunden – die zu Hause den treuen Ehemann mimten. Die Typen mit den markigen Sprüchen, die ankündigten, sie wollten es ihr mal so richtig besorgen. Diese Jäger der Neuzeit, die grunzend ihre mickrigen Keulen schwangen, um lieblos eine Nummer abzuspulen. Und später mit einer Spur Verachtung im Blick und einem gemurmelten: »Hast du das denn nötig? Du könntest doch auch einen anständigen Beruf ausüben« auf den Lippen die Tür des Wohnmobils hinter sich zuzogen, um zu Weib und Kindern zurückzukehren.

Klar könnte sie einen so genannten anständigen Beruf ausüben. Sie straffte die Schultern. Aber warum sollte sie? Wo es doch eine einfache Art gab, Geld zu verdienen. Gefühle konnte sowieso keiner von ihr kaufen. Nur ein gewisses Maß an Heuchelei, gepaart mit einer Portion Schauspielerei, das war alles. Dazu musste man nur die Augen schließen und an den Wind in der Südsee denken, sanftes Wellengekräusel an weißen, einsamen Stränden. Dann war es meist auch schon vorbei. Wenn nur das ewige Warten nicht wäre. Das hasste sie am meisten: die Warterei auf ihre Freier. Aber insgesamt zahlte es sich aus, die Kasse stimmte und das war die Hauptsache.

Früher hatte die Kasse nie gestimmt. Immer hieß es, das können wir uns nicht leisten, dafür ist kein Geld da. Besonders als schließlich der Gott weiß wievielte Mann, den sie Papa nennen musste, wieder weg war und niemand seinen Platz einnahm. Das Geld wurde knapp und knapper und der Husten von Anna Lena immer schlimmer. Carmen wurde losgeschickt, Pfandflaschen aus Abfalleimern und Papierkörben zu klauben, um für die paar Groschen Milch und Brot zu kaufen.

Die Luft in dem Wohnmobil war zum Schneiden. Sie öffnete das Fenster einen Spaltbreit. Sofort wurde es ihr kühl in ihrer Nuttenkluft. Sie angelte hinter sich nach ihrem warmen Lammfellmantel und kuschelte sich hinein. Draußen dämmerte es bereits. Und noch immer war kein einziger Mann bei ihr vorbeigekommen. Noch nicht mal einer ihrer Stammkunden. Sie warf einen prüfenden Blick in den Spiegel, schaute dann schnell wieder weg. Wollte die Furchen nicht sehen, die sich um Mund und Augen gebildet hatten und die sie viel älter aussehen ließen als fünfundzwanzig.

Sie lehnte sich zurück und schloss die Lider. Dachte an Oma und Opa, die längst unter der Erde lagen. An das kleine Häuschen in dem Dorf auf dem flachen Land, wo sie die Sommerferien verbracht hatte. Damit Mama sich ungestört der hustenden Anna Lena widmen konnte. Carmen hatte sich wohl gefühlt dort draußen, wo Hühner gackerten und Stallhasen gezüchtet wurden. Opa hatte Oma »Schneckchen« genannt, wenn er gut drauf war. Damals hatte sie gedacht, sie wollte später auch einen Mann finden, der sie Schneckchen nannte. Einer hatte es dann tatsächlich getan, aber aus seinem Mund hatte es fürchterlich geklungen.

Dann dachte sie an einen ihrer Väter, ihren Lieblingspapa. Doch sosehr sie sich auch anstrengte, sie konnte sich nicht mehr richtig an sein Gesicht erinnern. Nur eine Hand sah sie, die ihr aus einem Nebel heraus ein Stück Schokolade zusteckte. Vielleicht gehörte diese Hand auch zu einem anderen Papa — sie wusste es nicht mehr. War auch egal. War sowieso alles egal. Und hoffentlich war Weihnachten bald vorbei.

Dann dachte sie an die enge Wohnung in dem tristen Mietshaus, an die hustende kleine Schwester und daran, wie oft sie, Carmen, sich gewünscht hatte, dass Anna Lena endlich mit diesem bellenden Husten aufhörte. In der ganzen Wohnung gab es nicht eine Ecke, in die man flüchten konnte, ohne dass einen dieser Husten verfolgte.

Draußen war es aber auch nicht viel besser. Die Mädchen in der Schule wollten nichts mit Carmen zu tun haben. Schließlich hatte sie den Spieß umgedreht und sich gesagt, was soll ich mit den blöden Ziegen, die sind ja bloß neidisch, ich bin doch sowieso viel schöner als die. Und viel schlauer. Und sie hatte sich in eine Welt hineingeträumt, die sie in ihrem Tagebuch festhielt. Eine Glitzerwelt, in der sie bewundert wurde und in der es keine kranke kleine Schwester gab, die alle Aufmerksamkeit für sich beanspruchte.

Irgendwann hatte Carmen gemerkt, dass die Jungs sich die Hälse nach ihr ausrenkten. Das gefiel ihr. Sie genoss es auch, das gierige Flimmern in ihren Augen zu sehen. Und sie dann abblitzen zu lassen. Mit heimlicher Genugtuung kostete sie die Macht aus, die sie über die Jungs hatte. Diese Haltung brachte ihr zwar den Ruf ein, arrogant und eingebildet zu sein, aber was machte das schon? Sie hatte ja ihr Tagebuch. Das war ihre wirkliche Freundin. Weißes, liniertes Papier, dem man alles anvertrauen konnte.

Das kokette Spiel mit den Jungs fand in einer hellen Mondnacht ein abruptes Ende. Anna Lenas Husten war wieder einmal unerträglich, sodass es Carmen am späten Abend vor die Tür trieb. Angst hatte sie keine. Und es gab niemanden, der sie zurückgehalten hätte. Sie war zwölf. Oder vielleicht auch schon dreizehn.

Drei Kerle waren ihr begegnet. Sie war machtlos gewesen. Abwechselnd hatte einer sie festgehalten, während ein anderer über sie herfiel. Sie hatte ihren stinkenden Bieratem gerochen, den Männerschweiß, und hatte gewartet, bis es vorbei war. Dabei hatte sie die Augen zugemacht und an die Wellen in der Südsee gedacht. Es hatte funktioniert. Damals schon.

Nur Pech, dass ihre Mutter das Tagebuch fand. Sie knallte es ihr um die Ohren mit diesem Blick, der sagte: Was hab ich da bloß großgezogen? Als ob es ihre, Carmens, Schuld gewesen wäre. Gut, vielleicht hatte sie den Vorfall in ihrem Tagebuch etwas anders geschildert, als er sich tatsächlich zugetragen hatte. Eigentlich hätte sie gern mit ihrer Mutter darüber gesprochen und ihr erklärt, wie es wirklich gewesen war. Aber die hatte ja keine Zeit, weil sie so sehr mit Anna Lena beschäftigt war.

Carmen verscheuchte die Erinnerungen an früher und zündete sich erneut eine Zigarette an. Inhalierte tief und stieß den Rauch aus. Wirklich komisch, dass heute keiner kam. Sie kuschelte sich tiefer in ihren Mantel. Vielleicht sollte sie nach Hause gehen. Aber was sollte sie in der leeren Wohnung? Sie sah auf die Uhr. Noch eine Stunde, dann würde sie Schluss machen.

Ach, Scheiße, langweilig hier.

»Kommet, ihr Hirten, ihr Männer und Fraun«, tönte es ihr auf einmal aus dem Radio entgegen. Die Melodie ließ sie zusammenzucken. »Kommet, das liebliche Kindlein zu schaun.« Sie drehte hastig den Ton ab. Doch das Lied dudelte in ihrem Kopf weiter, erzeugte Bilder, die sie nicht mehr sehen wollte. Nie mehr. Sie schloss die Augen und hielt sich die Ohren zu. Die Bilder blieben und liefen wie in Zeitlupe vor ihrem inneren Auge ab. Sie sah sich selbst, wie sie auf ihrer Flöte übte, weil sie die Mutter überraschen wollte. Mit diesem Lied. »Kommet, ihr Hirten.« Sie hörte Anna Lena, wie sie mit ihrem Husten sie, Carmen, ständig aus dem Takt brachte. Erlebte in der Erinnerung wieder, wie die Wut in ihr aufstieg. Wie sie mit dem Kissen in der Hand an Anna Lenas Bett schlich, wie ihre Schwester schließlich ruhig dalag. »Was wir dort finden, lasset uns künden«, tönte es in ihren Ohren.

Carmen hat Anna Lenas Tod in ihrem Tagebuch festgehalten. Friedlich eingeschlafen sei sie. Am Weihnachtsabend. Zu einem lieblichen Engel war sie geworden.

Nur Carmen wusste, was wirklich in dem unbeobachteten Moment passiert war. Sie hatte fest daran geglaubt, dass sich die Bilder für immer verdrängen ließen, wenn man ihnen keine

Möglichkeit gab, Macht über einen auszuüben. Das ging sehr gut mit ein wenig Südseefantasie. Jedenfalls bisher.

Plötzlich schwitzte sie unter ihrem Mantel. Sie ließ ihn auf den Boden gleiten. Die Scheibe ihres Wohnmobils war beschlagen. Heftig rieb sie mit der Faust ein Sichtfeld frei. Draußen war immer noch stille Nacht. »Fürchtet euch nicht«, hallte es in ihrem Kopf wider. Tränen rannen ihre Wangen hinunter und tropften auf den spitzenbesetzten BH. Sie zitterte und schluckte und fuhr sich wild übers Gesicht. Aber das Bild vom lieblichen Kindlein, das für immer verstummt in seinen Kissen lag, wollte einfach nicht weichen.

Plötzlich pochte jemand an die Scheibe. Vor dem beschlagenen Fenster tauchte eine schattenhafte Gestalt auf. Sie straffte die Schultern und warf einen prüfenden Blick in den Spiegel. Aber bei dem Schummerlicht merkte er sicher nicht, dass sie geheult hatte. Männer, die zu ihr kamen, merkten sowieso meistens nichts.

»Komm rein!«, sagte sie mit fester Stimme und öffnete die Tür. »Na, wie isses? 'ne schnelle Weihnachtsnummer? Knüppel aus'm Sack?« Sie hatte sich wieder gefangen. Schürzte die Lippen und machte ein dümmlich-geiles Gesicht. Sie war schließlich Profi.

»Willste dich nicht ausziehn?«, fragte sie, als er neben ihr saß und sich nicht rührte. Sie betrachtete ihn genauer. Er war um die fünfzig, vielleicht auch schon älter, hatte graues, zurückgekämmtes schütteres Haar. Sie hatte das diffuse Gefühl, ihn schon einmal gesehen zu haben, wusste aber nicht, wo. Er trug eine dicke Jacke und roch nach Kälte.

»Ist es nicht ziemlich einsam hier?« Er sah sie kurz an. In seinem intensiven Blick lag etwas wie Erkennen. Sie senkte die Lider. Sie wollte nicht erkannt werden. Nicht von einem von ihnen, einem zahlenden Freier.

»Du wirkst wie ein verlorenes Schäfchen«, sagte er leise.

»Und du bist der erlösende Hirte, oder was?« Ihre Stimme

klang eisig. Sie war das heuchlerische Gesäusel leid, wollte nur noch ihre Wut rauslassen. Auf Gott und die Welt. Auf dieses verdammte Weihnachten, dem sie so hilflos ausgeliefert war.

»Ich kann wieder gehen, wenn du möchtest«, sagte er und sah sie mit einem Stirnrunzeln an.

Wie ertappt schüttelte sie den Kopf. Er fasste in seine Jackentasche, zog ein kleines Päckchen heraus und legte es ihr in den Schoß. »Fröhliche Weihnachten«, sagte er.

»Für mich?«, fragte sie verwundert und versuchte sich gegen die sentimentalen Gefühle zu wehren, die sie auf einmal mit Macht überfielen.

»Aber warum denn?« Sie sah ihm forschend ins Gesicht. Seine Augen gefielen ihr irgendwie. Überhaupt schien er einer von der netteren Sorte zu sein.

»Es hätte für meine Frau sein sollen«, sagte er. »Jetzt kriegst du es. Mach's auf.«

Gehorsam öffnete sie das kleine Päckchen. Eine Kette aus Weißgold mit einem Diamantanhänger lag in einem kleinen, mit Samt ausgeschlagenen Kästchen. Nicht billig, das sah sie sofort. Erstaunt blickte sie auf.

»Und warum schenken Sie es nicht Ihrer Frau?«, fragte sie schließlich. Eine merkwürdige Scheu hielt sie davon ab, ihn weiter zu duzen.

»Es ist nicht mehr möglich«, erwiderte er und starrte auf die Herzchengirlande. »Sie ist vor ein paar Tagen gestorben.«

Einen Moment schwieg sie. »Und warum kommen Sie zu mir?«, fragte sie dann ebenso leise.

»Ja, warum?« Er sah sie von oben bis unten an und ließ schließlich seinen Blick auf ihrem Gesicht ruhen. Mit einem Mal schämte sie sich wegen ihrer leichten Bekleidung. Sie wünschte den ganzen Firlefanz, mit dem sie sich umgeben hatte, zum Teufel.

»Ich hab dein Mobil schon oft stehen sehen, weil ich jeden Tag hier vorbeifahre. Und ich frage mich, was für eine Art Männer hier wohl anhält, um mir dir ... ins Geschäft zu kommen.« Er hielt einen Moment inne. »Ich war gerade auf dem Friedhof. Dann hab ich deine Lichtergirlande brennen gesehen ... Ich dachte nicht, dass du heute ... arbeiten würdest. Wenn, dann gibt es dafür nur einen Grund.«

Sie verspürte ein leichtes Schwindelgefühl und merkte, wie ihr Gesicht zu brennen begann. »Und welchen?«

Wieder sah er sie mit diesem intensiven Blick an. »Sind wir nicht Seelenverwandte?«

Sie biss sich auf die Lippen. »Ich weiß nicht, was Sie von mir wollen«, stieß sie hervor. »Bumsen wollen Sie ja offensichtlich nicht.«

Er hob die Schultern. »Vielleicht. Vielleicht nicht. Ich bin kein Heiliger, falls du das denkst. Aber ...« Mit einem Mal wirkte er etwas verunsichert. »Wie wär's denn mit einem kleinen Spaziergang?«, schlug er vor. »Dann sehen wir weiter. Oder halte ich dich von anderen Kunden ab?«

»Das ist schon okay«, sagte sie, fühlte, wie ihre Irritation wuchs, und registrierte gleichzeitig verwundert, wie sie mit einem Mal von einer merkwürdigen Euphorie gepackt wurde. Sie angelte hinter sich nach ihrer Alltagskleidung und streifte schnell den Pullover und die Jeans über. Dann hob sie ihren Lammfellmantel vom Boden auf und schlüpfte hinein. Der Mann stand bereits wartend vor dem Wohnmobil.

Eine Weile gingen sie schweigend nebeneinanderher. Die Umgebung kam ihr irgendwie verändert vor. Alles war still, nur ab und an ertönte ein Knacken oder Rascheln. Die Kronen der Tannen und Fichten ringsum konnte man eher ahnen als sehen. Die Luft roch nach Schnee, aber es schneite nicht. Sie spürte den scharfen Wind im Gesicht und fühlte sich leicht wie schon lange nicht mehr. Beschwingt stapfte sie neben diesem Mann her, den sie nicht kannte und den sie dennoch am liebsten an der Hand gefasst hätte. Wie ein kleines Kind, das vertrauensvoll die Hand des Vaters sucht. Sie vergrub ihre Hände in den Taschen des Lammfellmantels und fühlte, wie ihre Wangen sich vor Kälte röteten. »Früher, als ich klein war«, sagte sie in die Stille hinein, »ist meine Mutter immer an Heiligabend mit mir spazieren gegangen, während mein Vater den Baum geschmückt hat.« Sie lächelte den Mann neben sich an. »Ich hab natürlich gedacht, das wär der Weihnachtsmann gewesen.« Sie wusste nicht mehr, ob das eine tatsächliche Erinnerung war – vielleicht hatte sie sie auch nur erfunden, jedenfalls kam sie ihr wirklich vor.

Der Mann wandte den Kopf. »Ich kannte einmal ein kleines Mädchen«, sagte er. »Wir haben Tür an Tür gewohnt. Vor einem Weihnachtsfest hat sie ein Lied auf der Flöte geübt. ›Kommet, ihr Hirten‹.«

Sie dachte, das Herz bliebe ihr stehen. Er redete unbekümmert weiter.

»Es hat mich furchtbar genervt. Immer das gleiche Lied. Und dann war da ständig ein fürchterliches Husten zu hören.«

Sie wehrte sich gegen die Bilder aus der Vergangenheit, die erneut aufstiegen. Doch dann sagte sie: »Kantstraße. Dritter Stock.« Jetzt wusste sie auch, warum er ihr bekannt vorgekommen war.

Er nickte. »Ich wohne inzwischen woanders. Du ja auch, oder?«

Sie sah geradeaus. Mied seinen Blick. Die Worte kamen ohne ihr Zutun aus ihrem Mund: »Anna Lena, meine kleine Schwester. Sie war sehr krank.«

»Irgendwann war das Husten plötzlich verstummt.«

»Sie ist an diesem Heiligabend gestorben.« Sie flüsterte fast.

»Willst du mir von ihr erzählen?« Seine Stimme klang freundlich.

»Nein«, sagte sie hart. Jetzt wünschte sie, er möge die Klappe halten. Doch gleichzeitig empfand sie ein tiefes Bedürfnis, zu reden – endlich davon zu erzählen, von ihrer Schuld, die sie seit Jahren mit sich herumschleppte.

»Ich könnte mir vorstellen, dass du sehr einsam warst damals. Ich habe manchmal daran gedacht, dich zum Spielen abzuholen. Oder mit dir spazieren zu gehen.«

»Was?« Sie war ehrlich überrascht. »Und warum haben Sie es nicht getan?«, fügte sie hinzu.

Er zuckte mit den Schultern. »Ich war mit mir beschäftigt. Mit meiner kranken Frau. Aber ich weiß, das ist keine Entschuldigung. Vielleicht sind wir immer zu sehr mit uns selbst beschäftigt und verlieren darüber den Blick für die Nöte der Menschen ringsum.« Er zog die Augenbrauen hoch. »Macht dir dein Leben Spaß?«

»Ja!«, stieß sie trotzig hervor. »Solange es Männer gibt, die für einen guten Fick ordentlich zahlen.«

Befriedigt nahm sie wahr, wie er zusammenzuckte. Sie lief über eine zugefrorene Pfütze, deren dünne Eiskruste unter ihren Schritten zerbarst.

»Willst du mit zu mir nach Hause kommen?«, fragte er schließlich, nachdem sie eine Weile schweigend nebeneinanderher gelaufen waren. »Ich habe einen kleinen Weihnachtsbaum aufgestellt. Mit Kugeln und Bienenwachskerzen. Das Essen ist vorbereitet, der Tisch ist gedeckt. Wir könnten zusammen die Kerzen anzünden und Weihnachtslieder hören.«

Sie wollte lachen. Über seine Naivität. Über seine spießigen Bemühungen, doch das Lachen blieb ihr in der Kehle stecken. »Warum tust du das?«, fragte sie stattdessen. Jetzt fiel ihr das Du wieder leicht.

»Es ist Weihnachten«, antwortete er. »Da sollten die Menschen nett zueinander sein.« Er schob seine Hand zu ihrer in die Manteltasche, berührte ihre Finger. Ein warmes Gefühl durchströmte sie. Es war wie damals, als sie einen ihrer Papas auf einem Winterspaziergang begleitete. Sie sah nach oben in den nächtlichen Himmel, vor dem sich die Silhouetten der Bäume abzeichneten.

Vielleicht erzählte sie tatsächlich von Anna Lena und dem Weihnachtsabend, an dem sie gestorben war. Vielleicht stimmte es, dass niemand vor seiner Vergangenheit davonlaufen konnte. Auch wenn man es sich noch so sehr wünschte.

Sie drückte sanft seine Hand und hob den Kopf. Ganz oben in der nächtlichen Schwärze sah sie einen goldenen Stern blinken. Vielleicht waren es auch nur die Lichter eines Flugzeugs.

Georgia Stöckmann

Morgen, Kinder, wird's was geben

»Holst du Oma ab? Du kannst auch mein Auto nehmen.« Diese Worte meines Vaters leiteten das Weihnachtsfest ein, an dem ich die wichtigste Lektion meines Lebens lernte.

Ich war gerade achtzehn geworden, hatte seit ein paar Tagen den Führerschein, und die Vorstellung, den Nobelschlitten meines Vaters fahren zu dürfen, versüßte mir jede noch so unangenehme Aufgabe.

Nicht dass ich meine Oma nicht mochte. Als kleiner Junge lief ich immer zu ihr, wenn ich etwas auf dem Herzen hatte. Oma war ein Mensch, der Rat wusste, Probleme direkt beim Schopfe packte und immer eine Lösung fand. Aber achtzig Jahre Leben hatten sie gebeugt und der Kopf wollte nicht mehr so recht. Genauer gesagt war sie leider völlig senil, aber ich liebte sie trotzdem.

Es war das Altenheim, vor dem es mir grauste. Natürlich war es nicht eine dieser Kasernen, wo die Leute in Metallbetten angeschnallt wurden. Mein Vater ließ sich nicht lumpen und hatte Oma in einem sehr komfortablen Seniorenstift untergebracht. Aber der helle Marmorfußboden machte die schlurfenden Schritte nicht freudiger und die aufgestellten Blumenbouquets überdeckten die beißenden Gerüche von Urin und Desinfektionsmittel nur schlecht. Ich schlug den Kragen meiner Jacke hoch und eilte durch die Empfangshalle hinauf in den zweiten Stock, vorbei an faltigen Gesichtern mit erloschenen Augen.

Meine Oma saß in ihrem Zimmer vor dem Fernseher. Eine Weihnachtsshow verbreitete Frohsinn und Oma sang voller Begeisterung mit:

Morgen, Kinder, wird's was geben,
morgen werden wir uns freun!
Welch ein Jubel, welch ein Leben
wird in unserm Hause sein.
Einmal werden wir noch wach,
heissa, dann ist Weihnachtstag!

Ich schüttelte den Kopf über solchen Kitsch. Das ganze Getue mit den frommen Wünschen hatte ich schon längst abgeschrieben. Es gab Probleme im Leben, gegen die man machtlos war. Oma bemerkte mich erst, als ich den Arm um ihre Schultern legte. Ihre hinter der Brille eulenhaft großen Augen musterten mich eingehend. Dann strahlte sie: »Mein Junge.«

»Komm, lass uns fahren.«

Oma zog ihre Stirn in Falten wie eine Ziehharmonika und machte keine Anstalten, aufzustehen.

»Es ist Weihnachten«, erinnerte ich sie. Jetzt nickte sie bedächtig. »Ja, Weihnachten. Kennst du das Lied noch?«

»Ja, klar, Oma, aber jetzt lass uns gehen«, sagte ich und stand auf. Oma blieb sitzen und wiegte den Kopf im Takt der Musik. »Das Lied hat deine Mama immer so gern gesungen.«

»Ich weiß.« Ich half Oma auf die Beine. Meine Mutter war vor fast zehn Jahren während eines Segeltörns ertrunken.

»Sie hatte eine Spieluhr, die das Lied spielte«, murmelte Oma und summte die Melodie weiter, während sie sich eine dünne

Blumenjacke über ihren Pullover zog. Unwillig ließ sie es zu, dass ich ihr einen Wintermantel um die Schultern legte. Den kleinen Koffer hatte die Altenpflegerin schon gepackt und an die Tür gestellt.

»Komm jetzt.« Ich hatte es eilig, ich musste mir dringend in der Apotheke ein paar Tabletten besorgen gegen das kloßige Gefühl, das sich plötzlich in meinem Hals breit machte.

»Das wurde aber auch Zeit!«, blaffte uns die fiese Anke schon an der Tür an, als wir nach zwei Stunden ausgiebiger Stadtrundfahrt zu Hause ankamen. »So schnell kriegst du die Autoschlüssel nicht mehr in die Hände. Dafür werde ich sorgen.« Sie stapfte durch den Flur, ohne Oma eines Blickes zu würdigen. Ich streckte ihr die Zunge heraus. Oma kicherte und tat es mir nach. Die fiese Anke war die zweite Frau meines Vaters. Wir beide konnten sie nicht leiden.

Beim Mittagessen beschwerte sich die fiese Anke bei Papa über meine Spritztour. »Er verprasst einfach deinen Sprit und du lässt wieder alles durchgehen.«

Ich pikste eine Kartoffel auf die Gabel und stellte mir vor, es sei das Herz der fiesen Anke. Seit sie sich vor sechs Jahren bei uns eingenistet hatte, überlegte ich mir jeden Tag aufs Neue, wie ich sie loswerden könnte.

»Lass gut sein, es ist Weihnachten. Sicher wollte er Oma nur zeigen, wie gut er Auto fahren kann«, beschwichtigte mein Vater.

Anke schnaufte wie ein Zombie in einem Horrorfilm und durchbohrte Oma mit Blicken. Die hatte aus ihren Kartoffeln eine gelbe Pampe geknetet und war nun dabei, die Bratwurststückchen aufzutürmen. Dabei kullerten etliche auf den Tisch. Leise kicherte sie vor sich hin.

»Großer Gott, nun schaut euch diese Sauerei an!«, stöhnte Anke auf. »Also bevor ich so alt werde, möchte ich lieber tot sein.«

Schön, wenn's bald so weit wäre, dachte ich und zerteilte die Bratwurst auf meinem Teller mit einem sauberen Schnitt.

»Wo wir gerade bei ›tot‹ sind«, schnappte Anke in meine Richtung. Ich vermied es, sie anzuschauen, und erstach stattdessen eine weitere Kartoffel.

»Ich wünsche, dass du heute noch dieses schäbige Radio aus dem Bad entfernst. Ich habe immer Angst, dass das Ding mal vom Regal kippt, wenn ich bade, und mir den Garaus macht.«

Gute Idee, dachte ich und antwortete mürrisch: »Kann es nicht, ich habe es gut festgeschraubt.«

»Das ist mir egal, ich finde es ekelhaft. Schaff es mir aus den Augen oder ich werfe es weg.«

»Gar nichts wirst du! Es ist von meiner Mutter.« Ich stieß meinen Teller beiseite. »Aber ich werde es abmachen, dann hast du Ruhe. Noch für die nächsten drei Jahre.«

Eigentlich hatte ich mir noch nie Gedanken darüber gemacht, was geschehen würde, wenn ich in drei Jahren das Erbe meiner Mutter anträte. Außer dass ich mir den neuesten Sportwagen kaufen würde. Aber die Wirkung meiner Worte auf Anke war enorm. Sie erstarrte und in ihrem Gesicht spiegelten sich Angst und Hass gleichermaßen.

»Malte«, griff Papa beschwichtigend ein, »beruhige dich. Oma ist ganz verstört, wenn du so rumbrüllst.«

Ich streifte Oma mit einem kurzen Blick. Mir schien sie nicht verstört – sie saß kerzengerade auf ihrem Stuhl und hörte aufmerksam zu.

»Lasst mich doch alle in Ruhe!«, schrie ich und knallte die Tür hinter mir zu.

Ich war immer noch wütend, als ich wenig später das Radio abmontierte. In dem eleganten, grau gefliesten Bad wirkte das alte Gerät – nicht allzu groß und ziemlich schäbig – wie ein Fremdkörper.

Aber ich liebte es, mich schon morgens mit Musik in voller Lautstärke zu beschallen. So hörte ich wenigstens die Stimme der fiesen Anke nicht.

Ich hatte das Radio so fest an die Wand geschraubt, dass ich sogar die Dübel mit herausreißen musste. Mit Genugtuung betrachtete ich die zwei großen Löcher im Putz. Dann zog ich den Stecker aus der Steckdose neben dem Waschbecken und brachte das Radio in mein Zimmer. Hier stand die große Kiste, in der meine Mutter früher ihre Segelausrüstung verstaut hatte und in der ich nun all die Sachen aufbewahrte, die mich an meine Kindheit erinnerten – und an meine Mutter. Als ich das Radio einpackte, stieß ich die Spieluhr an, die dadurch zum Leben erwachte und ein paar Takte von »Morgen, Kinder, wird's was geben« spielte. Schnell klappte ich den Deckel der Kiste zu und schob mir eine Halstablette in den Mund. Dieses komische Gefühl in meiner Kehle wurde ich heute überhaupt nicht los.

Von unten aus dem Wohnzimmer hörte ich Anke. Sie redete auf meinen Vater ein.

»Wir werden sie entmündigen. Dann hast du wenigstens für drei Jahre das Sagen über das ganze Geld.«

»Ich weiß nicht, ob das klappt. Meine Schwiegermutter ist doch bloß ein bisschen schusselig.«

»Ach was, sie ist nicht zurechnungsfähig. Stell dir vor, sie gibt Malte ihren Anteil schon früher. Dann sehen wir aber alt aus.«

»Ich glaube nicht, dass er uns schaden würde.«

»Du Traumtänzer! Du hast doch gehört, was er beim Essen gesagt hat. Morgen kommt ein guter Freund von mir. Er ist Anwalt beim Vormundschaftsgericht.«

Mein Vater schwieg. Ich hoffte so sehr, er würde Anke endlich einmal in die Schranken weisen. Aber er schwieg, und sein Schweigen fuhr mir so heftig in die Magengrube, dass ich mich vor Schmerz krümmte.

»Ist dir nicht gut, Junge?« Oma stand plötzlich hinter mir.

»Ach, schon in Ordnung«, antwortete ich und richtete mich auf.

»Wachstumsschmerzen«, sagte sie und kniff mich in die Wange. Ich hoffte immer noch, dass Papa sich Ankes Plänen widersetzen würde. Aber unten fiel nur die Tür ins Schloss – mein Vater war gegangen. Oma stand neben mir und sang mir ins Ohr:

»*Wie wird dann die Stube glänzen*
von der großen Lichterzahl!
Schöner als bei frohen Tänzen
ein geputzter Kronensaal.
Wisst ihr noch, wie's vor'ges Jahr
an dem heil'gen Abend war?«

»Wieso gibt es hier keinen Tannenbaum?«, fragte sie unvermittelt.

»Den kauft Papa erst ganz kurz vor dem Fest. Dann ist er billiger, meint Anke.«

»Ja, ja, der tut nur, was man ihm sagt«, murmelte Oma bedächtig und ging ins Bad. »Solange mache ich mich schön«, sagte sie und malte sich mit einem von Ankes Lippenstiften so hingebungsvoll die Lippen rot, dass es mir beinahe die Tränen in die Augen trieb. Selbst einem weniger widerlichen Menschen als Anke musste auffallen, dass Oma geistig nicht mehr auf der Höhe war. Sie tat mir so Leid, und ich drückte ihr einen Kuss auf die Wange, mitten in die weichen Falten, die nach Lavendelwasser und Hautcreme dufteten. Dabei räumte ich das Brett mit Ankes Kosmetiktiegeln und Glasfläschchen ab, die mit lautem Klirren auf dem Boden zerbrachen. Oma lächelte und fuhr sich weiter mit dem Lippenstift um den Mund herum.

Ich stürmte die Treppen hinunter. Jetzt gab es nur einen Menschen, zu dem ich wollte: meine Freundin Katrin. Unten im Flur stieß ich mit Anke zusammen. Ich strafte sie mit einem verächtlichen Blick und rannte aus dem Haus.

In Katrins Familie tobte das Weihnachtschaos. Vater Braun kämpfte mit dem Tannenbaum, Mutter Braun packte die letzten Geschenke ein, und Katrins kleine Brüder polterten alle drei Minuten ins Zimmer, um zu fragen, wann endlich Bescherung sei. Keine Chance für traute Zweisamkeit und so setzten wir uns an den großen Küchentisch und spielten mit den beiden Kleinen Malefiz. Nach und nach kamen alle in der Küche zusammen, knabberten Kekse, spielten, plauderten und fingen Katrins kleine Brüder wieder ein, die immer wieder in den Garten liefen, um zu sehen, ob der Weihnachtsmann endlich käme.

Als die Bescherung näher rückte, verabschiedete ich mich schweren Herzens.

»Bleib doch bei uns«, sagte Katrins Mutter. »Ich rufe bei dir zu Hause an.«

Ich nickte dankbar und ignorierte mein schlechtes Gewissen, das mir sagte, ich könne Oma doch nicht mit der fiesen Anke und meinem waschlappigen Vater allein lassen.

Katrins Mutter rief bei mir zu Hause an. Als sie zurückkam, war sie leichenblass. »Malte«, sagte sie tonlos, »es ist etwas Schreckliches passiert.«

Frau Braun gab sich alle Mühe, mir so schonend wie möglich beizubringen, dass Anke tot war. Obwohl ich mir in den letzten sechs Jahren tausendmal diesen Moment ausgemalt hatte, war ich jetzt wie erstarrt und brachte kein Wort über die Lippen.

Katrins Vater fuhr mich nach Hause. Schon von weitem sah ich, dass unser Haus nicht in Festtagsbeleuchtung erstrahlte. Ein Polizeiauto und ein Leichenwagen parkten neben Vaters Limousine und der Notarzt fuhr gerade wieder ab.

Im Wohnzimmer stand mein Vater mit einem breitschultrigen Mann zusammen, der sich als Hauptkommissar Schroeder vorstellte.

»Was ist passiert?«, fragte ich und meine Stimme zitterte vor Anspannung.

Mein Vater kam auf mich zu. »Anke wollte baden und hat sich wohl über dein Radio geärgert. Du wolltest es doch wegräumen. Sie hat es abgerissen und dabei ist es ins Wasser gefallen.«

»Das ist Ihre Version«, unterbrach ihn Hauptkommissar Schroeder, und es war nicht zu überhören, dass er meinem Vater kein Wort glaubte. Ich lief ins obere Stockwerk. Vor dem Badezimmer versperrten mir zwei Beamte von der Spurensicherung den Weg, aber durch die geöffnete Tür sah ich Ankes mit einem weißen Tuch bedeckten Leichnam und Mutters altes Radio, das im Badewasser lag.

»Jemand hat das Radio um siebzehn Uhr vom Regal ins Badewasser gestoßen. Dabei gab es einen Kurzschluss und der Strom ist ausgefallen. Wir können die Tatzeit anhand der Uhren einiger elektrischer Geräte ziemlich genau eingrenzen. Näheres wird erst die Obduktion ergeben, aber ich wüsste trotzdem gern, wo Sie zur fraglichen Zeit waren.« Hauptkommissar Schroeder stand hinter mir und wartete auf eine Antwort.

»Ich war bei meiner Freundin. Katrin Braun.«

Schroeder notierte sich den Namen, und Katrins Vater bestätigte, dass ich den ganzen Nachmittag bei ihnen gewesen war. Schroeder nickte zufrieden. Bei Vaters Alibi – er habe noch einen Weihnachtsbaum gekauft und sei dann ins Büro gefahren, weil er dort sein Handy vergessen habe – zog der Kommissar nur skeptisch die Augenbrauen hoch.

»Meine Schwiegermutter kann Ihnen bestätigen, wann ich wiedergekommen bin.«

»Die alte Dame wusste nur, dass es plötzlich dunkel wurde, und sie meint, es sei tief in der Nacht«, entgegnete Schroeder kühl. Es klang wie eine Kampfansage. Er bestand darauf, dass wir ihn zum Präsidium begleiteten, weil er unsere Aussagen zu Protokoll nehmen müsse. Oma lag schlafend in ihrem Bett, sodass wir es riskieren konnten, sie allein zu lassen.

Kaum hatten wir in seinem Büro Platz genommen, traktierte Schroeder mich mit Fragen über das Familienleben in unserem Haus. Ich duckte mich wie ein Hund bei Gewitter und versuchte, keinen Zweifel daran zu lassen, dass mein Vater ein harmloser Mensch, Anke etwas aufbrausend und ich ein unauffälliger Zeitgenosse war – kurz, eine normale, harmonische Familie wie viele andere auch. Dabei kreisten meine Gedanken nur um eine Frage: Wer hatte das Radio aus meinem Zimmer geholt, angeschlossen und in die Badewanne geworfen? Sich an Anke anzuschleichen, wenn sie badete, war kein Problem, denn sie legte Kompressen auf die Augen und steckte sich Ohrstöpsel in die Ohren. »Meditationsbad«, hatte sie das genannt.

Schroeder fand meine Aussagen und mein Verhalten eher verdächtig denn überzeugend. Das Ergebnis war, dass er meinen Vater wegen dringenden Tatverdachts vorläufig festnahm, während er mich widerwillig von einem Beamten nach Hause bringen ließ.

Wir fuhren durch die weihnachtlich geschmückte Stadt. Hinter den Fenstern leuchteten geschmückte Tannenbäume, und ich sah Menschen, die sich unterhielten und lachten.

»Morgen, Kinder, wird's was geben«, tönte es aus dem Autoradio. Ich bekämpfte das schmerzende Drücken in meinem Hals mit einer weiteren Halstablette. »Ist heute nicht das Richtige für Sie«, bemerkte der junge Beamte und hielt vor unserem Haus. Ich war froh, ihm nicht mehr antworten zu müssen. Er wartete noch, bis ich meine Schlüssel hervorgekramt hatte, dann wendete er und fuhr davon. Ich öffnete die Tür und hoffte, dass Oma immer noch schliefe.

Aber aus dem Wohnzimmer fiel ein gelber Lichtschein in den Flur. Ich drückte vorsichtig die Tür auf. Drinnen glitzerten Kugeln und Kerzen auf der windschiefen Tanne, die mein Vater gekauft hatte. Davor stand die Spieluhr meiner Mutter. Der Engel auf dem Deckel drehte sich zur Melodie von »Morgen, Kinder, wird's was geben«. Jetzt halfen auch keine Halstabletten mehr gegen das kloßige Gefühl in meinem Hals – ich weinte.

Die Spieluhr im Arm, machte ich mich auf die Suche nach Oma.

In der Küche roch es nach Braten, Rotkohl und Kartoffeln. Oma hantierte am Herd und wünschte mir »frohe Weihnachten«, als sie mich sah.

»Hast du das gekocht? Ich meine, allein?«, fragte ich erstaunt.

»Wer soll mir geholfen haben – der große Unbekannte?«, entgegnete Oma und kniff mich in die Wange. »Du denkst wohl auch, ich wäre verrückt im Kopf? Ich bin ein bisschen vergesslich und in meinem Alter gilt man dann schnell als senil.« Sie tippte sich mit dem Zeigefinger gegen die Stirn. »Aber das hat auch sein Gutes. So kann man all die Dinge tun, die man sich sonst nie trauen würde.« Geschickt schob sie den Stecker des elektrischen Messers in die Steckdose.

»Weißt du nicht, dass Anke tot ist?«

»Doch«, kam es knapp von Oma zurück.

»Die Polizei hat Papa dabehalten. Sie glauben, er hätte Anke umgebracht.«

»Ach, der kommt bald wieder raus. Es war ein Unfall, das sieht doch jeder. Aber ein paar Tage allein in einer Zelle tun ihm ganz gut. Da kann er mal darüber nachdenken, dass erwachsene Menschen nicht tatenlos zusehen, wie ihnen die Probleme über den Kopf wachsen.« Ich wurde rot wie eine Christbaumkugel. Tatenlos zuschauen, hoffen, dass morgen wie geschenkt alles besser würde, das beherrschte auch ich perfekt. Die Spieluhr in meiner Hand klimperte unermüdlich ihr Lied. Auch ich hatte nichts getan, als Anke mit meinem Vater über Omas Entmündigung sprach, und während des Verhörs hatte ich mich nicht besser geschlagen.

»Oma«, fragte ich, einem plötzlichen Gedanken folgend, »du hast doch nicht etwa was mit Ankes Tod zu tun?«

Aber Oma quittierte meine dumme Frage nur mit einem nachsichtigen Lächeln und sang leise zur Musik der Spieluhr mit:

Welch ein schöner Tag ist morgen!
Neue Freude hoffen wir.
Unsre guten Eltern sorgen
lange, lange schon dafür.
O gewiß, wer sie nicht ehrt,
ist der ganzen Lust nicht wert.

Edith Kneifl

Lasst uns froh und munter sein

Sophie war Schauspielerin im Ruhestand. Bis vor einem Jahr hatte sie ihre Mindestrente mit kleinen Nebenjobs aufgebessert. Eine Lesung aus den Werken eines genialen, aber verklemmten jungen Autors in einem alternativen Theater, eine stumme Rolle als tollpatschige Alte auf einer Wiener Vorstadtbühne, zwei Monate als Souffleuse an einem Provinztheater ... Zuletzt hatte sie alten Herrschaften in einem Wiener Seniorenheim Märchen vorgelesen. Warum bildeten sich Heimleiter bloß ein, ältere Menschen hätten eine Vorliebe für Märchen? Wahrscheinlich wären ihnen Krimis oder erotische Geschichten lieber gewesen.

Im heurigen Advent hatte sie als Weihnachtsmann für eine Mobiltelefon-Firma gearbeitet und Schokolade an konsumwütige Kids auf der Mariahilferstraße verteilt. Obwohl sie Skiunterwäsche unter dem Kostüm trug, hatte sie erbärmlich gefroren. Nun hustete sie seit Tagen und fürchtete, sich eine Lungenentzündung geholt zu haben.

Nächstes Jahr würde sie aber nicht einmal mehr diesen Job bekommen. Sie war einfach zu alt. Dabei war sie gerade erst dreiundsechzig geworden. Kein Alter für eine ehemalige Schauspielerin. Dennoch versagte ihr inzwischen oft schon bei alltäglichen Wirtshausgesprächen die Stimme. Ihr einst ganz passabler Alt klang heute nur mehr heiser und verraucht.

Im Radio hatten sie Schneefall angesagt. Endlich einmal weiße Weihnachten? Kein Wölkchen in Sicht. Es war klirrend kalt. Alle Schaufenster waren festlich geschmückt. Auch die Geschäftsleute in der Neubaugasse hatten sich heuer für amerikanischen Weihnachtskitsch entschieden: singende Weihnachtsmänner in Miniaturausgabe, grellbunte Lichterketten und übergewichtige Engel in verschiedenen Größen und Farben. Sophie sehnte sich nach einem schlichten Weihnachtsbaum mit Strohsternen und Rumfläschchen. Als die Geschäfte am Heiligen Abend um vierzehn Uhr zusperrten, flüchtete sie in »Johnnys Bar«.

Selbst in ihrem Stammlokal hingen pompöse goldfarbene Plastikgirlanden über der Theke. Elektrische Kerzen ergänzten die düstere Beleuchtung. Auf den Tischen standen Schneekugeln, kleine Spieluhren aus dem Geschäft nebenan, die man nur aufziehen musste, wenn man noch nicht genug von »Stille Nacht, heilige Nacht« hatte. Ein batteriebetriebener Weihnachtsmann am Eingang begrüßte jeden neuen Gast mit seinem fetten Lachen.

»Guten Tag, gnädige Frau, küss die Hand«, sagte Johann, als Sophie die schummrige Bar betrat.

Der fesche, grau melierte Oberkellner wusste, was einer Dame gebührt. An so manchem Abend verrechnete er ihr ein, zwei Achtel weniger. Und zu später Stunde setzte er sich manchmal an ihren Tisch im düstersten Eck des Lokals und ließ sich von ihr zum hundertsten Mal die schillernden Details ihrer Bühnenkarriere schildern.

An diesem Nachmittag war ihr Tisch allerdings besetzt. Ludwig und Hermann, die beiden anderen Stammgäste des kleinen Lokals, schienen bereits auf sie zu warten. Sie begrüßten

Sophie mit einem lautstarken: »Servus, Weihnachtsmann, wo bleibst du denn so lang? – Hock dich endlich her, Sopherl.«

Widerwillig nahm sie Platz. Sie konnte diese beiden Säufer nicht leiden, hatte sich zu viele Abende lang ihre öden Lebensgeschichten anhören müssen.

Ludwig war seit zehn Jahren geschieden und trauerte noch immer seiner Exfrau und seinen inzwischen erwachsenen Kindern nach, während Hermann den flotten Junggesellen spielte und mit seinen minderjährigen Eroberungen angab. Beide Männer waren Mitte fünfzig und klassische Versager, hatten ihre Lieben, ihr Leben versoffen, besaßen anscheinend aber immer noch genügend Geld, um fast jeden Abend in »Johnnys Bar« groß auf den Putz zu hauen.

Ludwig war ein grobschlächtiges Mannsbild, Brillenträger, glatzköpfig und mit einem unangenehmen Hang zum Zynismus. Er verspottete sie gern wegen ihrer Schauspielerei. Hermann war ein noch primitiveres Exemplar der männlichen Spezies, aber trotz seines erheblichen Alkoholkonsums nach wie vor gut aussehend. Groß, muskulös gebaut, dunkelhaarig, feurige, fast schwarze Augen, fescher Schnurrbart.

Sie flirtete gern mit ihm, nicht zuletzt auch, um Ludwig zu ärgern. Doch nach diesem anstrengenden Tag auf der Straße war ihr nicht einmal mehr nach einem kleinen Flirt zumute. Hermann zog ihr die Mütze vom Kopf und sah sie entsetzt an.

»Du schaust ja aus wie eine Domina.«

Sie hatte ihr langes, tiefschwarz gefärbtes Haar streng nach hinten gekämmt und hochgesteckt, damit es unter der Mütze Platz fand.

»So hättest du's wohl gern«, scherzte sie.

Seine blöden Schmähs verletzten sie nicht wirklich. Ein arbeitsloser Polier konnte ihr verbal nicht an.

Dem Frühpensionisten Ludwig, der heute noch als Baumeis-

ter bei gutgläubigen Häuslbauern jede Menge Schwarzgeld ab-
kassierte, gelang es jedoch sehr wohl, sie zu kränken. Er zupfte an ihrem falschen Bart und lallte: »Ohne Bart siehst wenigstens ein bisserl jünger aus.«

Die beiden Männer hatten ihr schon einige Gläschen voraus.
Hermanns rundes Bubengesicht war stark gerötet, seine schönen Augen zu engen Schlitzen verkommen. Und Ludwigs
Schnapsnase ließ sie unwillkürlich an das Rentier Rudolf denken.

Sophie zog sich die Lippen nach, grinste Ludwig herausfordernd an und zitierte Nestroy: »Jetzt war der Jux doch zu was
gut.«

Eine Nebenrolle in einer Nestroy-Produktion des Wiener
Volkstheaters war der Höhepunkt ihrer Karriere gewesen. Als
Madame Knorr in »Einen Jux will er sich machen« war sie den
Kritikern positiv aufgefallen. Die vergilbten Zeitungsausschnit-
te hatte sie bis heute aufgehoben. Einmal hatte sie sogar die No-
ra in Ibsens gleichnamigem Stück gespielt. Ihre absolute Glanz-
leistung. Leider hatte der Rest des Ensembles nicht mithalten
können. Eine Laientruppe aus Niederösterreich. Aber Ibsen
blieb eben Ibsen.

Ihre besten Jahre hatte sie als Ensemblemitglied in einem
Kellertheater verbracht. Eine Komödienbühne. Angeblich besaß
sie komödiantisches Talent. Notgedrungen, behauptete Sophie.
Es war ihr nichts anderes übrig geblieben, als sich mit komi-
schen Rollen zu begnügen, da ihr die großen, dramatischen
Auftritte leider versagt gewesen waren, ausgenommen die No-
ra im Puppenheim, damals in Gänserndorf ...

Begonnen hatte sie als »Frau Holle« in der Aufführung eines
Kindertheaters. Als blutjunge Elevin war sie damals in der Nach-
kriegszeit über die Bühne des »Theaters der Jugend« gefegt und
hatte von der ganz großen Karriere geträumt. Fausts Gretchen,

Hamlets Ophelia – sie hatte all diese Rollen einstudiert, konnte die wichtigsten Textpassagen bis heute rezitieren.

Herr Johann brachte ihr unaufgefordert einen Punsch. »Zum Wohl, Madame Sophie«, sagte er und schenkte ihr sein charmantestes Lächeln. Sie waren nicht per Du, aber er durfte sie Sophie nennen. Sie mochte diesen kleinen, älteren Herrn mit den perfekten Manieren. Er war eben ein echter Gentleman der alten Schule.

Das Publikum in »Johnnys Bar« entsprach dagegen keineswegs ihrem Geschmack. Doch da sich das Lokal im selben Haus wie ihre kleine Wohnung befand, hatte sie es gewissermaßen selbstverständlich als Stammlokal auserkoren.

Nach dem ersten Glas Punsch taute sie ein bisschen auf, begann sogar ein kleines Liedchen zu trällern, als sie mit Hermann und Ludwig anstieß:

»Lasst uns froh und munter sein
und uns recht von Herzen freun …«

Zugegeben, es war nicht ihr erster Punsch. Sie hatte sich schon vormittags bei den Standeln auf der Mariahilferstraße mit ein paar Promillen aufgewärmt. Die Marktfrauen wussten, wie wichtig die Weihnachtsmänner fürs Geschäft waren, und spendierten ihnen alle zwei, drei Stunden einen heißen Drink.

Als ihr Glas leer war, verabschiedete sie sich von den beiden Säufern, begab sich in ihre Garconnière, zog das lästige Kostüm aus und gönnte sich eine heiße Dusche.

Sorgfältig wählte sie dann die passende Kleidung für den Heiligen Abend. Ein weißer, knöchellanger Wollrock, dazu ein hüftlanger schwarzer Rollkragenpullover.

Kritisch besah sie sich in einem der vielen Spiegel, die vor allem neben und über dem Bett hingen, das kleine Appartement größer erscheinen ließen und außerdem einen zusätzlichen Genuss für Liebende versprachen.

Ihre Figur war noch intakt, hatte die Wechseljahre fast unbeschadet überstanden. Für allzu üppiges Essen hatte ihr schmales Budget nie gereicht. Ein trainierter, kräftiger Körper, der Busen etwas zu schlaff, aber dank eines teuren BHs rund und fest, die Hüften schmal wie eh und je, nur die Taille ließ etwas zu wünschen übrig. Sie kaschierte die kleinen Fettpolster mit einem breiten, mit falschen Edelsteinen besetzten Gürtel. Keine Kette, das wäre zu viel des Guten, aber vielleicht die langen Perlen-Ohrgehänge, die sie einem ihrer letzten Verehrer abgerungen hatte?

Besser nicht an ihn denken. Sie wollte sich diesen Abend nicht verderben. Er war genau so ein Ekel wie alle anderen. Anfangs verwöhnten sie einen mit Geschenken, flüsterten einem nette kleine Schweinereien ins Ohr, aber schon nach der ersten Vögelei entpuppten sie sich als ewig besoffene, bornierte, wehleidige, gottverdammte Arschlöcher. Sie hatte zu viel geliebt. Männer waren ihr Verhängnis gewesen. Doch keiner ihrer verflossenen Liebhaber war es wert, dass sie am Heiligen Abend auch nur einen Gedanken an ihn verschwendete. Trotz allem verstand sie sich bis zum heutigen Tag besser mit Männern als mit Frauen. Mit Frauen konnte sie einfach nichts anfangen. Sie waren ihr Leben lang Konkurrentinnen für sie gewesen, feindliche, bösartige und äußerst gefährliche Wesen.

Sophie lächelte kurz ihr Spiegelbild an und verließ rasch wieder ihre unfreundliche, dunkle Wohnung im Erdgeschoss des frisch renovierten Gründerzeithauses in der Neubaugasse.

Die Renovierung würde sich natürlich demnächst auf die Miete niederschlagen. Sie fürchtete, sich diese Einraumwohnung im siebten Wiener Gemeindebezirk bald nicht mehr leisten zu können. Ein Zimmer in einem Seniorenheim des Wiener Kuratoriums war jedoch das Schlimmste, was sie sich vorstellen konnte. Lieber tot als lebendig begraben.

Als sie in »Johnnys Bar« zurückkehrte, nahm gerade ein jugendliches Pärchen auf den Hockern an der Theke Platz. Die Kleine war ganz in Schwarz gekleidet, leichenblass im Gesicht, dunkelroter Lippenstift, gepiercte Nasenflügel und schwarz umrandete Augen. Sie erinnerte Sophie an einen Vampir.

Der Junge hatte Pickel im Gesicht und wirkte ein bisschen einfältig, ging aber sehr liebevoll mit seiner Freundin um, legte seinen tätowierten Arm um ihre Hüfte und streichelte mit der anderen Hand ihr bleiches Kindergesicht.

Sophie beobachtete die beiden, während Ludwig auf sie einredete. Sie hörte ihm nicht zu, die jungen Leute rührten sie an, sie sehnte sich plötzlich nach einer Jugend, die sie nie erlebt hatte: Händchen halten, kuscheln, verliebte Blicke ...

»Endlich mal ordentliches Frischfleisch in diesem Schuppen«, dröhnte Hermann und musterte begierig die schwarz bestrumpften Schenkel der Kleinen.

Sophie hatte nur einen abfälligen Blick für ihn übrig und hoffte, dass die Jugendlichen seine Worte nicht gehört hatten.

Am Heiligen Abend durfte man sich ein bisschen Sentimentalität erlauben. Gleichzeitig war sie sich der Komik dieser Situation bewusst. Aber der Traum von schönen Momenten, befriedigenden Augenblicken und die Illusion der großen Liebe waren stärker. Sie verdrückte ein paar Tränen – Tränen um ihre verlorene Jugend.

»Geht's endlich ficken«, schnaufte Ludwig und schüttete den Rest seines Rotweins in einem Zug hinunter. Auch er hatte nur Augen für die hübsche Kleine.

»Halt den Mund, du Idiot!«, fauchte Sophie ihn an.

Das junge Pärchen verlangte die Rechnung und verließ das Lokal.

Herr Johann schaltete das Radio ein. Es war siebzehn Uhr. Zu jeder vollen Stunde spielt es »Stille Nacht, heilige Nacht«.

Tränen der Rührung kollerten nun auch über Ludwigs gerötete Wangen. Leise summte er mit. Hermann, anscheinend weniger sentimental, sang: »*Alles schläft, einsam wacht ...*« Sein Bassbariton schallte laut durch das fast leere Lokal. Sophie zog die Schneekugel auf. Das sehr blechern klingende Spielwerk fiel in Hermanns Gesang mit ein.

Bei den folgenden Weihnachtsliedern ging den Männern der Text aus, nur Sophie sang mit ihrer gebrochenen Altstimme:

»*Am Weihnachtsbaume*

die Lichter brennen ...«

»*Lustig, lustig trallala* ...«, brüllte Hermann dazwischen.

»*Stille Nacht, heilige Nacht*«, tönte es aus der Schneekugel.

Es begann zu schneien. Dicke Schneeflocken klopften ans Fenster.

»*Komm, setz dich ans Fenster,*

du lieblicher Stern;

malst Blumen und Blätter,

wir haben dich gern«,

trällerte Sophie. Nun wischte sich auch Hermann ein paar Tränen aus den Augen.

Herr Johann spendierte, ebenfalls mit feuchten Augen, eine Runde Schnaps und trank selbst zwei Gläschen ex.

Sophie leerte den Inhalt ihres Glases in die Hydrokultur. Als Ludwig unterm Tisch ihr Knie zu betatschen begann, ließ sie ihn gewähren.

Er prahlte wieder einmal mit seiner vollen Brieftasche. Anstatt sich, wie üblich, darüber lustig zu machen, hörte sie andächtig zu. Er hatte gerade bei einem Auftraggeber ein bisschen Schwarzgeld kassiert. Eigentlich hatte er Weihnachtsgeschenke für seine erwachsenen Kinder und seine drei Enkel kaufen wollen. Stolz zeigte er Sophie und Hermann seine Fünfhunderter. »So was habt ihr noch nicht zu Gesicht bekommen, wie?«

Fasziniert starrte Sophie auf die violetten Scheine. Doch plötzlich hatte sie Mitleid mit ihm. Da offensichtlich weder seine Exfrau noch seine Kinder daran gedacht hatten, ihn am Heiligen Abend einzuladen, blieb ihm wohl nichts anderes übrig, als das Geld in »Johnnys Bar« zu versaufen.

Sie ging auf die Toilette, die sich im Hinterhof gleich neben ihren vier Wänden befand.

Tag und Nacht hörte sie in ihrer Küche die Geräusche der pinkelnden Männer. Jedes Mal, wenn sie kochte, verging ihr gründlich der Appetit.

Auf der Toilette war es kalt. Herr Johann war ein Sparmeister. Sie bereute, nicht auf ihr eigenes Klo gegangen zu sein.

Es schneite immer heftiger. Das kleine Fenster war voller Eisblumen. Während sie auf der kalten Klobrille saß, bemühte sie sich, einen klaren Gedanken zu fassen. Die Entscheidung fiel ihr nicht leicht. Ludwig war eindeutig lukrativer, Hermann aber viel attraktiver. Zum ersten Mal in ihrem Leben beschloss sie, die Vernunft und nicht das Herz bestimmen zu lassen.

Als sie an ihren Tisch zurückkehrte, stand ihr Entschluss fest – sie würde Ludwig heute Abend um sein Schwarzgeld erleichtern.

Herr Johann würde, selbst wenn er einen Verdacht hegte, schweigen. Kellner wissen, wann sie den Mund zu halten haben. Und der gute alte Hermann war sowieso kein Risiko. Er hatte nicht nur Schiss vor der Polizei, sondern würde sich nicht einmal blöd stellen müssen. Er war eben nichts anderes als ein hübsches, dummes Mannsbild.

Johanns unangenehm hohe Fistelstimme riss sie aus ihren Träumen. »Eine letzte Runde auf Kosten des Hauses!«, rief er und servierte seinen Gästen Prosecco in Champagnergläsern. »Aber lasst euch ruhig Zeit, ich hab's nicht eilig. Auf mich wartet ohnehin keiner«, sagte er und schaute Sophie traurig in die Augen. »Du siehst so hübsch aus heute Abend«, flüsterte er.

Sie schenkte ihm ein müdes Lächeln. Schwermütige Männer waren ihr nun einmal die liebsten.

»*Wenn ich schlaf, dann träume ich* ...«, brummte Hermann. Dann trank er sein Glas in einem Zug aus, erhob sich, wankte Richtung Tür und stolperte prompt über den lachenden Weihnachtsmann neben dem Eingang.

Ludwig sprang auf, legte einen Hunderter auf den Tisch, sagte großspurig zu Herrn Johann: »Das wird wohl reichen«, und half seinem Saufkumpan die Tür zu finden. Keiner der beiden verabschiedete sich von Sophie. Sie begrub ihre Träume vom großen Geld. Unsicher wandte sie sich Johann zu.

Er wusste ihren Blick zu deuten und prostete ihr mit Ludwigs Prosecco zu. Dann schaltete er die Kaffeemaschine und den Geschirrspüler ab, sperrte die Eingangstür zu, machte alle Lichter im Lokal aus und fragte ganz sanft: »Gehen wir zu dir?«

Sie nickte nicht einmal, umarmte ihn einfach und verließ mit ihm die Bar. Trotz seiner leidenschaftlichen Küsse registrierte sie, dass er die Hintertür des Lokals nicht zugesperrt hatte.

Er fackelte nicht lang herum. Kaum hatten sie ihre Wohnung betreten, öffnete er den Reißverschluss seiner Hose, half ihr gleichzeitig, sich ihres Rocks und ihres Höschens zu entledigen, warf sie aufs Bett und drang sofort in sie ein.

Mit sanfter Gewalt zwang sie ihn auf den Rücken und setzte sich auf ihn.

Für einen fast Sechzigjährigen war er gut in Form. Doch als sie sich mit beiden Händen auf seinem zarten Brustkorb abstützte, rang er verzweifelt nach Luft.

Es fiel ihr nicht leicht, ihm das Kissen aufs Gesicht zu drücken, während sie auf ihm ritt. Sein Röcheln würde sie sicher noch viele Nächte lang verfolgen. Aber was waren Albträume gegen die Verzweiflung, die sie tagsüber quälte ...

Herr Johann strampelte mit seinen viel zu kurzen Beinen. Sie legte das ganze Gewicht ihres Körpers auf das Kissen.

Sein Röcheln wurde leiser, verstummte schließlich. Als sie keinen Ton mehr vernahm, legte sie das Kissen zur Seite und starrte in die Augen eines toten Mannes.

Jetzt nur keine Panik, versuchte sie sich selbst zu beruhigen. Sie ließ Herrn Johann in ihrem Bett liegen, zog ihren weißen Wollrock wieder an und eilte in »Johnnys Bar«.

Die Einnahmen des Tages würden bestimmt erheblich üppiger sein als Ludwigs Weihnachtsgeld. Freudig erregt machte sie sich über die Kasse her.

Sie war abgesperrt.

Sie suchte in jedem Schrankfach und jeder Schublade, fand aber keinen Schlüssel. Sie rannte zurück in ihre Wohnung und durchwühlte die Hosentaschen des Toten – nichts. Schließlich suchte sie jeden Meter zwischen ihrer Wohnung und »Johnnys Bar« ab – vergebens.

Tränen der Verzweiflung und Wut rannen über ihre geschminkten Wangen. All ihre Versuche, die Kasse mithilfe von Messern und Gabeln aufzubrechen, scheiterten. Irgendwann gab sie auf, kehrte in ihre Wohnung zurück und zog dem Toten ihr Weihnachtsmannkostüm an. Das Kostüm gehörte ihr, doch keiner würde es zu ihr zurückverfolgen können. Sie hatte es vor Jahren, anscheinend in weiser Voraussicht, im Theater geklaut. An Ludwig und Hermann verschwendete sie keinen Gedanken mehr.

Ein letztes Mal umarmte sie den netten, aber inzwischen leider toten Kellner und schleppte ihn die menschenleere Neubaugasse hinunter zur Mariahilferstraße.

Trotz der klirrenden Kälte begann sie zu schwitzen. Alle paar Meter legte sie eine Pause ein, lehnte Herrn Johann an eine Hausmauer, versuchte ihn mit ihrem Körper zu stützen und wischte sich rasch den Schweiß vom Gesicht. Die Auslagen der Geschäfte waren zum Glück nicht mehr beleuchtet.

Es schneite nach wie vor sehr heftig. Der Hinterhof und die Gehsteige waren mit einer mindestens zwanzig Zentimeter dicken Schneeschicht bedeckt. Ein Schneepflug der Wiener Stadtwerke zog auf der berühmten Einkaufsstraße einsam seine Bahnen.

Sie erschrak.

Ein Weihnachtsmann in heißer Umarmung mit einer alternden Schönen? Sie hoffte, dass sich der Magistratsbedienstete keine weiteren Gedanken über sie und ihren seltsamen Begleiter machen würde.

Vor dem Eingang zur »Camera«, dem berüchtigten Drogenumschlagplatz, ließ sie den Toten zu Boden gleiten.

Ein Betrunkener, erfroren irgendwann in der Kälte der stillen Nacht? Ein Weihnachtsmann mit zu viel Punsch im Magen, zu vielen Promille im Blut? Der starke Schneefall und die sibirischen Temperaturen hatten dem armen Kerl dann endgültig den Garaus bereitet?

Zurück in ihrer düsteren, feuchtkalten Wohnung, legte sie ihre einzige Weihnachts-CD auf, goss sich ein Glas Weinbrand ein und prostete ihrem Spiegelbild zu.

Herrn Johanns Konterfei tauchte verschwommen hinter ihrem Gesicht auf. Vorwurfsvolle tote Augen starrten sie an.

»Lasst uns froh und munter sein«, schallte es durch den Hinterhof im siebten Wiener Gemeindebezirk, als sie sich eine Hand voll Schlaftabletten in den Mund schob.

Ulrike Rudolph

Schneeflöckchen, Weißröckchen

Die warme Kaufhausluft stemmte sich ihr entgegen wie eine Gummiwand, wie eine Warnung, die sie am Eintreten hindern wollte. Bianca zögerte, ihr Magen krampfte sich zusammen. Heute musste es sein, schon viel zu lange hatte sie die Weihnachtseinkäufe verschoben. Feine Schweißtröpfchen auf ihrer Stirn schlossen sich zu größeren Pfützen zusammen. Wie kleine Geschwülste fühlte sich das an, fremdkörperhaft, bösartig. An ihren Augenbrauen teilten sie sich in Bäche auf, die zum Haaransatz oder zur Nasenwurzel und von dort in die Augen rannen. Die salzige Flüssigkeit brannte, dass ihr die Tränen kamen und ihren Blick trübten. Bianca schüttelte sich. Der Weihnachtsmann an der Ecke warf ihr aus watteumwölkten Augen schräge Blicke zu. Sie riss ihren Wintermantel auf, löste den Knoten des Kaschmirschals und öffnete den obersten Knopf der Bluse. Dann holte sie tief Luft und stürzte sich in die Menschenmenge, die sich in einer gemeinsamen Anstrengung wie Sand in einer Eieruhr durch den Engpass des Eingangs zwängte, um sich innen wieder zu verstreuen. Bianca ließ sich zur Rolltreppe treiben, die sie zu den Klängen von »Süßer die Glocken« in die erste Etage emportrug. Wie einen Engel, dachte sie, wie passend in dieser Zeit. Am liebsten wäre sie tatsächlich entschwebt, nach Tunesien vielleicht oder auch auf die Kanaren, gleichgültig eigentlich, Hauptsache kein Weihnachtsstress, keine traute Heimeligkeit am häuslichen Herd, kein Gesinge und keine geheuchelte Verzückung beim Auspacken von Georgs Geschenken, die mit ihr so rein gar nichts zu tun hatten. Georg, der sie und ihren Geschmack inzwischen besser hätte kennen sollen – nach mehr als einem Jahr, in dem sie zwar noch in getrennten Wohnungen gelebt, aber doch viel Zeit gemeinsam verbracht hatten. Ihn wollte sie nicht auch noch verlieren, wie sie bereits ihren Mann Bernhard verloren hatte. Aber Georg mochte diese ganze Gefühlsduselei. Weihnachtsflucht war also undenkbar. Außerdem konnte die Klinik keine Betriebsferien machen wie eine Marzipankugelfabrik. Die jugendliche Klientel ihrer Abteilung wurde gerade an Feiertagen und in den Schulferien auffällig. Und die Zeit der Anspannung um das große Fest der Liebe lieferte zusätzlich emotionales Konfliktpotenzial. Das war ihr vorhin beim Tippen wieder bewusst geworden. Das Tonband der gestrigen Sitzung des alten Fraupel mit diesem Punkmädchen hatte ihr Probleme bereitet. Nicht nur, dass sie kaum etwas verstehen konnte, weil das Mädchen öfter unvermittelt die Tonlage wechselte, immer wieder schrie und weinte, sondern auch, weil sie das, was sie verstand, lieber nicht niedergeschrieben hätte. Wie ein Verrat an dem Mädchen kam es ihr vor, dass sie Professor Fraupel durch diese Verschriftung eine Grundlage für seine Vorlesungen schuf, wie ein zusätzlicher Missbrauch.

Lustlos steuerte sie auf die Outdoor-Abteilung zu, um nach einer Trekkinghose für David zu suchen. Ihr Sohn wollte nach dem Abi mit ein paar Freunden eine Hüttenwanderung in den Schweizer Alpen machen. Den Führerschein hatte er Bernhard schon zur Volljährigkeit aus dem Portmonee geleiert. Was würde wohl zum Studienabschluss kommen – ein Smart? Da würde sie nie mithalten können.

Als die musikalische Dauerberieselung für einen Moment aussetzte, atmete sie tief durch. Das hatte wohl auch der Kinderchor getan, der jetzt vereint und ohne jegliches Vorspiel »Schneeflöckchen, Weißröckchen« losschmetterte, keineswegs lieblich und glockenhell, sondern aggressiv und drohend. Bianca spürte jeden Ton wie einen Schlag in den Unterleib. Ihr wurde schwarz vor Augen, kleine Leuchtkugeln tanzten in der Dunkelheit. Mühsam hielt sie sich auf den Beinen. Ihre Knie fühlten sich schwach an, als lösten sich die Knochen auf. Sie rang nach Luft und griff sich an den Hals. Das würgende Gefühl wurde jedoch nicht von ihrem Kragen verursacht – der war bereits geöffnet –, die Übelkeit kam von irgendwo tief innen.

In der U-Bahn auf dem Weg nach Hause fragte sie sich, wie sie aus dem Kaufhof herausgekommen war. Sie hatte nur noch verschwommene, wirre Bilder im Kopf, wie von fremder Kamera aufgezeichnet: eine ältere Dame mit Stockschirm, die besorgt schaute, und eine Kassiererin, die ihr eine Tüte in die Hand drückte. Bianca sah an sich hinunter und entdeckte den Plastikbeutel in ihrer Hand. Wie in Trance öffnete sie ihn und fand die Trekkinghose für David. Die feinen Härchen im Nacken richteten sich auf. Ein kalter Zug vom geöffneten Fenster fuhr ihr in den Kragen. Bianca zog die Schultern hoch und schlug die Enden des Schals übereinander. Sie kehrte dem Fenster den Rücken zu und starrte vor sich hin. An der Rückwand des Waggons hing ein Plakat mit nackten Männern, die grinsend ihre aufgeblasenen Muskeln zeigten. Quer über ihre Slipzone hatte jemand unordentlich einen gelben Streifen geklebt: »Heinz, der Nacktputzer, bringt alles zum Strahlen, was Sie wünschen. Grenzenloses Putzvergnügen – mit Feudel und ohne. Für Sie immer mobil unter ...« Bianca drehte sich rasch wieder zum Fenster.

»Komm, setzt dich zu mir!« Georg klopfte mit der flachen Hand auf die Sitzfläche seines Sofas. Auch das noch! Selbst mit Abstand konnte sie kaum atmen. Aber das sollte er nicht merken. Er war ohnehin in den letzten Wochen nicht sonderlich glücklich mit ihr gewesen, weil sie sich körperlich immer mehr von ihm zurückzog oder ihre unregelmäßige Periode hatte wie gerade heute. Sie gehörte nach Hause in ihr eigenes Bett. Aber sie musste sich zusammenreißen, sonst würde er gehen wie Bernhard, der sich vor zwei Jahren »Frischfleisch« – wie er es nannte – zugewandt hatte, weil Bianca mit ihren dreiundvierzig Jahren nicht nur äußerlich zu vertrocknen begann. Ihr Frauenarzt hatte ihr etwas von frühen Wechseljahren weiszumachen versucht, aber das war natürlich Quatsch – die Hormonpillen hatte sie zwar abgeholt, anschließend aber gleich in ihrer Schreibtischschublade verschwinden lassen. Ihr Fall lag vollkommen anders. Sie versuchte ein Lächeln.

»Komm, setz dich und erzähl mir, was dich so aus der Bahn geworfen hat – du bist ja jetzt noch ganz blass.« Bianca schüttelte leicht den Kopf. Von dem Weihnachtslied und seinen Auswirkungen auf ihre Psyche konnte sie ihm nun wirklich nichts erzählen, das begann sie ja selbst erst langsam zu begreifen. Und das mit den merkwürdigen Wahrnehmungsstörungen war ganz neu. Aber seit sie im Sekretariat der Klinik für Psychiatrie des Kindes- und Jugendalters arbeitete, kam fast jeden Tag ein kleines Teilchen zu dem verstreuten Puzzle hinzu, das ihr heutiges Leben offenbar bestimmte. Es deutete sich schon ein Bild an, doch die letzten entscheidenden Stücke fehlten noch. Dann würde sie sich befreien können.

Manchmal fragte sie sich, ob es ein Fehler gewesen war, ihren Job bei einem Orthopäden gegen ihre heutige Arbeitsstelle zu tauschen, zumal ihr Motiv für diesen Wechsel aus der Lektüre eines Psychothrillers geboren worden war. Rückblickend waren die Berichte über gebrochene Knochen, gerissene Bänder und gezerrte Muskulatur um einiges angenehmer als die über verletzte Körper und zerstörte Seelen. Schließlich tröstete sie sich über jeden Anfall von Zweifel mit der Begründung hinweg, dass sie so ein Stück echte Lebenshilfe bekam. All die Ratgeber, die sie gelesen hatte, liefen doch immer nur auf das Gleiche hinaus: positiv denken, Ayurveda, Feng-Shui, Glyx-Diät, und wenn all das nicht half, eben doch Hormone. Aber bei ihr wirkte nichts davon.

»Was ist nur mit dir los, Flocke? Nun setz dich schon her!« Wieder Georg, der war auch noch da.

»Nenn mich nicht so, nie mehr, das habe ich dir schon tausendmal gesagt!« Wieder fühlte Bianca diesen starken Schmerz im Unterbauch. Sie krümmte sich zusammen, rannte zur Tür und knallte sie hinter sich zu. »Keine Flocke und kein Flöckchen, weder Schnee- noch Hafer- noch Sonst-was-Flöckchen, das hättet ihr wohl gerne!«, schrie sie den Kleiderständer an, riss ihren Mantel vom Bügel und rannte zur Bahn. Georg sollte sein Flockending doch selber machen, sie wollte ihre Ruhe, wollte jetzt nur noch ins Bett, und zwar in ihr eigenes.

Zu Hause war alles dunkel. David war ausgeflogen. Vermutlich trieb er sich wieder in der Disko rum und würde viel zu spät nach Hause kommen, morgen früh käme er dann wieder nicht aus dem Bett. Aber schließlich war er volljährig, was konnte sie ihm da noch groß vorschreiben? Bianca starrte auf den Fernseher. Ein Kinderchor formierte sich zum Absingen von Weihnachtsliedern. Schnell schaltete sie weiter. Neben der Ansagerin stand ein Kerzengesteck mit Schneedeko. Im nächsten Kanal strich ein älterer Herr einem Mädchen über die dunklen Locken. Entnervt drückte Bianca den Powerknopf.

Was war nur in sie gefahren bei Georg? Das war doch nicht

sie gewesen? Sie, Bianca, die zwar schon mal schlecht drauf war, aber doch nie aggressiv? Als sie versuchte, sich an ihren Gefühlsausbruch zu erinnern, war es ihr, als hätte sie die Szene unbeteiligt und aus weiter Ferne mit angesehen. Mitunter fragte sie sich, ob sie wirklich immer im Vollbesitz ihrer geistigen Kräfte war, wie es in Gerichtsfilmen oft hieß. Sie musste sich bei Georg entschuldigen und ihm irgendeine Erklärung für ihr Verhalten auftischen – oder besser für das, was da mit ihr geschehen war.

Am nächsten Morgen war sie spät dran. Sie hatte schlecht geschlafen und mies geträumt. Seit einiger Zeit plagte sie wieder und wieder der gleiche beängstigende Traum, der sich immer mit Musik ankündigte, bevor die Handlung begann: »Schneeflöckchen, Weißröckchen, da kommst du geschneit, du wohnst in den Wolken, dein Weg ist so weit.«

Sie als kleine Schneeflocke verkleidet, mit Kunstschnee im Haar und auf Schlittschuhen im Scheinwerferlicht. Tausende von Augenpaaren auf sie gerichtet, sie strahlt und ist glücklich, dreht sich im Kreis, dass ihr Weißröckchen nur so fliegt. Die anderen Flöckchen um sie herum wirbeln im Takt, aber sie ist das Oberflöckchen, sie genießt es, im Mittelpunkt zu stehen, bis immer an der gleichen Stelle – bei »lieblicher Stern« – plötzlich die Musik abbricht und die Menschen losschreien: »Aufhören, aufhören! Rausschmeißen!« Die kleine Bianca dreht noch eine ungeplante, gewagte und dennoch vollendete Pirouette, um die Pause zu überbrücken. Die Musik muss gleich wieder einsetzen – und das Publikum kann doch nicht sie meinen? Sie merkt deutlich, dass es um sie herum kälter geworden ist. Als sie schließlich zum Stehen kommt, ist sie ganz allein auf der Eisfläche. Beschämt schaut sie zu Boden und spürt, wie ihr das Blut in den Adern stockt und zu Eis gefriert. Sie ist vollkommen steif, unfähig, sich zu bewegen. Und bis auf die Schlittschuhe ist sie völlig nackt.

Das Gefühl war so unerträglich, dass sie stets frierend und dennoch schweißgebadet erwachte. Erst Stunden später erlöste sie traumloser Schlaf, der sie diesmal viel zu lange umfangen hielt, als dass sie noch rechtzeitig zur Arbeit hätte kommen können. Ohne Frühstück rannte sie los, mit flatterndem Mantel zu dem Parkplatz ihres Wagens, wo jedoch statt ihres Polos ein Volvo stand. Bianca fröstelte und runzelte die Stirn. Das Kleid, das sie nach dem Parken aus der Reinigung schräg gegenüber geholt hatte, trug sie heute. Wo aber war ihr Auto? Was war nur los mit ihr? Sie rief sich zur Ordnung und sprintete in Richtung U-Bahn. Direkt neben der Treppe fand sie ihren Polo recht wild mit einem Reifen auf dem Bürgersteig platziert, als hätte sie ihn in größter Eile geparkt.

Im Büro wartete der Rest des Tonbands von Professor Fraupel darauf, abgetippt zu werden. Wieder ergriff sie dieses merkwürdige Gefühl der Verbundenheit mit dem jungen Mädchen.

»Dissoziative Persönlichkeitsstörung, wie sie häufig durch sexuellen Missbrauch im Kindesalter ausgelöst wird«, hörte sie Fraupels klare Stimme auf dem Band. »Die Patientin erlebt Zustände des Abgespaltenseins von ihrem Körper. Sie empfindet phasenweise Kontrollverlust über ihr eigenes Handeln ...« – Bianca brach der Schweiß aus – »..., das sie während des Splittings wie aus der Perspektive einer außenstehenden Beobachterin wahrnimmt.« Sie sprang auf und lief auf die Toilette, aber weder ihre Blase noch ihr Magen verschafften ihr Erleichterung. Dissoziative Persönlichkeitsstörung, Kontrollverlust ... Sie hastete wieder an ihren Arbeitsplatz, spulte das Band zurück und ließ das soeben Gehörte noch einmal abspielen: »... häufig

durch sexuellen Missbrauch im Kindesalter ausgelöst ...« Wie
betäubt saß sie an ihrem Schreibtisch. Aber das konnte doch
nicht sein, nicht sie, nicht in ihrem familiären Umfeld! Sie bil-
dete sich das sicher alles nur ein, so gut konnte selbst sie nicht
verdrängen, dass sie von einem Missbrauch nichts, aber auch
gar nichts spüren würde. Ihre Kindheit war liebevoll umsorgt
gewesen. Obwohl – ihre sexuelle Unlust in den letzten Jahren
und ihre Gedächtnislücken ... ach was! Sie musste sich konzentrieren und durfte nicht so viel nachdenken ...

Auf der Heimfahrt fühlte sie sich etwas besser. Sie brauchte Ab-
lenkung, also würde sie Georg anrufen und um Verzeihung bitten. Vielleicht hatte er Lust, vorbeizukommen. Ansonsten könnte sie David einen gemeinsamen Fernsehabend vorschlagen.
Bianca fiel die scheußliche Werbung mit »Heinz, dem Nacktputzer« wieder ein. Bestimmt war sie längst entfernt oder hing
in einer anderen Bahn, außerdem war sie sich nicht sicher, ob
sie die American Dream Boys ohne diesen gelben Balken wirklich sehen wollte. An der Stelle, wo gestern das Plakat gehangen
hatte, prangte jetzt eine doppelt so große Werbetafel von Holiday on Ice. Sie zitterte und wollte sich auf den frei werdenden
Sitzplatz mit dem Rücken zum Plakat setzen, doch ihr Blick und
ihre Bewegungsfähigkeit froren ein. Auf schrill pinkfarbenem
Hintergrund stand in fett gedrucktem Grün: »Nur vom 10. bis
15. Dezember mit unserem Special Guest Enrico Schmukalla
und seiner Vorweihnachtsgala »Snowflakes on Ice« – aus Toronto extra für Sie angereist! Lassen Sie sich verzaubern!«
Bianca griff mit beiden Händen nach der Rücklehne der Sitz-
bank. Das war es! Plötzlich passte alles zusammen! Nicht ihr Vater, auch sonst niemand aus ihrer Familie – ihr Trainer war es
gewesen! Deshalb dieser Traum, daher ihr Zusammenbruch, als
sie das Weihnachtslied hörte, und daher auch das Unbehagen,

mit dem sie ihren eigenen Körper empfand. All die Jahre lang – bis heute – hatte sie den Missbrauch und damit auch einen Teil von sich selbst abgespalten. Dieses Abspalten – Splitting, so hatte Professor Fraupel es genannt – bewirkte, dass sie sich nicht daran erinnerte, was nach den Proben des Eisballetts geschehen war. Und derselbe Mechanismus war auch für diese Aussetzer verantwortlich, bei denen sie die Kontrolle über ihr eigenes Handeln verlor. Welch glücklicher Umstand, trotz allem, dachte sie, denn eine dissoziative Persönlichkeitsstörung dürfte wohl auch juristisch ein mildernder Umstand sein. Sie würde schließlich doch bei sich selbst ankommen, obwohl ihr »Weg aus den Wolken so weit« gewesen war, sich befreien, endlich, und zurückkehren zu einem normalen Leben mit Georg, mit normaler Sexualität und ohne böse Träume. Ihren ehemaligen Trainer würde sie zwar nicht gerade »zudecken wie die Blümelein«, aber zu »himmlischer Ruh« würde sie ihm gewiss verhelfen.

Es dauerte eine Weile, bis Bianca ihre Kinderschlittschuhe Größe 34 im Keller fand. Das Leder war brüchig, aber darauf kam es nicht an. Die Kufen waren nur leicht rostig. Mit etwas Schmirgelpapier würde das schnell behoben sein. »Ich muss eben noch mal weg, kann wohl so ein bis zwei Stunden dauern!«, rief sie David zu, der – eine aufgetaute Pizza kauend – vor dem Fernseher hockte. »Mama«, rief er ihr hinterher, »nimmst du den Wagen? Der ...«

»Nee, kannst ihn haben, ich nehme lieber die Bahn!«

Am nächsten Morgen kaufte sie sich ganz gegen ihre Gewohnheit eine Zeitung. Sie brauchte nicht lange zu suchen. Die Überschrift »Beliebter Eisprinz Opfer seines Berufs« sprang ihr sofort in die Augen.

»Enrico Schmukalla wurde gestern Abend tot in der Kabine gefunden. Ein Kinderschlittschuh Größe 34 steckte in seinem gespaltenen Schädel. Die Polizei steht vor einem Rätsel. Schmukalla war in den Sechzigerjahren mit seiner Schneeflöckchen-Eisrevue ein Star der Vorweihnachtszeit. Bei Kindern wie Eltern und Publikum war er außerordentlich beliebt, weil er einen Großteil der Einnahmen aus seiner Revue für karitative Zwecke spendete.«

Bianca warf die Zeitung in den Papierkorb. Sie tippte gerade einen weiteren Bericht von Professor Fraupel zu Ende, als Gabi anrief – eine Sandkastenfreundin, die seit einigen Jahren in Süddeutschland lebte.

»Hast du's schon gehört«, sprudelte Gabi los, »das mit unserem alten Enrico?«

»Ja, gerade gelesen.« Sie war auf der Hut.

»Mensch, wer tut denn so was? Was hatten wir für Spaß mit ihm, solch ein Netter war er und so besorgt um uns alle. Wir müssen unbedingt mit unserer alten Truppe von damals etwas für seine Familie tun, das sind wir ihm schuldig.«

»Schuldig?«, krächzte Bianca. »Schuldig? Du weißt doch gar nichts über ihn, über seine letzten Jahre. Irgendetwas wird er schon verbrochen haben, es gibt immer ein Motiv für einen Mord. Liest du denn keine Romane? Vielleicht war er ganz anders, als du denkst. Womöglich hat er auch in Toronto irgendetwas angestellt!«

»Der Enrico und etwas anstellen – du bist wohl immer noch eine Meisterin im Verdrängen! Weißt du nicht mehr, wie er dich in Schutz genommen hat, als du dich damals mit deinem Kleid so blöd in der Deko verfangen hast, dass du plötzlich vor sechstausend Leuten in Unterwäsche dastandest? Hast du das etwa vergessen? Du wolltest sterben, aber er hat alles auf seine Kappe genommen, mangelnde Sicherheitsvorkehrungen und so.

Bis heute bin ich mir nicht sicher, ob er nicht deshalb gehen musste und jahrelang in Toronto gearbeitet hat statt hier, wo er doch hingehört.«

Bianca schluckte, ihr war übel. Ein wenig Abspalten wäre jetzt nett. Leise summte sie »Schneeflöckchen, Weißröckchen«, doch kein Splitting wollte sich einstellen, während sie mit einer trudelnden Bewegung, einer fallenden Flocke gleich, den Hörer auf die Gabel bettete. Behutsam zog sie die obere Schublade ihres Schreibtisches auf, öffnete das Döschen, ließ eine Hand voll Hormonpillen in ihre Handfläche rieseln und spülte sie mit lauwarmem Mineralwasser runter.

Gabi Neumayer

Rudolph, the red-nosed reindeer

Nick lief trotz des schweren Rucksacks leichtfüßig durch die Nacht. Er hielt Ausschau nach einem Haus mit dem gewissen Etwas – manche Häuser schienen ihn anlocken zu wollen und Nick schlug eine solche Einladung selten aus. Schon gar nicht zu Weihnachten.

Den größten Teil des Jahres fühlte er sich hoffnungslos unterfordert. Anders als die meisten Kollegen fasste er seinen Beruf nämlich kreativ auf. Doch leider traf er fast nie auf einen ebenbürtigen Gegner – einen, der sein Geld vielleicht in der Vorhangstange aufbewahrte oder den Schmuck im Abfluss versteckte.

In der Weihnachtszeit aber liebte Nick seinen Beruf. Kein Geld unter der Matratze, kein Schmuck im Gefrierfach – keine langweilige Routine eben. Stattdessen konzentrierte er sich auf die Geschenke. Erst unter dem eigenen Weihnachtsbaum zu erfahren, was er erbeutet hatte, das war Nervenkitzel nach seinem Geschmack.

An diesem Weihnachtsabend hatte er gleich im ersten Haus, das ihn »eingeladen« hatte, seinen Rucksack fast gefüllt. Nick warf einen kurzen Blick auf die Rolex an seinem Handgelenk – sein Lieblingsgeschenk vom letzten Weihnachtsfest. Ein Einbruch noch, dann würde er nach Hause gehen, einen heißen Grog trinken und sich schlafen legen. Am nächsten Morgen würde er dann ganz früh aufwachen, weil er es nicht erwarten konnte, seine Geschenke auszupacken.

Die Luft war kalt und trocken, es roch nach Schnee. Nick schlug den Kragen seines schwarzen Anoraks hoch und wickelte sich den schwarzen Schal fester um den Hals. Ringsumher leuchteten goldene und bunte Lichter in den Bäumen und Fenstern.

Plötzlich sprang es ihn an: ein kleines, rotes Blinken, das Aufregung und Abenteuer versprach. Nick schlich näher. An diesem Haus, einem düsteren Klotz, wäre er sicher vorbeigegangen, wäre da nicht dieses Licht gewesen. Nun konnte er sehen, dass es zu einem meterhohen Plastikrentier gehörte. Das Tier grinste freundlich. Seine leuchtende Nase deutete auf die Westseite des Hauses.

Nick ließ sich nicht lange bitten.

Leise schloss er die Glastür hinter sich und wartete einen Moment, bis sich seine Augen an das Dunkel gewöhnt hatten. Das Wohnzimmer war riesig. In einem wuchtigen Kamin glommen die Reste schenkeldicker Holzscheite, und der Weihnachtsbaum – gleich neben einer geschwungenen Freitreppe – ragte mindestens fünf Meter in die Höhe.

Nicks Blick wanderte am Baum hinunter. Er seufzte. Offenbar hatte sich in diesem Haus eine Großfamilie versammelt – von den Geschenken würde er nur einen Bruchteil mitnehmen können. Und er musste besonders vorsichtig sein, wenn so viele Menschen im Haus waren.

Er lauschte, sah sich um und war dann mit wenigen Schritten beim Baum. Prüfend nahm er ein kleines Päckchen mit einer blassgrünen Schleife in die Hand.

»Hallo?«

Nick zuckte zusammen und ließ das Geschenk fallen. Oben auf der Treppe stand ein kleines Mädchen, fünf oder sechs Jahre alt, und starrte ihn genauso entgeistert an wie er die Kleine. Sie drückte eine dieser neuen Mumienpuppen an sich. Einige Mullbinden hatten sich gelöst und schleiften hinter ihr her, als sie nun vorsichtig Stufe um Stufe nach unten kletterte.

Nick überlegte fieberhaft. Das ganze Haus war vermutlich voller Eltern und Geschwister, Onkel und Tanten und Großeltern. Diese Situation erlaubte kein künstlerisches Vorgehen. Er musste einfach warten, bis das Mädchen direkt vor ihm stand, es dann packen, ihm den Mund zuhalten ...

Alle Muskeln angespannt, wartete Nick darauf, dass die Kleine endlich die letzten Stufen bewältigte. Doch sie blieb in sicherer Entfernung stehen. »Wer bist du?«

Nick schwieg.

»Ich geh Papa holen«, sagte sie, und schon war sie wieder auf dem Weg nach oben.

Nun mach schon, feuerte Nick sich an. Du suchst doch immer kreative Herausforderungen. Hier ist eine. Mach was draus!

»Hoho«, sagte er mit brummiger Stimme.

Das Mädchen blieb stehen. Ihre Augen wurden groß und rund. »Mann«, sagte sie, »du bist doch nicht etwa ...?«

»Hoho!« Nick nickte und legte den Zeigefinger an die Lippen.

»Aha.« Das Mädchen grinste. »Und keiner darf dich sehen, stimmt's?«

»Hoho.«

»Kannst du nicht mal was anderes sagen?«

Komm endlich runter und lass dich knebeln, dachte Nick, aber das Mädchen hatte sich zwei Meter über ihm auf eine Stufe gesetzt und machte keine Anstalten, näher zu kommen.

»Komm doch herunter«, flüsterte er und lächelte so weihnachtsmännisch, wie er konnte. »Dann können wir uns viel besser unterhalten.« Er machte einen Schritt auf die Kleine zu.

»Kommt nicht infrage.« Sie stieg schnell zwei Stufen hinauf und beäugte misstrauisch seinen großen, schwarzen Rucksack. »Wie viele Kinder hast du denn schon da drin?«

Nick verdrehte die Augen. »Ich stecke schon lange keine Kinder mehr in den Sack«, sagte er. »Ich habe hier nur viele schöne Geschenke. Willst du sie dir nicht mal ansehen?«

»Aber das geht doch nicht!« Die Kleine war entrüstet. »Die Geschenke dürfen wir doch erst morgen auspacken!«

Nick biss sich auf die Unterlippe. Offenbar waren die Kinder heutzutage nicht mehr so leicht zu beeindrucken. Hätte er als Kind den Weihnachtsmann überrascht, er wäre bestimmt vor Ehrfurcht erstarrt – und ganz sicher wäre es ihm niemals in den Sinn gekommen, ihm zu widersprechen!

Aber es kam noch schlimmer.

»Und überhaupt«, sagte das Mädchen, »du siehst gar nicht aus wie der Weihnachtsmann.«

»Ach nein? Woher weißt du das denn? Du hast den Weihnachtsmann doch noch nie gesehen, oder?« Nick setzte einen strengen Knecht-Ruprecht-Blick auf.

Doch die Kleine zeigte keine Spur von Angst. Sie kam wieder zwei Stufen herunter. Immer noch in sicherer Entfernung, stemmte sie eine Hand in die Hüfte. »Also, jeder weiß doch, wie der Weihnachtsmann aussieht. Zum Beispiel hat er keine schwarzen Klamotten an, sondern rote, und außerdem hat er einen weißen Bart und er ist viel älter als du und ...«

»Moment mal, meine Kleine«, versuchte Nick ihren Redeschwall zu unterbrechen. Aber sie schleuderte ihm einen weiteren Trumpf entgegen: »Und außerdem kennt der Weihnachtsmann alle Kinder – weißt du, wie ich heiße? Na?«

Sie setzte sich wieder hin. Wie eine Staatsanwältin, die nach ihrem Schlussplädoyer wusste, dass sie den Prozess gewonnen hatte.

»Du bist offensichtlich ein besonders aufgewecktes Kind«, stieß Nick zwischen zusammengebissenen Zähnen hervor. Zwar war ihm bewusst, dass er hier mit Schmeicheleien nichts erreichen würde, aber zumindest gewann er etwas Zeit. Na los, lass dir etwas einfallen!, trieb er sich an. Dieses kleine Biest ist kurz davor, das ganze Haus aufzuwecken.

»Also, erst einmal …« Er sah sich hektisch nach etwas um, was ihn inspirieren könnte. Sein Blick fiel auf den Kamin. Anklagend deutete er darauf. »Erst einmal sollte man am Weihnachtsabend kein Feuer im Kamin machen. Das ist sehr unhöflich dem Weihnachtsmann gegenüber. Probier's ruhig aus und rutsch selbst mal durch einen schwarzen, verrußten Kamin. Ich wüsste gern, wie *deine* Klamotten danach aussehen – von den verbrannten Füßen mal ganz abgesehen.«

Draußen keuchte ein altersschwacher Motor.

Nick sah das Mädchen herausfordernd an. »Hörst du das?«, fragte er. »Euer rauchender Kamin bringt sogar meine Rentiere auf dem Dach zum Husten. Als ob der arme Rudolph mit seiner roten Nase nicht schon genug Kummer hätte!«

Die Kleine nagte schweigend an einer mullumwickelten Puppenhand. Beflügelt von seinem ersten Erfolg, fuhr Nick fort: »Und weil es so viele rücksichtslose Menschen wie euch gibt, die den Kamin zu Weihnachten brennen lassen, bin ich auf schwarze Kleidung umgestiegen. Und was meinen Bart angeht – hast du eine Ahnung, wie gut ein langer, weißer Bart brennt? Na?«

Das Mädchen schüttelte mürrisch den Kopf. Allmählich machte Nick die Sache richtig Spaß.

»Also habe ich mir selbst dieses Jahr einen Rasierapparat geschenkt. Und zu deinem Namen: Mein Computer ist mir vor einem Monat abgestürzt – mit den Namen aller Kinder drin.«

Die Kleine öffnete den Mund. Aber Nick war inzwischen gut in Fahrt und ließ sie nicht zu Wort kommen. »Ich weiß schon, was du sagen willst: Ich hätte eine Sicherungsdiskette anlegen sollen.«

Das Mädchen machte den Mund wieder zu.

»Und dass ich so jung aussehe, ist auch leicht zu erklären«, beendete Nick seine Beweisführung. »Mit Bart sieht man immer älter aus.« Er machte einen Schritt auf die Treppe zu, aber die Kleine sprang sofort auf und kletterte eine Stufe höher.

»Du bist nicht der Weihnachtsmann«, sagte sie laut. »Du bist ein Einbrecher!«

Nick musterte sie scharf. Diese Göre war ein zäher Gegner, und er würde ihr einen unwiderlegbaren Beweis dafür präsentieren müssen, dass er der Weihnachtsmann war. Sofort.

»Und was ist das hier?« Nick schüttete den Rucksack aus. »Bringen Einbrecher etwa Geschenke mit?«

Die Kleine grinste, und schon bevor sie sprach, wusste Nick, dass sie gewonnen hatte. »Sind die alle für mich?«

»Ja, ja, für dich und deine Familie.« Er schulterte den leeren Rucksack und wandte sich zum Gehen.

»Weihnachtsmann?«

»Was willst du denn noch?«

»Du hast da eine schöne Uhr. So eine hat sich mein Vater schon immer gewünscht.«

Wortlos zog Nick die Rolex vom Arm und warf sie auf den Geschenkeberg. »Du erwartest wohl nicht, dass ich sie einpacke.«

Als er durch den Vorgarten stapfte, begann es zu schneien. Das Rentier blinkte unverdrossen vor sich hin und grinste.

Am nächsten Morgen lag der Schnee dick und weiß. Im Haus

der Familie Carpenter brannten die Kerzen am Weihnachts-
baum, es duftete nach Plätzchen und Kakao. Als Kathy ins
Wohnzimmer kam, hatten sich alle anderen schon vor dem
Baum versammelt.

Kathy ließ unbemerkt ein kleines Päckchen neben ihrem Vater fallen und setzte sich zu ihrem kleinen Bruder.

Er strahlte sie an und schwenkte sein neues Videospiel.
»Guck mal, Kathy, ›Mumien im Weltall‹! Ist das nicht toll?«

»Nanu, ich dachte, ihr seid gegen solche Spiele«, sagte Onkel Mike zu Kathys Mutter. Die sah ihren Mann hilflos an und
zuckte mit den Schultern.

Opa Carpenter hatte ein winziges Paket geöffnet und stieß
einen Freudenschrei aus. Er umarmte seine Schwiegertochter.
»Danke, mein Kätzchen! Ein Gutschein für ein Formel-1-Wo-
chenende in Indianapolis, das ist doch mal was anderes als ein
Pyjama! – Nicht dass ich keine Pyjamas mag«, fügte er nach einem Blick in ihr Gesicht hinzu.

Kathy strahlte, als sie ihren neuen Laptop auspackte. Danke,
Weihnachtsmann, dachte sie. Und es tut mir Leid, dass ich dir
nicht geglaubt habe.

Ihr Vater hob ein kleines Geschenk hoch. Es war in einfaches
Zeitungspapier gewickelt, das von einem Haushaltsgummi zu-
sammengehalten wurde. »Na, von wem ist denn das wohl?«,
murmelte er.

»Vom Weihnachtsmann natürlich!«, sagte Kathy streng.

In der kleinen Wohnung roch es nach Kaffee mit Rum und al-
tem Kuchen. Nick hatte schlecht geschlafen. Er saß am Küchentisch, starrte vor sich hin und nippte an seinem Kaffee.

Dieses kleine Biest hatte ihn völlig aus dem Konzept gebracht. Wie hatte es nur so weit kommen können, dass er der
Kleinen all seine Geschenke gegeben hatte – sogar seine ge-

liebte Rolex? Müde schüttelte er den Kopf und kratzte sich am Kinn.

Doch dann richtete er sich auf. »Na, komm schon«, sagte er laut. »Du hast dir doch immer einen ebenbürtigen Gegner gewünscht! Und die Kleine war wirklich gut ...«

Er nahm seine Tasse und schlenderte zum Fenster. Friedlich sah es aus, friedlich und ruhig. Nick blickte in den Schnee hinaus. Es war trotz allem immer noch Weihnachten. Und ein Geschenk hatte er sich am Ende ja doch noch gemacht.

Er hob die Tasse und prostete seinem Geschenk draußen auf dem Balkon zu. Das Rentier blinkte fröhlich zurück.

Gesine Schulz

White Christmas

Karo stand im Vorraum der Damentoilette und betrachtete sich im Spiegel. Ob man sie noch erkennen würde? Sie zog die Mütze tiefer ins Gesicht und strich den Bart glatt. Das Ganze war eine äußerst unangenehme Angelegenheit. In dieser Vorweihnachtszeit war ihre Auftragslage als Privatdetektivin an einem Tiefpunkt angelangt, den man lediglich deshalb nicht als dramatisch bezeichnen konnte, weil der Jahreshöhepunkt nur unwesentlich darüber gelegen hatte. Na ja. Dafür hatte sie in ihrem gut bezahlten und vor dem Finanzamt bisher erfolgreich verborgenen Zweitberuf als Putzfrau reichlich zu tun.

In den von ihr betreuten Villen war rechtzeitig mit den ersten Kränzen an der Tür das Weihnachtsfieber ausgebrochen. Familienfeste wurden vorbereitet. Silberne Leuchter mussten geputzt, Gästezimmer wollten hergerichtet werden. Und jede hölzerne Fläche musste Karo mit besonderem Nachdruck polieren oder einwachsen. Offensichtlich war keiner ihrer Kundinnen der Artikel in einer der exklusiveren Wohnzeitschriften entgangen, in dem vom edlen, altmodischen Schimmer und wohltuenden Duft gut polierten Holzes die Rede gewesen war, der zum aromatherapeuthischen Muss für jeden gepflegten weihnachtlichen Haushalt erklärt wurde.

Noch vor dem zweiten Advent haftete Karo ein Aroma von Zitronenöl und Bienenwachs an, das auch unter der Dusche nicht verschwand. Nicht mehr lange und sie würde aufs Duschen verzichten und ihren Körper einfach polieren können.

Die Massen von Weihnachtsschmuck – der geschmackvollsten Art natürlich – für draußen und drinnen, die Karo entstaubt hatte, spotteten jeder Beschreibung. Und nebenbei mussten die Häuser natürlich von den Fenstern bis zu den Fußleisten wie üblich gereinigt werden.

An der Putzfront lief also alles bestens. Wie immer.

Wäre sie als Detektivin doch nur halb so begehrt! Aber selbst die eifersüchtigsten Eheleute des Ruhrgebiets scheuten sich, vor den Feiertagen möglichen Wahrheiten ins Gesicht blicken zu müssen und den brüchigen Familienfrieden zu Weihnachten womöglich bröckeln zu sehen. Der Januar würde erfahrungsgemäß einige Ernüchterung und damit auch neue Überwachungsaufträge bringen. Doch bis dahin waren es noch ein paar Wochen. Und sie brauchte jetzt ein offizielles Einkommen. Anderenfalls würde sich das Finanzamt wieder einmal wundern, wie sie beispielsweise ihre Büromiete bezahlte, und unangenehme Fragen stellen.

Ob sie eine Sonnenbrille aufsetzen sollte, um ganz sicherzugehen? Oder würde sie damit erst recht Aufmerksamkeit auf sich ziehen? Keinesfalls wollte sie erkannt werden. Sie glaubte nämlich nicht so recht, dass es ihrem Image als junger – okay: relativ junger – aufstrebender Privatdetektivin förderlich wäre, wenn bekannt würde, dass sie als Weihnachtsmann rumlief, um ein Auge auf Taschendiebe zu halten. Damit war sie kaum mehr als ein Kaufhausdetektiv – eine niedere Spezies, mit der sie keinesfalls verwechselt werden wollte. Nur kein Selbstmitleid. Karo reckte das Kinn vor. Der Januar war nicht mehr fern. Und schließlich war sie froh gewesen, als ihr Bernie heute Morgen gesteckt hatte, dass die Organisatoren von *White Christmas* in Essen dringend einen zusätzlichen Weihnachtsmann für ihr Sicherheitspersonal suchten. Ihr Vorgänger hatte sich am Vorabend im Vollrausch am Rande der Eislauffläche auf dem Kennedyplatz schlafen gelegt. Nachdem er mit Unterkühlung ins Klinikum eingeliefert und prompt gefeuert worden war, fehlte ein Weihnachtsmann.

Der Erfolg des Winterfestivals hatte nicht nur bereits in den ersten zehn Tagen zu Besucherrekorden geführt, sondern auch Taschendiebe von nah und fern angezogen. Selbst eine berüchtigte Bande aus Schwaben, traditionell auf den Nürnberger Christkindlesmarkt spezialisiert, befand sich angeblich auf dem Weg ins Ruhrgebiet.

Okay. Sechzehn Uhr. Dienstbeginn. Auf ins Getümmel! Karo ging über den Flur zurück in ihr Büro. Sie verstaute das Dienst-Walkie-Talkie, etwas Geld, ein paar große Handschellen sowie eine Tüte Zimtsterne in den geräumigen Taschen des Kostüms, schloss ihre Bürotür hinter sich und lauschte. Noch war alles ruhig im Gebäude der Lichtburg. Jeden Abend um achtzehn Uhr zeigte man im Sabu, dem kleinen Kino im Untergeschoss, »Holiday Inn«, den Film, der Irving Berlins Lied »White Christmas« berühmt gemacht hatte. Oder vielleicht war es auch umgekehrt und Bing Crosbys unnachahmliche Art, das Lied zu singen, hatte den Film berühmt gemacht. Um dreiundzwanzig Uhr gab es das Technicolor-Remake »White Christmas«. Karo bevorzugte das schwarzweiße Original von 1942 und hatte es sich schon einige Male angesehen.

Das Walkie-Talkie knisterte. »Ja?«, sagte Karo.

»Hier ist Santa. Hier ist Santa. Santa an Rudolph.« Karo verdrehte die Augen. Udo Timm, Exfeldwebel der Bundeswehr und Chef des Festival-Sicherheitsdienstes, war eindeutig zu lange in der amerikanischen Wüste stationiert gewesen. Er fand die von ihm vergebenen Codenamen witzig.

Er hatte seine Sicherheitsweihnachtsmänner nach den Rentieren in einem amerikanischen Weihnachtsgedicht benannt. Da es dort nur acht waren, hatte er den neunten Weihnachtsmann Rudolph getauft. »Was gibt's, Santa?«

»Bitte Position bestätigen, Rudolph. Roger.«

»Kettwiger Straße, Höhe Lichtburg.« Das war kaum geschwindelt.

»Position beibehalten. Die Kettwiger runter bis zum Münster, Münster inklusive. Roger.«

»Okay.«

»Roger, Rudolph?«

Karo knirschte mit den Zähnen. »Roger, Santa.«

Sie öffnete die Schwingtür zur Film-Bar. Giorgio, der Barkeeper, bereitete sich auf den Ansturm vor, der in Kürze einsetzen würde.

»Hi, Giorgio. Kann ich schon mal was probieren? – Und spar dir deine Bemerkung über mein Kostüm.«

»Schade.« Er grinste und schob ihr ein Glas Egg-Nog über die Theke. Für die Dauer des Festivals nannte er das Getränk White Christmas und konnte gar nicht genug davon machen. »Ich bin mir nicht sicher, dieser neue Cognac ... meinst du, ich muss mehr Muskat nehmen?«

Karo nippte an dem heißen Getränk. »Mmmh. Nein, ist okay so. Sehr lecker, wie immer. So, dann werde ich mal. Ich gucke später wieder rein.«

Sie schlüpfte aus dem Seiteneingang des Kinos und mischte sich auf der Kettwiger Straße, einer reinen Fußgängerzone, unters Volk.

I'm dreaming of a white Christmas ...

Bing Crosbys Stimme schien aus dem All herunterzudriften, gerade so laut, dass man genauer hören wollte, was er sang und woher es kam. Die Menschen blickten unweigerlich auf.

Just like the ones I used to know ...

Sie sahen hoch in das schmale Stück Himmel zwischen den Hausdächern und ließen sich von dem Licht-, Farben- und Klangspiel dort oben verzaubern.

Where the treetops glisten
And children listen ...

Schneegestöber vor einem winterlichen Blau wurde angedeutet und verschwand wieder. Helle Formen, begleitet von fernem Glöckchenklang, huschten darüber hinweg.

To hear sleigh bells in the snow.

Das schneegedämpfte Klappern von Hufen war vorbei, ehe man entschieden hatte, ob man es gehört oder sich nur eingebildet hatte.

I'm dreaming of a white Christmas
With every Christmas card I write ...

Es war gelungen. Kein Zweifel. Es störte noch nicht einmal, dass kein Schnee lag. Mit Einbruch der Dämmerung, zu Beginn der blauen Stunde, wurde die Innenstadt in winterlich blaues Licht getaucht und die Licht- und Klanginstallationen von über hundert Künstlerinnen und Künstlern aus dreiundzwanzig Ländern verwandelten Straßen und Plätze, Gassen und Gebäude in etwas Fremdes und Zauberhaftes.

May your days be merry and bright
And may all your Christmases be white.

Bing Crosbys Wünsche wehten hinter Karo her, als sie durch die Menschenmenge die Kettwiger hinunterbummelte. Acht Stunden hatte sie Dienst, bis Mitternacht. Schön langweilig würde das werden auf dieser kurzen Strecke. Hin und her und her und hin. Sicher sprach nichts dagegen – oder jedenfalls würde es niemandem auffallen –, wenn sie alle paar Stunden in die Lichtburg schlüpfen und sich mit einem Egg-Nog White Christmas stärken würde. Bei diesem Gedanken hob sich ihre

Stimmung augenblicklich. Giorgios diesjährige Version des heißen, würzigen Eierpunschs war zweifellos eine seiner Glanzleistungen.

Vor den Stufen, die zum Burgplatz hinunterführten, drängten sich Menschentrauben. Über den Platz hinweg schien der Blick bis in die Arktis zu reichen. Transparente Eisberge schwebten über dem Horizont. Eiskalte Töne zerschellten auf dem Platz.

Das monströse Essener Rathaus, das sonst hinter dem zierlichen Münster aufragte, war unsichtbar, verschluckt von dichtem schwarzem Licht. Für viele war dies die größte Leistung des Festivals. Karo beschloss, sich eine Weile ins Münster zurückzuziehen. Auch dort könnten schließlich Taschendiebe auftauchen. Außerdem gab es darin Sitzgelegenheiten. Ihr war ein klein bisschen schwummrig.

»He – Rudolph! ... Rudi-Rotnase, joh!«

Karo drehte sich um. Neben C & A wühlte sich ein hoch gewachsener Weihnachtsmann in einem tomatenroten, puschelpelzbesetzten Anzug durch die Menschen. Das war Donner. Oder war es Comet? Jedenfalls einer ihrer derzeitigen Kollegen. Er zog einen älteren Herrn hinter sich her. An Handschellen.

»Na, Rudi, warst du auch schon erfolgreich? Der hier ist schon Nummer drei seit gestern. Noch 'ne Prämie ...«

Prämie? »Was für 'ne Prämie?«

»Na, der Fuffi für jeden, den du kassierst. Und dann auch noch steuerfrei«, flüsterte Donner. Wenn es nicht Comet war. »Hat dir Santa das nicht erzählt? Ha! Dieses Schlitzohr!« Er grinste. »Na, ich muss weiter, ihn abliefern. Hodriho.« Er zog mit seiner Beute ab.

Hinter Woolworth stand ein silberglänzendes Wohnmobil, in dem die Abgabestelle eingerichtet war. Dort saß Santa, rauchte Zigarren und übernahm die Festgenommenen. Er regelte den Papierkram mit der Polizei. Und griff in die Keksdose, um steuerfreie Prämien zu verteilen? Von denen er Karo nichts verraten hatte ... Konnte das Zufall sein? Karos Augen wurden schmal. Das würde sie erst mal rausfinden. Sie drehte sich um. Dann wandte sie sich hastig wieder ab. Ihr wurde heiß. War das etwa Lutz gewesen? Würde ihr Exfreund mit einer Biberfellmütze rumlaufen? Vermutlich konnte alles passieren, wenn man in die Fänge einer heiratssüchtigen Elektroingenieurin geraten war. Mehr denn je hatte er etwas von einem Teddybären. Aber wer hatte schon etwas gegen Teddybären? Keinesfalls durfte er sehen, wie tief sie gesunken war. Natürlich hatte sie ihn auch schon in lächerlichen Verkleidungen gesehen, zum Beispiel letzten Winter als Bettler. Aber er war so rumgelaufen, weil er ein verdeckt ermittelnder Kriminalbeamter war. Das war etwas ganz anderes. Nein – er konnte sie in dem kurzen Augenblick nicht erkannt haben. Außerdem hatte er sie noch nie mit Bart gesehen. Ihre eigene Mutter hätte sie nicht erkannt. Kein Grund zur Aufregung. Sie musste sich nur unauffällig verhalten. Karo machte kurze, gleitende Schritte Richtung Lichtburg. Sie würde einfach eine Weile dort untertauchen, in ihrem Büro oder in der Film-Bar, und ihm Zeit geben zu verschwinden. Womöglich hatte er auch noch seine Gattin dabei. Nicht auszudenken, wenn sie dieser Frau bei der ersten Begegnung als Weihnachtsmann gegenübertreten müsste.

»Karo?«

O Schiet! Das war Lutz. Aber mit Unglauben in der Stimme. Er war sich nicht sicher. Gut. Karo reagierte nicht auf seinen Ruf. Aus den Augen, aus dem Sinn, schien als Motto der Stunde angesagt. Die Lichtburg war zu weit, außerdem würde dieses Ziel seinen Verdacht nur bestätigen. Ihr Blick irrte umher. Kirchenasyl! Sie hastete über die Kettwiger, sprang die Stufen zum Münster-Vorplatz hinunter und lief weiter in den alten Innenhof. Links in die Johanniskirche oder rechts ins Münster?

Das Münster war größer. Karo öffnete einen Türflügel. Die Kirche war menschenleer. Vom anderen Ende blickte ihr die Goldene Madonna unbewegt entgegen. Karo ging ein paar Schritte und blieb stehen. Wo waren denn Beichtstühle, wenn man sie mal brauchte? Sie lief hastig auf die andere Seite. Nichts. Das durfte doch nicht wahr sein! Die Tür öffnete sich. Sie hörte Schritte. Hoch auf die Empore? Keine Zeit. Karo schlich in die siebte Bankreihe und kauerte sich auf den Boden. Die hallenden Schritte näherten sich. Karo duckte sich tiefer. Sie machte sich so klein, wie sie konnte, und versuchte, mit dem Boden zu verschmelzen. Er blieb stehen. Karo kniff die Augen zu.

»Lieber-Gott-lass-Lutz-mich-hier-nicht-so-sehen-bitte-bitte-Amen.«

Zu spät. Die Bank knarrte. Er setzte sich. Karo öffnete ein Auge. Dunkelbraune italienische Lederschuhe vom Feinsten. Seidensocken. Kaschmirhosenbeine. Nicht Lutz. Doch erhört! Halleluja! Sie blickte auf. Ein schmales, gebräuntes Gesicht, Augen von der Farbe alten Portweins, fragend auf sie gerichtet, dunkle Haare und schmale, aber sinnliche Lippen. Definitiv kein Teddybär. Karo richtete sich etwas auf und kniete nun neben dem attraktivsten Mann, den sie seit dem letzten Dienstag gesehen hatte. Da allerdings nur auf Zelluloid, wenn auch überlebensgroß: Cary Grant in »Die Nacht vor der Hochzeit«. Ihr Blick fiel auf den schwarzen Rollkragen. Oh!

»Sie sind Priester?« Ihre Stimme klang heiser. Sie räusperte sich.

»Nein. Wieso? Wollen Sie etwa die Beichte ablegen?«, fragte er gedehnt.

Diese Stimme! Karo lächelte. Breit. Die Barthaare kitzelten. Verdammt, den Bart hatte sie ganz vergessen. Sie löste die Gummibänder hinter ihren Ohren und ließ den Bart unter ihr Kinn rutschen. »Ah«, sagte der Mann. »Eine Frau. Das habe ich nun nicht erwartet.« Aber er klang nicht enttäuscht.

»Das passt ja gut«, sagte Karo. »Ich habe auch jemand anders erwartet.«

»Tja, ich musste einspringen.«

Für den Erzengel Gabriel? »Wie schön. Ich bin übrigens auch eingesprungen.«

Und sie beklagte sich nicht. Sie würde ihn auf einen Drink einladen. Warum nicht? Einen White Christmas in der Film-Bar.

»Und?«, sagte er.

»Und ...?«, lächelte Karo.

»Ja. Sagen Sie's.«

Konnte er Gedanken lesen? »Also ... Ich wollte sagen ...«

»Sie haben es vergessen?«

»Na ja ... Nein, nicht direkt ...«

Sein Blick ließ den ihren nicht los. Er wusste, dass er die Quelle ihrer Verwirrung war. Und es amüsierte ihn. Er sagte: »Na gut. Weil Sie es sind. Und weil ich nicht ewig Zeit habe. Ich helfe Ihnen auf die Sprünge. Ausnahmsweise. Ich sag den Anfang: White ...«

»*Christmas!*« rief Karo, dass es von den Wänden widerhallte. Er konnte Gedanken lesen. Es war unheimlich. Auf eine angenehme Art und Weise. »Na also!« Er lachte leise. Und viel versprechend. Er begann, die unteren Knöpfe seines Mantels zu öffnen. »Dann wollen wir mal sehen, was ich Schönes für Sie habe.«

»Oh!« Karo wurde warm. »Ich dachte eigentlich ... K-k-kennen Sie die Film-Bar? Die ist ganz in der Nähe und ...«

»Nervös?« Er lachte leise. »Nein, nein, so eine Kirche ist ideal, glauben Sie mir. Und entspannen Sie sich.« Er griff unter den Mantel und nestelte an etwas herum.

Karo sah sich um. Was, wenn Lutz jetzt hereinkäme? Oder ein

Priester oder sonst jemand ... »Hören Sie, ich ...« Karo verstummte. Was zog er denn da hervor? Sie sah ihn an.

Er nickte. »Sieht gut aus, nicht? Sieht gut aus und ist gut. Das garantiere ich.« Karo beugte sich vor. Wieso geriet sie immer in solch unmögliche Situationen? Sie streckte eine Hand aus. Er schüttelte den Kopf. »Erst das Geld bitte.«

Natürlich. Er wollte bezahlt werden. Die fünf Euro sechzig, die sie bei sich hatte, würden da wahrscheinlich nicht ausreichen. Denn was da in den aneinander geschweißten Plastikbeutelchen weiß schimmerte, war sicher kein Puderzucker. Das war Schnee. Sie war in einen Drogendeal geraten. Wo blieb Lutz?

»Na, was ist – wird's bald?«

»Klar, Moment ...« Ihre Hand tauchte in die Jackentasche und ertastete Metall. Hm ...

»Vögelchen!« rief Karo. Er guckte nach oben. Es ging doch nichts über eine gute Kinderstube. Im Nu legte sie die Handschellen um seine Fußknöchel, ließ sie zuschnappen, sprang auf und rannte los.

»He, was soll das? Komm sofort zurück, du Schlampe.«

Karo blieb hinter einer Säule stehen und zog ihr Walkie-Talkie hervor. »Rudolph an alle Rentiere: Mayday – Mayday. Bitte sofort ins Münster kommen. Sofort! Ha-habe einen Drogendealer. Brauche Unterstützung.« Sie lugte um die Säule. Der Typ hatte sich aus der Kirchenbank gehievt und begann, sich mal schlurfend, mal hüpfend auf Karo zuzubewegen. Mit einem mehr als finsteren Gesichtsausdruck. Und mit etwas in der Hand. Eine Waffe? Karo duckte sich hinter der Säule. »Ist bewaffnet!«, kreischte sie ins Walkie-Talkie. »Roger. Hilfe!«

Das Gerät knisterte. »Hier Dancer. Bin unterwegs. Roger.«

»Ich auch, Rudolph. Roger.«

»Hier Roger, ich meine, Donner. Durchhalten. Roger.«

»Bin gleich da, Rudi. Roger.«

Schlurf-schlurf, hüpf. Schlurf-schlurf, schlurf. Er kam immer näher. Sie traute sich nicht, hinter der Säule hervorzuspähen. Hier stehen zu bleiben war jedenfalls kein guter Gedanke. Bis zur Tür waren es vielleicht sechs Meter, höchstens acht. Sie holte tief Luft und rannte los. Aus dem Augenwinkel sah sie, wie er den Arm hob. Etwas Dunkles wirbelte durch die Luft, traf Karo an der Nase und brachte sie aus dem Gleichgewicht. Aus ihrer Nase schoss Blut, ihr Kopf schmerzte, ihr war schwindelig. Karo stöhnte und fiel auf die Knie. Das Blut tropfte auf ihren Ärmel und hinterließ keine Spuren. Praktisch.

Der Schlurfer kam näher. »Und jetzt den Schlüssel«, sagte er und streckte eine Hand aus.

»*Hände hoch! Sie sind umzingelt.*« Durch den Seiteneingang strömten sieben Weihnachtsmänner und gingen in Stellung. Der Typ hob die Arme. Wieso hatten sie Waffen und Karo nicht? Egal. Karo grinste sie an. Ein Flügel des Haupteingangs öffnete sich. Lutz trat in die Kirche. Kurz hinter der Tür blieb er stehen, schüttelte den Kopf und zog seine Marke. »Kripo Essen. Nehmen Sie die Waffen runter. Was zum Teufel ...«

»Rudolph hier hatte Probleme mit dem da. Der is'n Drogenhändler. Und da sind wir.«

»Ja. Alle für einen und einer für alle. Besonders, wenn es ein Mädchen ist.«

Karo hielt sich das Ende ihres Bartes vor die Nase. Es färbte sich rot.

»Ich dachte mir doch, dass du das warst.« Lutz reichte Karo ein gebügeltes Taschentuch. »Und wen haben wir denn hier? Ich glaub's nicht: der Schneemann! Ich dachte, Sie machen die Drecksarbeit nicht mehr selber?«

»Er musste für jemanden einspringen«, sagte Karo. »Da ...«

»Aber wieso hat er Handschellen um die Füße? Nein – sag's mir nicht.«

Karo tat ihm den Gefallen und sagte nichts. Sie fiel in Ohnmacht.

Gabriele Valerius

Süßer die Glocken nie klingen

Nie hat sich Helen mehr Mühe gegeben, das Weihnachtsfest vorzubereiten. Das ganze Haus duftet nach Zimt und Vanille, nach Tannengrün und Bienenwachs. Sie hat Plätzchen gebacken, Forellen geräuchert und einen Rehbraten mariniert. Es gibt einen echten Tannenbaum, den die Kinder gerade schmücken, Marzipan und Nüsse – alles, was zu einer deutschen Weihnacht gehört. Das Haus strahlt Wärme und Behaglichkeit aus.

Sie hofft auf ein paar ruhige, unbeschwerte Tage – sie, Lorenzo und die beiden Kinder zusammen, wie eine Familie. Eine Illusion, die sie sich erlaubt. Warum auch nicht? Keiner weiß von ihren Träumen.

Sie stellt sich vor, wie sie im Salon am Kamin ein Glas Champagner trinken werden. Lorenzo in einem dunklen Anzug, sie nicht in ihrer Alltagskluft und mit den Kindern am Arm, sondern in einem eleganten Kleid, ihre schönen langen Haare trägt sie offen statt zum Pferdeschwanz zusammengezurrt. Später, nach der Bescherung, wenn die Kinder schlafen ...

Weiter kommt sie nicht in ihrem Tagtraum.

Das Telefon klingelt. Es ist Greta, die Mutter, Greta, die Ehefrau.

»Richten Sie meinem Mann aus, dass ich gegen siebzehn Uhr ankomme«, sagt sie, ohne ihren Namen zu nennen. Ihre helle, akzentuierte Stimme ist unverkennbar.

»Und sorgen Sie dafür, dass mein Zimmer ordentlich geheizt ist.«

»Selbstverständlich.«

»Dann können Sie sich für den Rest der Feiertage freinehmen.«

Die Kinder lieben Helen, aber wenn ihre Mutter da ist, ziehen sie sich von ihr zurück, als schämten sie sich dieser Liebe und Vertrautheit. Und Lorenzo wird zu einem grauen Schatten. Dieser lebensfrohe, unkomplizierte Mann mit seinem komplizenhaften Lächeln und seinem muskulösen Körper verliert all seine Kraft und Sinnlichkeit.

Was soll sie antworten? Ich bin die Angestellte Ihres Mannes. Sie haben mir nichts zu sagen. Und, übrigens, ich liebe Ihren Mann, ich liebe auch Ihre Kinder.

Nun wird sie sich in ihre kleine Wohnung zurückziehen oder sich eine Einladung ausdenken müssen, irgendwohin flüchten, nach Süddeutschland zu ihrer Schwester mit ihren schrecklichen fordernden Kindern, denen gegenüber sie keine Spur mütterlicher Gefühle hegt.

Bleibt ihr immer nur diese ewige Sehnsucht und diese Stellvertreterrolle, solange sie gebraucht wird?

Nein, sie wird sich diese Weihnachtstage nicht verderben lassen.

Lorenzo lauscht den Stimmen. Er hört gern zu, wenn Helen mit den Kindern spricht, wenn sie den Kindern eine Geschichte vorliest oder geduldig etwas erklärt. Er mag ihr dunkles Lachen, wenn es sich mit dem hellen Gelächter der Kinder mischt. Bis gerade haben sie zusammen Weihnachtslieder gesungen. Deutsche Lieder, die sich seltsam anhören in diesem toskanischen Haus. *Leise rieselt der Schnee ... Süßer die Glocken nie klingen ... 's ist, als ob Engelein singen wieder von Frieden und Freud.*

Er mag Helens brüchigen Alt und die hohen Kinderstimmen.

Er fürchtet sich vor Greta, seiner Frau. Jetzt, nachdem sie sich für Weihnachten angekündigt hat, quälen ihn Magenschmerzen. Er ist ihr nicht gewachsen. Die Kinder sind es auch nicht. Weihnachten wird eine Katastrophe werden, wie letztes Jahr und die zwei Jahre zuvor. Sie versetzt alle in Unruhe und Aufregung, sie macht aus ihrem Leben eine Reihe launischer Auftritte auf einer Bühne, auf der immer sie die Hauptrolle spielen muss.

Lorenzo sehnt sich nach Ruhe und er sehnt sich nach dieser Frau, die seit zwei Jahren für seine Kinder und das Haus sorgt. Er sehnt sich nach Helen.

Er ist viel unterwegs in seinem Beruf, und seit sie da ist, freut er sich auf sein Zuhause, auf seine Kinder, auf ihre Stimme. Es gefällt ihm auch, dass sie Deutsche ist. Wenn auch ganz anders deutsch als Greta, gefühlvoll und zuverlässig.

Er hatte über Bekannte von Helens Notlage erfahren, davon, dass sie eine Stelle suchte und eine Bleibe.

Es war ihm peinlich gewesen, als hätte er diese Notlage ausgenutzt. Ihr Mann war gestorben und hatte sie gänzlich unversorgt zurückgelassen. Sie hatte ihm für ein Projekt ihr ganzes Geld gegeben, alle Ersparnisse, ihre Lebensversicherung verpfändet, und dann war er gegen einen Brückenpfeiler gerast und gestorben. Er hat einen Berg Schulden hinterlassen, die sie nun abbezahlen muss.

Helen war immer peinlich genau, wenn sie das Haushaltsgeld abrechnete. Auf Centbeträge genau. Auch das war ihm peinlich.

»Ich möchte zwei Dinge mit Ihnen besprechen«, sagte er nach ein paar Wochen.

»Keine Abrechnungen mehr. Ich habe ein Konto eröffnet und Sie wirtschaften damit.«

Sie nickte.

»Und zweitens möchte ich Ihr Gehalt erhöhen.«

»Nein«, sagte sie. »Es ist jetzt schon mehr, als üblicherweise bezahlt wird.«

»Wenn Sie es nicht annehmen, kündige ich Sie.«

Sie funkelte ihn wütend an. Einen Moment glaubte er, dass sie gehen würde. Dann lächelte sie verschmitzt.

»Dann lassen Sie mich die Kinder in Musik unterrichten.«

Verblüfft schaute er sie an. »Das lernen sie doch in der Schule.«

»Nein, nicht *meine* Lieder.«

»Gut«, sagte er.

Aber schon da war es mehr als Dankbarkeit von ihrer Seite und mehr als Großzügigkeit oder Hilfsbereitschaft von seiner Seite.

Ganz allmählich hat er sich in sie verliebt.

Lange hatte er Angst, etwas falsch zu machen, sie zu verletzen, zu voreilig zu sein.

Aber nun ist die Zeit gekommen. Er hat beschlossen, ihr seine Liebe zu erklären, Weihnachten. Wenn sie das nur nicht zu sentimental findet.

Er hat Urlaub genommen bis nach Neujahr. Er schaut in den blauen, klaren Winterhimmel. – *Segnet den Vater, die Mutter, das Kind, Glocken mit heiligem Klang, klinget die Erde entlang ...*

Sie hat ihm seine eigenen Kinder wieder nahe gebracht.

Nachts, wenn er schlaflos in dem großen, alten Bett liegt, sehnt er sich danach, sie zu fühlen, ihre Haut, nicht wie bei Greta, die immer nur als Einzige geliebt werden wollte, ihn in den Zwiespalt riss zwischen ihr und den Kindern.

Beide haben sie das Sorgerecht für die Kinder. Ihr gehört das

Haus. Das Haus, obwohl es die Geschichte seiner Familie birgt, soll sie haben, aber die Kinder, nein, er wird um sie kämpfen, weil er weiß, dass auch Helen diese Kinder liebt. Was soll er nur tun? Wie kann er verhindern, dass Greta mit ihrem grausamen Zynismus alles zerstört? Und das würde sie. Nein, dieses Spiel muss ein Ende haben.

Helen schaut zu, wie Tino und Linda goldene und silberne Perlen auf Nylonschnüre aufziehen zu Ketten, mit denen sie den Weihnachtsbaum schmücken wollen. Nylonschnüre, die stark sind und nahezu unsichtbar, wenn man sie spannt. Nylonschnüre, über die man stolpern kann, wenn man sie nicht sieht, im Halbdunkel eines alten Campanile.

Greta spürt, dass sie nicht willkommen ist. Helen verlässt mit einem knappen Gruß den Raum. Die Kinder werfen Greta feindselige Blicke zu und bleiben in ihre Spiele vertieft.

Lorenzo schweigt. Greta will Lorenzo nicht zurück, er ist ein Langweiler, aber sie will auch nicht kampflos das Feld räumen. Sie will ihn demütigen, quälen, ihn noch einmal ihre Macht spüren lassen.

Er hat ihr so viel zu verdanken. Dass sie diesen alten Palazzo für ihn zurückgekauft hat, sein Erbe, das sein Vater nicht halten konnte. Eine riesige, zugige Bruchbude, die sie mit ihrem Geld restauriert und bewohnbar gemacht hat. Die sie mit schönen Möbeln eingerichtet hat, mit Gemälden und Teppichen, mit Badezimmern und einer Zentralheizung.

Jetzt ist Lorenzo erfolgreich, er hat sich auf Beratungen für europäische Kooperationen spezialisiert. Aber in seinem Herzen und in seinem Lebensstil ist er ein Bauer geblieben, den die Partys der Schickeria in Rom oder Mailand nicht interessieren, der lieber auf seinem toskanischen Hügel hockt, mit seinen Kindern spielt, in seiner Freizeit Wein anbaut, auf die Jagd geht und in seiner Bibliothek hockt, liest und Musik hört – diese ewigen italienischen Opern oder traurige deutsche Lieder. Sie hat von seinen jüngsten Plänen gehört. In den alten Stallungen will er ein Tagungszentrum einrichten für seine Klientel. Sie wird ihm das Gut anbieten, aber zu einem horrenden Preis, den er nicht zahlen kann. Sie war klug genug, auf Gütertrennung zu bestehen.

Sie hat einen Liebhaber, davon weiß Lorenzo nichts – einen Liebhaber, der viel reicher ist als ihr Mann und der sich gern mit einer schönen Frau zeigt, die eine zwar schlechte, aber mittlerweile berühmte Fernsehschauspielerin ist.

Nein, Lorenzo wird zu Kreuze kriechen. Und Helen, seine angebliche Haushälterin, wird sich nicht ins gemachte Bett legen.

Helen wandert durch die winterlich kargen Olivenhaine zum Dorf, vorbei an der kleinen, geduckten Kapelle mit diesem langen, schmalen Turm, der sich im Laufe der Jahrzehnte geneigt hat – nicht so wie der Turm von Pisa, aber doch deutlich sichtbar. Der Bau eines liebeskranken Vorfahren, ohne Fundamente und Statik. Der Campanile wird die Winterstürme nicht überstehen.

Sie sieht die erleuchteten kleinen Fenster der Häuser und vermutet dahinter Glück und ein erfülltes Leben. Sie hasst Greta für alles, was sie Lorenzo und den Kindern antut. Sie weiß, dass sie ungerecht ist, denn auch Lorenzo hat seinen Anteil am Scheitern dieser Liebe, an dieser ungeklärten Situation, die seit drei Jahren herrscht.

Süßer die Glocken nie klingen ...

Gar nicht werden sie klingen, kein Glockengeläut dieses Jahr zu Weihnachten.

Natale, der ehemalige Verwalter, sitzt im milden Abendlicht

vor seinem Haus. Sie setzt sich neben ihn an den Holztisch. Es ist warm an diesem Heiligabend. Natale gießt roten Wein in ein Glas.

Auch für ihn haben sie immer geläutet, die Glocken des Liebeskranken, für Natale, der Weihnachten heißt, weil er am vierundzwanzigsten Dezember geboren wurde. Seit achtzig Jahren, zu seinem Geburtstag und Namenstag.

»Weihnachten«, sagt Natale, »ist nicht so wichtig für uns. Ostern ist wichtiger. Tod und Wiedergeburt. Das ist Gott.«

Sie trinkt von dem Wein, der weich durch die Kehle rinnt.

»Sie haben eine eigene Kraft, die Glocken«, sagt Natale.

»Sie singen ihr eigenes Lied.«

»Was für ein Lied?«, fragt Helen.

»Sie singen von jeder Stunde des Lebens.«

»Lorenzos Vater hat uns vor den Faschisten versteckt. Wir hatten ein Warnsignal – dreizehn Glockenschläge«, sagt Natale nach einem langen Schweigen. »Er war ein mutiger Mann.«

»Und Lorenzo?«, fragt Helen.

»Er wird seinen Mut wiederfinden.«

Helen will wissen, was aus der Frau geworden ist, die Lorenzos liebeskranker Vorfahr so schmerzhaft und vergeblich begehrt hat.

»Sie hat den Mann geheiratet, den sie liebte.« Natale lacht ein zufriedenes Altmännerlachen. »Meinen Urgroßvater.«

In den Zeiten ihrer Liebe hat Lorenzo jedes Mal die Glocken geläutet, wenn Greta von ihren Reisen oder Dreharbeiten nach Hause kam. Immer war er voller ungestümen Verlangens nach seiner schönen Frau. Er bewunderte ihre kühle, marmorne Vollkommenheit, ihre Eleganz. Ihre Unnahbarkeit, die sie nur in seinen Armen verlor. Seine Liebe, glaubte er, würde das Eis in ihr zum Schmelzen bringen. Doch auch die Kinder änderten nichts.

Greta hat einen Makel. Sie kann bezaubern, begehren, besitzen, aber ihr fehlt die Fähigkeit zur Hingabe, zur Liebe.

Lorenzo bittet Greta, in die Scheidung einzuwilligen.

Sie lächelt spöttisch und schlägt ihre schönen Beine übereinander.

»Und wenn ich nein sage?«

»Ich werde die Scheidung trotzdem beantragen. Wir leben lange genug getrennt. Es ist nur noch ein formaler Akt.«

»Du wirst ein armer Mann sein, Lorenzo, außer deinem lächerlichen Adel bleibt dir nichts.«

»Doch«, sagt er, »mein Beruf, meine Freiheit, meine Kinder.«

»Deine Kinder?«

»Ich sage dir gleich, Greta, meine Kinder werden nicht auf irgendwelche Internate abgeschoben.«

»Kein Gericht der Welt wird einem Mann die Kinder zusprechen, wenn er mit einer ...«

»Sprich es nicht aus, Greta«, unterbricht er sie, »sonst ...«

»Sonst was?« Sie sieht die Entschiedenheit in seinen Augen, die sie fasziniert und erschreckt.

»Drohst du mir etwa?«

»Ja«, sagt er, »ich drohe dir.«

Sie springt auf, sie sprüht vor Zorn.

»Das wirst du noch bereuen, das schwöre ich dir.«

Schlechter Abgang, denkt sie auf dem Weg zur Kapelle. Zu emotional. Helen kommt ihr entgegen. Sie sieht, dass Greta einen der großen Schlüssel für die Kapelle in der Hand hält.

»Sie sollten den Glockenturm nicht betreten«, sagt Helen. »Einsturzgefahr.« Sie hat sie also gewarnt.

»Das behaupten alle, solange ich das hier besitze«, sagt Greta verächtlich und geht weiter.

Sie wird die Glocken läuten. Sie wird ihre eigene Ankunft einläuten. Eine trotzige Provokation. Wer sollte ihr das verbieten? Dies alles gehört ihr, das Land, das Haus, dieser Campanile und die Kapelle.

Und dieser Adelstitel, der sie schmückt wie ihre Designerkleidung, ihr modischer Haarschnitt und ihr schönes Gesicht.

Greta klettert die Stiege zum Glockenturm hoch, dreißig, vierzig steile Stufen. Sie spürt, wie eins der Bretter unter ihr nachgibt und bricht, sie will sich auf die nächste Stufe retten, doch da ist dieser dünne Nylonfaden, den sie nicht erkennen kann, der ihr scharf ins Bein schneidet. Sie verliert die Balance und stürzt in die Tiefe.

In der dunklen Kapelle nebenan hallt der Aufprall von den Wänden wider. Helen legt ihre Hand auf Lorenzos Arm.

»Was machst du hier?«, flüstert Lorenzo.

Das erste Du, denkt Helen, und es macht mich nicht froh. Es hätte in einem glücklicheren Moment passieren sollen.

»Geh«, sagt er. »Das hier hat nichts mit dir zu tun.«

»Doch«, sagt sie.

»Nein«, sagt er. »Ich habe eine Stufe angesägt. Ich wollte, dass sie sich zu Tode stürzt.«

»Ich habe einen Nylonfaden gespannt«, sagt Helen. »Eine Stufe höher.«

Sie schauen sich an, und sie wissen nicht, was größer ist – ihr Entsetzen über ihr gefährliches Geheimnis oder die Kraft ihrer Liebe.

Lorenzo beugt sich über Greta.

»Sie ist tot.« Er unterdrückt ein Schluchzen.

»Was machen wir jetzt?«, fragt Helen.

Er entfernt die angesägte Stufe, wickelt den gespannten Nylonfaden auf und schaut sich um.

»Später«, sagt er. »Wir werden sie später finden.«

Er nimmt sie in die Arme. Für einen Moment sind sie sich ganz nah. Komplizen, denkt Helen, Mordkomplizen. Kann meine Liebe das aushalten?

»Heute Nacht«, sagt er. »Wir müssen uns bis dahin was einfallen lassen.«

Er schließt die Tür zum Turm ab.

Er wickelt den Nylonfaden so fest um seine Hand, dass es wehtut.

»Ich liebe dich«, sagt Lorenzo, als sie aus dem Licht des Scheinwerfers in die tröstliche Dunkelheit treten.

»Ja«, sagt Helen.

Im Haus legt Lorenzo die angesägte Stufe in das Kaminfeuer. Den Nylonfaden hat er draußen in die Mülltonne geworfen.

Er hat vergessen, die Verbindungstür zur Kapelle zu schließen.

Er gießt zwei große Gläser Cognac ein, sie trinken sie wie eine eklige, aber wirksame Medizin.

»Wo sind die Kinder?«, fragt Lorenzo.

Linda und Tino öffnen das kleine Seitenfenster und klettern in die Kapelle, die nach feuchtem Staub, Kerzenwachs und Weihrauch riecht.

Sie werfen einen Blick in den Turm. Auf dem Boden liegt ein goldener Ohrring. Linda hebt ihn auf und steckt ihn ein. Es ist der Ohrring ihrer Mutter. Was hat sie hier gemacht?

Es raschelt über ihren Köpfen.

»Ist das Gott?«, fragt Tino ängstlich.

Linda gibt ihm eine leichte Kopfnuss. »Quatsch!«

Sie knien sich vor den Altar. Eine huldvolle Dreifaltigkeit schaut auf sie herab: die Muttergottes mit einem dicken Jesuskind, eine Taube und ein gutmütig aussehender, bärtiger Gottvater.

»Lieber Gott«, betet Tino. »Mach, dass Helen unsere Mutter wird.«

»Mama soll sich scheiden lassen«, ergänzt Linda. »Dann braucht Papa nur noch Helen zu heiraten und wir sind wieder eine richtige Familie.«

Ob Gott das gut findet, das mit der Scheidung?, fragt sich Linda insgeheim.

Jetzt legen sie ihre kleinen Gaben auf den Altar: die Armbanduhren, die ihre Mutter ihnen letztes Jahr zu Weihnachten geschenkt hat, Lindas goldenes Armband und Helens Notenheft – »Für Linda und Tino« steht darauf in Helens großer, schwungvoller Schrift.

Tino hält mit Mühe seine Tränen zurück.

»Lieber Gott, mach, dass Mama nicht traurig ist. Wir besuchen sie doch auch«, fügt er schnell hinzu.

»Pah«, macht Linda mit der ganzen Verachtung ihrer zehn Jahre.

Helen und Lorenzo stürzen gleichzeitig auf die Kinder zu.

»Wo wart ihr?«

»Draußen«, antwortet Tino vage, nimmt sich ein Vanillekipferl und stopft es in den Mund.

»Wart ihr im Glockenturm?«

Er schüttelt den Kopf.

»Ihr wisst, dass der einstürzen kann.«

Doch Linda nickt. Sie will die Anzahl der Lügen nicht weiter erhöhen.

»Wir haben nur gebetet«, gibt sie zu. »In der Kapelle.«

»Wir haben einen Ohrring von Mama gefunden. War sie auch beten?«

In ihrer flachen Hand liegt der große, goldene Ohrring.

Lorenzo nimmt ihn rasch, steckt ihn in die Tasche.

Helen und Lorenzo tauschen einen verzweifelten Blick, der den Kindern nicht entgeht.

»Wo ist Mama?«, fragt Tino unsicher.

»Sie kommt später«, sagt Lorenzo. »Sie wollte noch jemanden besuchen.«

Greta triumphiert. Schließlich hat sie am Anfang ihrer Karriere öfter eine schöne Leiche spielen müssen. Doch das war ihre beste Vorstellung – nie hat sie sich überzeugender tot gestellt. Sie hat diesen doppelten Mordanschlag überlebt und sie wird es ihnen heimzahlen. Nun hat sie beide in der Hand. Alles wird am Ende ihr gehören – das Haus, der Titel, die Kinder, die werden sich schon umstellen mit der Zeit.

Nein, sie wird nicht sang- und klanglos verschwinden. Wie passend, diese Redewendung, denkt Greta und lacht. Das Lachen tut weh in ihrem Kopf. Sie fasst sich an die Stirn, wo ein dicker Bluterguss wächst. Es fällt ihr schwer, aufzustehen. Sie streicht ihr staubiges, zerrissenes Jackett glatt. Sie ist nicht ernsthaft verletzt, sie hat Glück gehabt. Wenn ihr nur nicht so schwindlig wäre.

Mühsam steigt sie die Treppe hoch bis zum Podest, prüft jede Stufe, bevor sie auftritt. Auf dem Podest muss sie anhalten, weil ihr schwarz vor Augen wird. Dann schleppt sie sich Sprosse um Sprosse weiter hoch in den Glockenstuhl.

Durch die schmalen Fensterritzen schaut sie in das Tal.

Das Pochen in ihrem Kopf wird stärker, als sie die Seile löst, mit denen die große Glocke festgebunden ist. Leise schlägt der Klöppel an.

Das wird sie gehörig erschrecken, denkt sie.

Sie wird die Glocken läuten, dass sie weit durch das ganze Tal zu hören sind.

Helen und Lorenzo laufen den Hügel hoch, dem Klang der Glocke nach, Hand in Hand, wie zwei ängstliche Kinder im Wald.

Dumpf und träge erwacht sie aus ihrem Schlaf, die große, alte Glocke, mit rostigen, unregelmäßigen Schlägen, bis ihr Geläut zu einem tiefen Klang gefunden hat, begleitet vom hysterischen Gebimmel der beiden kleineren Glocken.

Die Scheinwerfer strahlen den Turm an, ein mahnender Zeigefinger, der sich in den schwarzen Himmel reckt.

Lorenzo beschleunigt ahnungsvoll seine Schritte, doch Helen hält ihn zurück.

Die Glockenschläge steigern sich zu einem wilden, ohrenbetäubenden Crescendo, das beinahe das Ächzen und Stöhnen übertönt, mit dem der Turm in einer Wolke aus Schutt und Stein zusammenbricht – vielleicht auch Gretas Schrei übertönt, als die Glocke sie unter sich begräbt.

Dann ist nur noch das Geriesel von Staub zu hören, leise wie ein Seufzer, und dann eine jähe, schmerzende Stille.

Gisa Klönne

Fröhliche Weihnacht überall

»Was ist das Schrecklichste, das ihr an Weihnachten je erlebt habt?«, fragt Mette. Unsere Fischerkate ächzt in dem eisigen Wind, der aus Russland kommt und nach Wolfsgeheul klingt. Und wer weiß, vielleicht trägt der Schneesturm wirklich Schatten aus einer anderen Zeit vor unsere Tür. Die Welt scheint stillzustehen in dieser Weihnachtsnacht. Weit und breit gibt es keine Nachbarn. Nur das Licht der Kerzen und des Kaminfeuers tanzt in unseren Sektkelchen, und draußen, im Dunkel der Nacht, spuckt die Ostsee gefrorene Salzkristalle auf den Strand.

Es ist ein seltsam archaisches Ambiente, und unsere Anwesenheit darin erscheint uns unwirklich, als hätte uns eine Geisterhand in eine Filmkulisse versetzt, die alles bergen kann: Glück, Liebe, Abenteuer, Tod. Mette besitzt die Fähigkeit, all diese Möglichkeiten willkommen zu heißen.

»Mein schrecklichstes Weihnachtserlebnis war, als meine Mutter mir ein Nylonkleid schenkte«, beantwortet Paula Mettes Frage. »Ich musste es sofort anziehen. Es klebte an meinen Beinen und lud sich elektrostatisch auf, sodass ich während des ganzen Festes ständig eine gewischt bekam. Ich dachte, das wäre die Strafe für meine schlechten Schulnoten.«

»Iiih«, macht Aurelia in ihrem Kissenberg und hievt ihren

Siebenmonatsbauch auf die Seite. »Bei uns gab's Heiligabend immer Heringssalat von meiner Oma, mit Rote Beete. Ich hasse Rote Beete. Aber wer nicht aufaß, bekam keine Geschenke.«

»Das nennt ihr schrecklich?« Mette wirft ihre schwarzen Locken in den Nacken und gluckst ihr kehliges Lachen, dass das Strasssteinchen auf ihrem Schneidezahn nur so blitzt.

»Als ich dreizehn war, hab ich auf meinen Wunschzettel geschrieben, dass Oma in diesem Jahr keinen Heringssalat machen soll«, fährt Aurelia fort und sieht Mette herausfordernd in die meergrünen Augen. »Am vierten Advent ist sie dann an einem Schlaganfall gestorben. Ich fühle mich heute noch schuldig.«

»Eine Mörderin weilt unter uns«, sagt Mette, lehnt sich schnell nach vorn und streichelt Aurelias Wange. Das tief dekolletierte Oberteil aus schwarzem Samt spannt dabei über ihrer Brust, was sexy aussieht, nicht vulgär. So ist das immer bei Mette. Sie kann sich Dinge leisten, die für andere unweigerlich peinlich sind. Wahrscheinlich suchen wir deshalb ihre Nähe. Paula, die die Nase voll hat von ihrer Lebensgefährtin. Aurelia, die ständig verkündet, dass sie ihr Kind allein gebären und großziehen wird, dass sie dazu keinen Vater braucht und schon gar nicht Volker. Und ich. Zu zögerlich, endlich ein besseres Leben zu beginnen, wo auch immer, mit wem auch immer.

Aurelia, Paula und ich. Wir sind keine Freundinnen, nur Teilnehmerinnen desselben Yogakurses, und Mette ist unsere Lehrerin. Zwei Abende in der Woche lassen wir uns von ihrem biegsamen, sinnlichen Körper in der Kunst von Kopfstand, Heuschrecke und Lotussitz unterweisen und eines Abends im November haben wir uns dann beim Duschen unseren Abscheu vor dem herannahenden Fröhlichkeitsmarathon gestanden. *Dann feiert halt dieses Jahr mit mir in meinem Haus in Mecklenburg!*, hat Mette da gerufen und Rosenöl in ihren Busen geknetet, der rund ist und kein bisschen hängt. *Keine Geschenke, keine Familie – nur Kerzen, gesundes Essen und natürlich das Meer!*

Oh, nichts lieber als das, haben wir geantwortet. Wie man das eben so sagt. Aber Mette hat uns einfach beim Wort genommen und deshalb sitzen wir jetzt hier.

»Und du, Pia?« Mette ist eine umsichtige Übungsleiterin – stets achtet sie darauf, dass alle etwas vorturnen. Ich bin mir sicher, dass sie bis tief in meine Seele sehen kann.

»Ich hole noch Sekt«, antworte ich und haste aus der Wohnstube. Ich tue mich schwer mit Vertraulichkeiten, vor allem mit denen aus meinem eigenen Leben.

Der Sturm reißt eisig an meinem Kleid, als ich im Schnee nach einer neuen Sektflasche grabe. Das Meer ist ein schwarzes, brodelndes Nichts. Unser Passat ist unter einem weißen Hügel begraben. *Jetzt sind wir wirklich ungestört, sogar die Handys haben keinen Empfang mehr*, hat Mette vorhin gesagt. Das Gefühl, beobachtet zu werden, springt mich an und beißt wie Frost. Angestrengt spähe ich zum Stall hinüber. Klagt dort wirklich nur der Wind? Doch wer oder was sollte sich hierher verirren? Närrin!, schimpfe ich mich.

»Mein schrecklichstes Weihnachtserlebnis fand hier in dieser Kate statt«, sagt Mette, als ich wieder bei den anderen am Feuer sitze. »Und doch war es zugleich das schönste.« Sie setzt sich auf das Schaffell im Schlagschatten neben dem Kamin. »So war es damals auch«, sagt sie träumerisch. »Draußen Schneesturm, drinnen nur das Feuer und ein paar Kerzenstummel, die wir in der Küche fanden. Es war eine andere Zeit, eine andere Welt, diese DDR, in der ich fast all meine Ferien verbrachte, weil mein Vater von hier stammte.« Mettes Gesicht ist kaum zu erkennen, nur das Strasssteinchen auf ihrem Schneidezahn blinkt hin und wieder, wenn sie spricht. Aber bald achte ich darauf nicht mehr, denn Mette hat eine wunderbare Erzählstimme. Einen karamelligen Alt, mühelos modulierbar von einem verführerischen Raunen zu jener klaren Distanziertheit, mit der eine geübte Erzählerin sich selbst so weit zurücknimmt, dass nur noch die Geschichte und ihre Charaktere vorhanden zu sein scheinen.

»Es geschah im Winter nach meinem sechzehnten Geburtstag. Ein so genannter Jahrhundertwinter war das. Selbst mittags wurde es nicht richtig hell und das schwache, gelbliche Licht der DDR-Straßenlampen hatte gegen die Schneemassen überhaupt keine Chance. Alle fluchten über die Kälte. Aber ich, ich war verliebt. Verliebt in Adrian Mühler, einen hoch gewachsenen, blonden Bauernsohn, der sein Schwalbe-Moped verehrte und von Indien träumte, während er die Schweine fütterte.« Mette seufzt. »Küssen konnte er! Ich war verrückt nach seinen Küssen und verrückt nach seinen Händen. Wollte ihn anfassen, stundenlang, tagelang. Und von ihm angefasst werden! In seinem Arm einschlafen, in seinem Arm aufwachen. Ewig! Ich war vollkommen kompromisslos in meinem Begehren, wie man das eben ist, wenn man jung ist und zum ersten Mal verliebt und noch dazu weiß, dass man nur wenige Tage miteinander verbringen kann.

Niemand durfte von unserer Liebe wissen. Ich war die behütete Tochter einer sehr moralischen Familie.« Mettes kehliges Lachen springt durch den Raum. »Und Adrian war zwar schon einundzwanzig, aber seine Eltern waren stramme SED-Mitglieder. Undenkbar, dass er mit einer aus dem kapitalistischen Westen schlief! Außerdem war er bei der Armee. Er diente in einer Kaserne direkt an der See. Das war in der DDR eine Auszeichnung. Adrian galt als vertrauenswürdig genug, gemeinsam mit russischen Eliteeinheiten die Ostsee vor imperialistischen Angriffen zu schützen, wie es so schön hieß.«

»Und wieso habt ihr euch ineinander verliebt?« Die Frage

platzt aus mir heraus wie aus einem kleinen Mädchen im Kasperltheater.

»Wir hatten uns im Sommer in einer Jugenddisko kennen gelernt. Als wir herausfanden, wer wir waren, hat der Reiz des Fremden und Verbotenen unsere Leidenschaft füreinander noch gesteigert.« Wieder gluckst Mette ihr dunkles Lachen. »Die klassische Situation. Romeo und Julia. Die zwei Königskinder. Sie konnten zusammen nicht kommen ... Aber ich war sechzehn und ließ mir nicht gern Vorschriften machen.«

Sie steht auf, schenkt sich Sekt nach, gleitet mit einer graziösen Bewegung zurück in ihre dunkle Ecke. Völlig in ihrem Körper zu Hause – vermutlich hat sie das bereits als Teenager gehabt. Draußen im Hof klappert etwas, aber niemand außer mir scheint es zu hören.

»Im Sommer war es ja leicht, ein Versteck für unsere Liebe zu finden. Unter freiem Himmel ist schließlich Platz genug. Aber im Winter? Einmal haben wir es in einer Scheune probiert, aber das war lausekalt und hatte mit Erotik nur sehr bedingt etwas zu tun. Wir brauchten ein warmes Versteck, in dem uns niemand stören konnte.

Es geht einfach nicht, Mette, sagte Adrian, der als Kind des Sozialismus daran gewöhnt war, dass die Erfüllung seiner Wünsche der Willkür von Fünfjahresplänen unterworfen war.

Es muss gehen, Adrian, erwiderte ich uneinsichtig. Immerhin hatte ich mir in Hamburg die Pille verschreiben lassen, was auch nicht gerade leicht gewesen war.

Und dann erinnerte sich Adrian an diese alte Kate hier.«

Mette trinkt einen langen Schluck Sekt und zuckt fast unmerklich zusammen, als der Sturm eine besonders heftige Böe gegen die Fenster presst.

»Aber wie sollten wir hierher kommen?« Mette legt eine Kunstpause ein und schaut uns an. »Wir haben lange hin und her überlegt und schließlich hat Adrian dann aus der Kaserne einen Motorschlitten geliehen. Auf einem Acker hat er mich aufgelesen, durchgefroren wie eine ausgesetzte Katze. Ich hatte Mühe, mich an ihm festzuklammern. Uns klapperten die Zähne im Fahrtwind. Und doch werde ich diese Schlittenfahrt über den verschneiten, glitzernden Strand für immer als das weihnachtlichste Erlebnis meines Lebens in Erinnerung behalten.«

»Haben eure Familien euch denn einfach so gehen lassen, an Weihnachten?«, fragt Paula.

»Natürlich nicht. Wir haben sie angelogen. Adrian erzählte, er hätte Dienst. Ich erbettelte mir die Erlaubnis, mit meiner Kusine und ihrer Familie zu feiern. Die lebten ein paar Dörfer weiter und spielten mit. Hatten selber ganz jung geheiratet und wussten, wie wichtig die Liebe ist. Ein Telefon, mit dem man mich hätte kontrollieren können, gab es ja nicht. War eben alles noch anders damals.

Und dann der Schock, als wir hier ankamen: Schäbig und staubig war's hier drinnen. Und kalt! Die Kate wurde ja nur im Sommer von Anglern benutzt. Es hat ewig gedauert, bis wir ein Feuer entzündet hatten. Zum Glück gab's in der Scheune wenigstens Brennholz und Stroh, daran hatten wir vorher gar nicht gedacht. Wodka haben wir getrunken, um uns aufzuwärmen. Wodka war sowieso der Hauptbestandteil unseres Gepäcks. Fünf Flaschen Wodka für den russischen Kameraden, der Adrian den Motorschlitten beschafft hatte. Und eine Flasche bulgarischen Rotwein, Dauerwurst und Schwarzbrot für uns. Und Marzipankartoffeln. Köstlich war das!

Als wir satt waren und das Feuer uns endlich aufgewärmt hatte, legten wir Adrians Schlafsack vor den Kamin und breiteten einen Bettüberwurf aus rotem Samt darüber. Den hatte ich aus Hamburg mitgebracht. Ich fand, er sei ein zwingend notwendiges Accessoire für meine erste Liebesnacht unter einem festen Dach. Passende Dessous hatte ich natürlich auch gekauft.«

»Das hast du dich mit sechzehn getraut?«, rufe ich.

»Warum denn nicht?« In Mettes Antwort schwingt ein lässiges , »Du etwa nicht?« mit.

Wieder lässt sie ihr Strasssteinchen blitzen. »Blutrote Spitze mit Strapsen. Mein Weihnachtsgeschenk für Adrian. Ich dachte, so müsste die Liebe sein. Und es hat seine Wirkung nicht verfehlt. Mein Gott, wie haben wir uns geliebt in dieser Nacht! Immer und immer wieder. Wir waren völlig außer Rand und Band und bald auch betrunken vom Wein, der sich auf unseren Zungen mit dem salzigen Geschmack unserer Körper, dem Qualm der Karo-Zigaretten und der Salami vermischte. Und dann die Kerzen und das Feuer! Als wären alle Liebe und alles Licht der Welt in diese windschiefe Kate gekommen, so kam es mir vor. Und draußen sang der Sturm ein Lied für uns.«

Mette setzt ihr Sektglas heftig auf den Boden. »Bis zu dem Moment, in dem wir die Stimmen hörten. Barsche Männerstimmen, die Russisch sprachen. Erst vor unserem Fenster und dann, noch ehe wir überhaupt begriffen hatten, was geschah, in der Diele.«

Mette springt auf. »*Dawai, dawai*! Dann flog auch schon die Tür zur Wohnstube auf und da waren sie. Zwei grausige Imitationen vom Weihnachtsmann, die Pelzmützen voller Raureif, die Gesichter rot und böse, riesige Filzstiefel unter den Mänteln und im Arm Kalaschnikows!«

Mette lässt sich wieder auf den Boden sinken und spricht weiter, mit einer neuen, heiseren Stimme.

»Adrian wusste sofort, was Sache ist. Warf das Samttuch über mich, sprang auf, stand stramm, splitterfasernackt, wie er war. Es waren Kameraden aus seiner Kaserne, eine Grenzpatrouille, die sich auch von einem Schneesturm nicht von ihrer

Pflichtrunde abhalten ließ. Harte Kerle sind das. Schnallen sich die Skier zur Not mit Einweckgummis an die Stiefel – die kann keiner stoppen.

Sie sprachen auf Russisch miteinander, Adrian und die Soldaten. Bellten sich an, so klang das in meinen Ohren. Ich musste vor lauter Angst dringend pinkeln, wagte aber nicht, mich zu bewegen. Denn ihre Blicke wurden immer begehrlicher. Ich weiß nicht, was Adrian ihnen erzählte, aber ganz offensichtlich fanden sie, dass ich nicht nur als Weihnachtsgeschenk für Adrian etwas taugte.

Wie sehr konnte ich mich auf Adrian verlassen? Würde er wegen einer wilden Nacht mit mir sein Leben aus den Angeln heben? Wie viele Jahre Gefängnis würde ich ihm einbringen? Ich, eine aus dem Westen, ihm, dem Grenzsoldaten? Und überhaupt, was konnte er gegen zwei Soldaten schon ausrichten?«

Mette räuspert sich. »Nie habe ich so viel Angst gehabt. Als die Russen ihre Kalaschnikows auf den Tisch warfen und Adrian sich zu mir umdrehte, waren seine Augen ganz hart und kalt. *Tu jetzt ganz genau, was ich dir sage, sonst sind wir beide tot!*, herrschte er mich an. *Sie glauben, du bist meine Hure, also verhalt dich so. Geh in die Küche, wasch dich, zieh deine Wäsche an und richte dein Haar. Dann komm herein und lächle und bring uns Wodka. Viel Wodka. Und denk nicht einmal daran, wegzulaufen.*

Ich musste Adrian gehorchen, ich hatte keine andere Chance.« Mettes Stimme klingt wie von weither. »Aber ich habe gekämpft. Ich hab sie gelockt und mich ihnen entzogen, das alte Spiel. In meiner Verzweiflung hab ich sogar für sie getanzt und Weihnachtslieder gesungen. Singen, das mögen sie gern, die Russen, hatte Adrian mir mal erzählt. Und wirklich, sie ließen mich gewähren. Sie antworteten sogar mit ihren eigenen traurigen Liedern, sodass ich wieder etwas Hoffnung schöpfte. Heißt es nicht, böse Menschen haben keine Lieder? Beinahe zwei Stunden lang beschränkten sich die Soldaten darauf, mich wie ein Hündchen von Schoß zu Schoß zu reichen und zu betatschen. Leerten nebenbei ihre Wodkagläser, die Adrian, der sich inzwischen angezogen hatte, ebenso hastig wieder auffüllte, bis sie schließlich ihre Gläser über die Schulter warfen und direkt aus der Flasche tranken. Sie lachten dabei und küssten mich, eine absurde Parodie familiärer Innigkeit. Und dann, urplötzlich, hatte der Kleinere von beiden die Nase voll. Sprang auf und packte mich von hinten – und schon war auch sein Kamerad nicht mehr zu halten und taumelte auf mich zu und knöpfte mühsam seine Hose auf.

Ich schrie. War nur noch Entsetzen. Und für einen Augenblick glaubte ich auch in Adrians Augen Panik zu sehen, nicht nur diese grausame Entschlossenheit. Dann schlug er mir mit der Hand ins Gesicht. *Ruhig!*, befahl er und sprach wieder auf die Soldaten ein, mit einer fremden, harten Stimme. Und was er sagte, schien zu wirken. Mit einem dümmlichen, erwartungsvollen Grinsen hockten sich die Russen wieder an den Tisch und widmeten sich erneut ihren Wodkaflaschen.«

»Und Adrian?«, flüstert Aurelia.

»*Ich hab gesagt, ich habe für dich bezahlt, deshalb will ich auch der Erste sein. Das akzeptieren sie und es ist unsere einzige Chance. Spiel mit und bete, dass sie sich vor Vorfreude ins Koma trinken*, sagte er und zerrte mich zu unserer Decke. Durfte ich ihm glauben? Hatte ich eine Wahl?«

Mette hebt ihr Glas und dreht es in ihren schönen, kräftigen Händen. »Also haben wir uns noch einmal geliebt in dieser Nacht. Aber was heißt schon Liebe. Unsere Körper vollführten die Bewegungen noch einmal, emotionslos und hochkonzentriert diesmal, wie Artisten bei einem Pas de deux.«

Mette summt ein paar Takte von *Fröhliche Weihnacht überall*. »Das Lied hat den Russen besonders gefallen. Sie haben es gesungen, während Adrian und ich auf der roten Samtdecke verzweifelt versuchten, Zeit zu schinden. Und tatsächlich haben wir Glück gehabt. Der Kleinere ist zuerst weggedämmert, der Große hat noch auf seinem Recht bestanden, ist aber in meinen Armen selig entschlummert, bevor er ernsthaft etwas ausrichten konnte.

Wir haben sie dort liegen lassen. Das Feuer gelöscht, unsere Sachen gepackt, bis auf die Wodkaflaschen.« Sie schaudert. »Eisekalt und gespenstig sah das aus, als wir die Kate verließen. Zwei betrunkene Kerle im bläulichen Licht der Morgendämmerung zusammengesunken vor einem erloschenen Feuer. Genau so hat man sie zwei Tage später gefunden. Erfroren. Mausetot.«

Mette hebt ihr Glas und prostet uns zu. »Ich habe Adrian nie wieder gesehen, aber gleich nach der Wende musste ich diese Kate kaufen. Ich fand, das wäre ich dem denkwürdigen Weihnachtsfest schuldig, das ich darin verbracht habe. Und wer weiß, vielleicht kommt auch Adrian eines Tages hierher zurück.«

»Ihr habt die Russen umgebracht! Ihr hättet das Feuer nicht löschen dürfen«, sagt Aurelia leise. »Wie hast du vorhin zu mir gesagt: *Eine Mörderin ist unter uns.*«

Einen Moment lang sieht Mette verletzt aus, dann legt sie den Kopf in den Nacken und lacht.

»Aber liebe Aurelia, natürlich haben wir das Feuer brennen lassen und die Soldaten sind auch nicht gestorben. Nur einen saftigen Kater hatten sie und die Erinnerung an einen sehr erotischen Traum. Ja, glaubt ihr denn, ich hätte die Kate gekauft, wenn es anders wäre?«

»Trinken wir auf die Liebe!«, ruft Mette später, als wir noch mehr Sekt getrunken und noch mehr Geschichten erzählt haben, die wahr sein könnten oder auch nicht. Bereitwillig prosten wir ihr zu. Undenkbar, dass Mette, die lebensfrohe Mette, uns in dieser Weihnachtsnacht einen Mord gestanden hat.

Im ersten Morgengrauen trete ich ans Fenster meiner Dachkammer. Täusche ich mich oder verschmilzt eine dunkle Gestalt mit langem Haar soeben mit der Silhouette des Stalls? Ich stehe und warte. Und während die Dämmerung bläulichviolett über die Schneewehen kriecht, flackern im Fenster zum Meer zwei rote Grablichter auf.

Beatrix Mannel

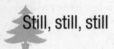 Still, still, still

Vielleicht wäre Weihnachten dieses Jahr anders verlaufen, wenn mein Sohn Leon an den Feiertagen still wie ein Engel geschlafen hätte.

Aber er hat die ganze Zeit gebrüllt. Gequält von Koliken, die sein verschrumpeltes Babygesichtchen bis zur Unkenntlichkeit verzerrt und in einen riesigen roten Schlund verwandelt haben. Und ich konnte nicht viel mehr tun, als stoisch auf das Ende des dritten Monats zu warten.

Das fällt mir heute etwas leichter als nach der Geburt meiner Tochter Paula vor vierzehn Jahren. Damals war es für mich unvorstellbar, dass man dieses ständige Geschrei überleben kann, ohne verrückt zu werden. Aber man kann.

Allerdings habe ich damals auch keine Besuche gemacht. Schon gar nicht an Weihnachten. Doch seit Paula dem Pferdewahn verfallen ist, besuchen wir an Weihnachten immer meinen Bruder Moritz und seine Familie im bayerischen Voralpenland.

Meine Schwägerin Monika ist glücklich, mir und meinen vaterlosen Kindern all das bieten zu können, was uns ihrer Meinung nach fehlt: liebevolle Geborgenheit in ländlicher Umgebung, Tiere und gesundes Essen.

Und mein Bruder freut sich, dass Monika dann Gesellschaft hat.

Er verabschiedet sich nämlich über die Weihnachtstage in seine orthopädische Klinik, wo er freiwillig die Feiertagsdienste übernimmt. »Einer muss es ja tun!«, stöhnt er und genießt die bewundernden Blicke seiner Frau.

So hat Moritz schon mit fünf Jahren gestöhnt und sich heldenhaft bereit erklärt, Oma Helga zu besuchen. Oma Helga hatte einen riesigen Fernseher und den dunklen Eichenschrank voller Süßigkeiten. Mir blieben dann die Besuche bei Oma Dorothea überlassen, die von Fernsehen und Süßigkeiten nichts hielt, mir jedoch immer gern ihr offenes Bein gezeigt hat.

Aber davon weiß Monika natürlich nichts. Für sie ist Moritz Gottes Geschenk an sie. Meine Tochter Paula sieht das genauso. Denn Paula liebt Weihnachten bei ihrer Tante Monika. Nicht wegen der Tante selbst oder der übrigen Verwandtschaft, sondern wegen der Tiere. Als da wären »Blitz« und »Donner«, die beiden Pferde, sowie die drei aus Sardinien geretteten Katzen, die beiden Golden Retriever und Mrs Wong, die Schildkröte.

Und weil Tante Monika so sanft und gutmütig ist, darf Paula nicht nur die Weihnachtsfeiertage, sondern auch die Nächte im Stall verbringen. Es gibt nur eine Ausnahme: das Menü am Heiligen Abend mit dem nachfolgenden Musikprogramm.

Für mich gelten andere Regeln. Meine Weihnachtstage sind einer Art Mutter-Weiterbildung gewidmet. Monika freut sich nämlich schon lange vor Weihnachten auf intensive Gespräche mit mir. Sie möchte ihre wertvollen Erkenntnisse über Kindererziehung, Ernährung und Lebensstil mit mir teilen.

Als wir ankommen, bin ich müde von der langen Fahrt in die ländliche Idylle und Leon brüllt schon wieder auf meinem Arm. Nur Paula strahlt in glücklicher Pferdeerwartung.

Monika steht mit dem neunjährigen Gerd-Gideon und der dreijährigen Miranda bereits vor der Haustür und überreicht uns feierlich die obligatorischen Filzpantoletten, mit denen man über den naturbelassenen Holzboden nur so dahinfliegt.

Gerd-Gideon gibt mir seine Hand, drückt sie fest und fragt mit Blick auf Leon als Erstes: »Warum schreit das da so laut?«

»Hallo, schön, euch alle zu sehen!«, sage ich, wobei ich Gerd-Gideon geflissentlich überhöre.

Miranda versteckt sich hinter Monikas Beinen und lutscht an den Ohren ihres Stoffschäfchens aus ungebleichter Baumwolle. Sie spricht noch sehr wenig, was Monika ganz in Ordnung findet. Sie will Miranda nicht zu etwas drängen, für das sie noch nicht reif ist.

Monika nimmt mir den rot angelaufenen Leon ab und führt uns in den Flur, in dem der gewohnt gigantische Weihnachtsbaum aufgebaut ist.

»Na?«, fragt Monika erwartungsvoll und zeigt auf die braungrauen Klumpen, die die Äste schwer nach unten ziehen und mich daran erinnern, dass viele Menschen durch Schlammlawinen den Tod finden.

»Wow!«, sage ich, registriere aber sofort den sanft tadelnden Blick meiner Schwägerin – Anglizismen sind hier nicht angebracht – und überlege, welche Kommentare eher angemessen sein könnten.

Paula macht es auch nicht besser, indem sie ein »Geil, sieht endfett aus, der Scheiß!« ausstößt und dann in den Stall flüchtet. Um den Fauxpas wieder gutzumachen, zirpe ich ein »wunderhübsch« und hoffe, dass der Bewunderung damit Genüge getan ist.

»Hat Gerd-Gideon gemacht, aus Vollkornsalzteig«, erklärt Monika. »Wenn du näher herangehst, erkennst du bestimmt, dass es Engel sind!«

Engel – ach so! Nachdem ich letztes Jahr einen Zehennagel verloren habe, weil mir die »entzückenden Schneebällchen«

aus Tapetenkleister, ungefärbter Rohwatte und Meersalz, die Miranda in ihrem anthroposophisch orientierten Kindergarten gebastelt hatte, auf den Fuß gefallen waren, bestaune ich die Engelklumpen doch lieber von weitem.

»Kann man das abstellen?«, fragt Gerd-Gideon und zeigt auf den immer noch schreienden Leon.

Monika drückt mir Leon wieder in den Arm. »Vielleicht braucht er ein paar Kügelchen, ich hätte da etwas, was ....«, schlägt sie vor und postiert sich vor ihrer homöopathischen Hausapotheke, in der es für jedes Zipperlein ein Mittelchen gibt, sogar eins für Mutterkomplexe bei Pferden.

»Nein, nein, Leon hat nur Hunger«, verkünde ich fest und rutsche mit den Filzpantoffeln den langen Gang entlang bis zur Sitzecke des terrakottafarbenen, offenen Wohn-Essraumes.

Ein Plätzchen zum Stillen zu finden, ist nicht so einfach. Die Katzen lagern auf dem massiven Holzsofa und lecken sich ihre Pfötchen, und den Kaminsessel teilen sich die Hunde. Ich verscheuche die Katzen, was mir vorwurfsvolle Blicke von Gerd-Gideon einbringt.

Leon legt noch eine Oktave zu, was die beiden Retriever in Alarmbereitschaft versetzt. Sie kommen angeschossen und springen an mir hoch, als müssten sie das Baby aus den Klauen von Godzilla retten.

»Schiller, Goethe, sofort Platz!«, ruft Monika aus der Küchenzeile herüber. »Du weißt ja, wie kinderlieb die beiden sind!«, sagt sie und schnippelt an einem schleimig aussehenden Etwas herum. Algen? Flüssiges Tofu?

Die beiden Hunde stören sich nicht weiter an Monikas Anweisungen, sondern springen hechelnd an mir hoch. Ich wische ein paar Speicheltröpfchen aus Leons Gesicht und sinke dann endlich erschöpft auf das Sofa.

Als ich Leon anlege, wird es so abrupt still, als hätte man den

Stecker aus einer quäkenden Lautsprecherbox gezogen. Gerd-Gideons Blicke saugen sich an meinem Busen fest.

»Mama«, ruft er angewidert in die Küche hinüber, »ist die Brust von Tante Lea deshalb so blau und dick, weil sie so viel Zucker isst?«

Monika strahlt mich an, glücklich darüber, dass ihre Erziehungsgrundsätze Spuren hinterlassen haben. »Gerd-Gideon, du weißt doch, dass deine Tante leider allergisch auf den guten Honig reagiert, da muss sie eben manchmal Zucker essen.«

»Ihh, und dann wachsen einem solche Dinger, ist ja eklig!« Gerd-Gideon kommt aber trotzdem näher und starrt weiter fasziniert auf meine Brust, an der Leon jetzt friedlich nuckelt.

»Wenn der kleine Leon satt ist, dann wollen wir uns auch mal zum Essen setzen, nicht wahr?«, fragt Monika in die Runde. Keiner antwortet, aber das stört sie nicht. Sie ist daran gewöhnt.

Sie zündet die Honigkerzen an, die in Buntpapier-Windlichtern stehen und warmes Licht auf die handgetöpferten Vasen werfen.

»Gerd-Gideon«, ruft sie, »komm doch mal her und hilf mir ein bisschen!«

»Später, Mama, ich fühle mich gerade nicht so wohl. Von dem Gedanken, dass der kleine Leon so viel Zucker trinken muss, wird mir ganz übel!«

Monika zwinkert mir von der Küche herüber zu. »Aber Gerd-Gideon – der kleine Leon kriegt doch das Beste überhaupt – Muttermilch! Da braucht dir nicht schlecht zu werden.«

»Aber du hast doch gesagt, Milch verschleimt alles!«, gibt mein Neffe zurück.

Monika schleppt Schüsseln und Teller herein. »Und jetzt essen wir, mein Schatz. Hol bitte Paula aus dem Stall – Nein, Tamara!«, ermahnt sie die Katze mit dem Stummelschwanz, »runter vom Tisch, das ist nichts für dich!«

Mich wundert, dass diese Katze noch lebt. Letzten Sommer hatte Gerd-Gideon nämlich mit seinem finnischen Schnitzmesser aus Versehen ein Stückchen von ihrem Schwanz abgetrennt und die Katze hatte ziemlich viel Blut verloren. Monikas Kügelchen scheinen ja wirklich Wunder zu wirken!

Wir fassen uns an den Händen und sprechen darüber, wie lieb wir uns alle haben. Dann beginnen wir das weihnachtliche Festmahl.

Gerd-Gideon zwickt Paula in die Seite. Sie wirft ihm nur einen wütenden Blick zu, beschwert sich aber nicht. Schließlich habe ich Paula vor unserem Besuch deutlich klar gemacht, dass das Essen und Gerd-Gideon eben der Preis dafür sind, dass sie Tag und Nacht im Stall sein kann, und dass ich deshalb auch kein Gemecker hören möchte.

Das Rote-Beete-Süppchen schmeckt interessant nach ungelüftetem Kartoffelkeller. Dafür könnte der Salat aus gedünsteten Chicoréeblättern und ungespritzten Orangen bei einer Sekte von Essiganbetern glatt drei Sterne absahnen. Das darauf folgende salzfreie Kräuter-Hirsotto ist dann zu meinem Glück wieder wunderbar zum Neutralisieren der Mundschleimhaut geeignet und rundet so das weihnachtliche Galadiner perfekt ab. Dazu gibt es eines von Monikas selbst gebackenen Broten, das ich mit Hinweis auf Blähungsgefahr zum Glück nicht essen muss. Aus dem kletzigen Inneren könnte man übrigens auch wunderbar Weihnachtsschmuck basteln.

Leon erwacht aus seinem kurzen Verdauungsschläfchen und schreit. Gerd-Gideon wirft ihm böse Blicke zu. »Wieso brüllt das schon wieder?«, fragt er seine Mutter.

Monika seufzt tief und erklärt Gerd-Gideon detailliert alles, was man über den Verdauungsapparat wissen muss. Länge und Beschaffenheit der Darmzotten, Unterschiede von Dünn- und Dickdarmbrei und so weiter. Nachdem Paula dreimal demonstrativ gegähnt und angemerkt hat, dass sie mit »Blitz« und »Donner« auch noch Weihnachten feiern möchte, hat Monika ein Einsehen und bereitet den Nachtisch vor.

Auf den freue ich mich immer, denn Desserts sind Monikas Spezialität. Und wegen meiner Honigallergie kriege ich die besonders leckere Ausführung mit Zucker. Dieses Jahr gibt es selbst gemachtes Joghurt-Vanilleeis mit heißen Holunderbeeren.

Miranda und Gerd-Gideon helfen ihrer Mutter beim Servieren. Mein Neffe stellt eine Portion vor mich. »Guten Appetit!«, sagt er und lächelt mich an. Es schmeckt köstlich. Das Eis schmilzt auf der Zunge und die säuerliche Holundersoße ergänzt das sahnige Vanillearoma.

Meine Zunge wird dick. Im Hals schnürt sich etwas zusammen. Ich kriege keine Luft mehr. Honig! Meine Schleimhäute schwellen rapide an. Ich versuche, meine panische Angst durch ruhiges Atmen in den Griff zu bekommen. Aber alle Luftwege verengen sich. Was wird mit Leon und Paula, wenn ich ersticke? Ich stehe auf, würge, keuche. Luft, ich brauche Luft! Mir laufen Tränen übers Gesicht. Paula, die schon einmal bei einem akuten Anfall dabei war, rennt zu meiner Notfalltasche und kommt mit dem Spray und einer Spritze zurück. Aber ich kann mir keine Spritze mehr geben. Ich signalisiere Monika, was sie tun soll, und hoffe, dass sie das schafft. Monika hat immerhin zusammen mit meinem Bruder Medizin studiert. Von weitem höre ich, dass Leon jetzt gellend schreit. Er merkt, dass etwas nicht in Ordnung ist. Paula versucht ihn zu beruhigen.

Als meine Schleimhäute abgeschwollen sind und ich wieder reden kann, knöpfe ich mir meinen Neffen vor. »Du hast mein Dessert absichtlich vertauscht. Du weißt genau, dass ich keinen Honig essen darf!« Gerd-Gideon zuckt mit seinen schmächtigen Schultern, als hätte ich ihn geschlagen.

Paula gibt mir Leon, der immer noch vor sich hin wimmert. Ich schaukele ihn sanft hin und her, um ihn, und eigentlich auch mich, zu besänftigen.

Gerd-Gideon schaut mich nicht an. Zu seiner Mutter gewandt erklärt er: »Ich wollte mal sehen, was das genau bedeutet: eine Allergie haben. Papa hat gesagt, ich soll alles hinterfragen!«

Monika versucht streng auszusehen, aber der Stolz auf ihren wissbegierigen Sohn quillt ihr aus sämtlichen Poren. »Wir hätten dir das wirklich besser erklären müssen, das stimmt. Ich weiß, du hast es nicht böse gemeint.«

Miranda, die sich während meines Erstickungsanfalles hinter Monika versteckt hat, kommt kurz hervor und kräht: »Böse, böse!« Dann verstummt sie und beißt schnell wieder in ihr Schäfchen.

»Wo ist eigentlich Paula hin?«, frage ich Monika. Die zuckt nur mit den Schultern und murmelt: »Bestimmt ist sie rüber in den Stall!«

»Da ist es jedenfalls schön still!«, bemerkt Gerd-Gideon.

Ich spüre immer deutlicher äußerst unchristliche Gefühle in mir aufsteigen. Das sind nicht nur die Nachwehen des Allergieschocks. Monika kommt näher und untersucht den wimmernden Leon. »Soll ich ihm vielleicht einen Fencheltee machen? Es dauert doch bestimmt Stunden, bis du nach all dem Chemiezeug wieder stillen darfst?«, fragt sie.

Ich nicke matt, noch zu zittrig, um ihr Angebot abzulehnen. Monika geht zur Küchenzeile und bereitet den Tee vor. Dabei erzählt sie noch ein bisschen mehr über Gerd-Gideon. »Weißt du, Lea, dein Neffe steckt in einer Forscherphase. Schon seit dem Sommer seziert er Insekten und Mäuse. Und im November hat er sogar einen Igel zerlegt, um zu lernen, wie er funktioniert.«

Miranda fängt an zu lächeln, wobei ihr nass gelutschtes Schäfchen auf den Boden plumpst. Sie tapst aufgeregt zu ihrem Bruder. »Bein ab, Bein ab!«, ruft sie begeistert.

»Ich wusste gar nicht, dass Miranda doch schon so viele Worte sprechen kann!«, bemerke ich und beobachte, wie Gerd-Gideon seiner Schwester eine Fratze schneidet. Daraufhin schnappt sie sich ihr Schäfchen und zieht sich hinter ihre Mutter zurück.

Leon schreit schon wieder lauter und zieht verkrampft die Füßchen an den Bauch.

Gerd-Gideon kommt näher. »Mama, habe ich auch so geschrien als Baby?«, fragt er seine Mutter.

Monika schüttelt den Kopf. »Nein, mein Schatz, aber vielleicht lag das auch an unserer Ernährung. Oder daran, dass ich dir schon im Bauch Mozart vorgespielt habe. Das entspannt die Babys. Apropos Musik, jetzt wäre eigentlich der Moment, wo Gerd-Gideon uns auf seiner Zither ein schönes Weihnachtslied vorspielen möchte, gell?« Sie schaut ihren Sohn auffordernd an.

»Bei dem Krach?«, erwidert er und zeigt auf Leon.

Monika gießt das Wasser auf die frisch zerstoßenen Fenchelsamen. »Natürlich, mein Schatz, du wirst sehen, die Zithermusik wird Leon beruhigen.«

Wir setzen uns also um Gerd-Gideons Zither – wirklich ein beeindruckendes Instrument – und lauschen seinem Vortrag. Er spielt mit Blick auf Leon »Still, still, still, weil's Kindlein schlafen will ...«.

Leon spuckt den Gummisauger der Fencheltee-Flasche wieder aus, schaut mich empört an und stimmt in Gerd-Gideons Vortrag ein, leider nicht sehr musikalisch.

Gerd-Gideon hört an der Stelle »Wenn wir einmal sterben müssen ...« auf und schaut genervt auf Leon und mich. »Mama, kann man das nicht abstellen?«

Monika springt auf. »Doch, natürlich, ich hätte da ein paar Kügelchen, die helfen ihm sicher.« Als ich energisch ablehne, ruft Monika mit ungläubigem Blick aus: »Aber Lea!«

Bevor sie sich in Grundsatzerklärungen ergehen kann, um mich zu überzeugen, stehe ich auf. »Ich werde Leon ins Bett bringen.« Als ich zügig am Tannenbaum vorbei nach oben laufe, schaukeln die Schlammklumpen im Luftzug. Engel!

In meinem Zimmer schwöre ich mir, nie mehr an Weihnachten hierher zu fahren. Ich möchte an Weihnachten einen bunt glitzernden Tannenbaum, ich möchte, dass Bratenduft durch die Wohnung zieht, ich möchte Blechdosen voll mit essbaren Plätzchen aus Mandeln, Schokolade und Zucker. Ich … ich möchte frei sein.

Aber was mache ich dann mit Paula? Für Paula heißt Weihnachten Pferde, Pferde, Pferde. Vielleicht muss ich mich mehr um sie kümmern? Leon scheint sich endlich zu beruhigen. Aber ich traue mich nicht, ihn hinzulegen. Wenn er noch nicht richtig tief schläft, dann wacht er sofort wieder auf. Also schaukle ich ihn so lange, bis seine Atemzüge ruhig und regelmäßig werden. Dann lege ich ihn in sein Reisebettchen, decke ihn zu und beschließe, die Ruhepause zu nutzen, um Paula im Stall zu besuchen.

Als ich durch das Treppenhaus nach unten gehe, sehe ich Miranda, die sich zu den Hunden in das Körbchen gelegt hat und zwischen Schiller und Goethe selig schläft. Aus dem Wohnzimmer höre ich Zithertöne. Es klingt wirklich idyllisch.

Paula hat sich auf ein paar Heuballen ihr Lager eingerichtet. »Mama, riech mal!«, ruft sie mit glänzenden Augen. »So riecht für mich Weihnachten!« Und dann atmet sie tief ein. Für mich stinkt es hier nach Pferdemist und feuchter Wolldecke.

Aber die guten Momente zwischen Paula und mir sind seit ihrem dreizehnten Geburtstag immer rarer geworden, deshalb nicke ich zustimmend und hoffe, dass ihre Begeisterung anhält.

Sie füttert »Blitz« und »Donner« mit Möhren und streichelt ihre Rücken. Dabei lächelt ihr ganzes Teenagergesicht, sogar die Zahnspange sieht so aus, als würde sie strahlen. Beruhigt, aber nachdenklich gehe ich zurück zum Haus. Mist! Leon brüllt schon wieder.

Ich muss zu ihm, damit durch das Schreien nicht noch mehr Luft in seinen Bauch gepumpt wird. Kurz bevor ich den Tannenbaum erreiche, bricht Leons Weinen jäh ab.

Die Stille dehnt sich aus, hinterlässt ein graues Rauschen in meinen Ohren und treibt mich noch schneller nach oben.

Als ich die Zimmertür aufmache, sehe ich, dass mein Neffe ein Kissen auf Leons Gesicht drückt. »Nein!« Entsetzt renne ich ans Bett.

Gerd-Gideon zuckt zusammen, nimmt das Kissen hoch und schaut mich selbstzufrieden an. »Ich wollte bloß, dass er still ist, und schau, ich hab's geschafft.«

Ich reiße Leon aus dem Bett und presse ihn an mich. Wütend gehe ich auf Gerd-Gideon zu – jetzt ist definitiv der Moment gekommen, wo mir Erziehungsprinzipien wirklich völlig gleichgültig sind. Ich werde ihm ordentlich eine runterhauen.

»Aber Lea, du wirst doch Gerd-Gideon nicht schlagen wollen! Gewalt gegen Kinder ist das Allerletzte! In unserem Haus dulde ich das nicht!« Laut klingt Monikas sonst so sanfte Stimme an mein Ohr. Gerd-Gideon lächelt mich an und legt das Kissen behutsam wieder auf Leons Bettchen.

»Monika …«, setze ich an.

»Ich will nichts hören. In meinen Augen gibt es nichts, was ein unschuldiges Kind tun könnte, das Prügel rechtfertigen würde«, empört sie sich.

»Dann werde ich eben mit Moritz darüber reden!« Und noch lieber würde ich meine Koffer packen und auf der Stelle abreisen.

»Ich habe Leon nur vorgesungen und dabei ist er ganz still geworden«, sagt Gerd-Gideon schüchtern zu seiner Mutter.

Monika mustert mich kopfschüttelnd. Dann seufzt sie unschlüssig. »Weißt du, Lea, vielleicht bist du einfach zu gestresst wegen Leons Koliken. Du musst dich entspannen. Willst du vielleicht ein heißes Bad nehmen? Ich kümmere mich in der Zwischenzeit gern um Leon ...«

Sie sieht mich aufmunternd an. Ich werde unsicher. Hat mein Neffe Leon wirklich das Kissen aufs Gesicht gedrückt oder war das nur die Wahnvorstellung einer übermüdeten Mutter?

Aber da sehe ich, wie Gerd-Gideon seine Mutter betrachtet, die sich über Leon beugt und mein Baby mit freundlichen Schmatzlauten anlächelt. Mein Neffe bohrt seine stecknadelkopfgroßen Pupillen in Leons Körper und beißt sich dabei fest auf die Lippen. Sieht so Liebe aus?

»Monika, ich bin ganz sicher, dein Sohn hat Leon dieses Kissen aufs Gesicht gedrückt.«

Monika schüttelt den Kopf. »Das glaube ich nicht. Gerd-Gideon wollte Leon das Kissen bestimmt nur zeigen!«

Mein Neffe setzt jetzt eine besorgte Miene auf. »Mama, Tante Lea hat vielleicht etwas getrunken. Sie trinkt nämlich heimlich«, sagt er so traurig, als wäre ich gestorben, und zeigt auf meinen Koffer, in dem sich tatsächlich eine Flasche Wein befindet. Ein noch nicht verpacktes Geschenk für meinen Bruder, das ich durch Leons Gebrüll völlig vergessen hatte. Wann hat Gerd-Gideon die Zeit gehabt, meine Koffer zu durchsuchen?

Monika schüttelt den Kopf. »Stimmt das, Lea?«, fragt sie mich erschüttert.

Ich komme nicht dazu, irgendetwas klarzustellen, weil Leon wieder anfängt zu weinen. Ich muss etwas tun, um uns beide zu beruhigen.

»Ich werde mich mit Leon zusammen in die Badewanne legen, das wird uns gut tun!« Aber es ist nicht nur das, mir ist auch so, als müsste ich etwas von uns abwaschen.

»Gute Idee!«, stimmt Monika zu und legt Leinenhandtücher und Olivenseife für mich bereit.

Sie wartet, bis ich in der Wanne sitze, und reicht mir dann den kleinen Nackedei, der es genießt, mit seinen zarten, speckigen Beinchen im warmen Wasser herumzuplantschen. Zum ersten Mal heute gibt er fröhliche, kleine, glucksende Laute von sich und sein zahnloses Grinsen schnürt mir vor Glück die Kehle zu.

»Ich werde unten ein bisschen aufräumen. Ruf einfach, wenn du mich brauchst, ja?«, schlägt Monika vor und schließt die Badezimmertür hinter sich.

Leider ist das Badezimmer wie alle Räume in diesem Haus nicht abschließbar. Wegen der Kinder. Damit ihnen nichts passieren kann. Darüber hätte ich nachdenken sollen, bevor ich mich in das wohlig warme Wasser gelegt habe.

Gerd-Gideon besucht uns nämlich. Völlig unbefangen starrt er wieder auf meinen Busen, der prall und seltsam künstlich an der Wasseroberfläche schwimmt. Nach einer Weile kommt er näher und setzt sich auf den Badewannenrand.

»Gerd-Gideon, bitte geh raus!«

»Bei meinen Eltern darf ich immer zuschauen!«, sagt er, steht aber immerhin zögerlich auf und tappt zu dem Schrank in der hinteren Badezimmerecke. Er kramt herum, als ob er etwas sucht. Ein Spielzeug für Leon vielleicht? Eine Badeente?

Er kommt mit einem glänzenden Stielkamm in der Hand zurück. »Schau mal«, sagt er, »der ist sehr gefährlich, damit kann man sich verletzen! Aber Mama sagt, wenn ich vorsichtig bin, dann darf ich mit ihm spielen. Miranda hat nicht aufgepasst ... hat sich das Ding in die Wade gestoßen.« Er führt einen wilden Stoß mit der Spitze des Stielkamms aus und grinst. »Na ja, Schwestern sind manchmal eben bescheuert!«

Sein Blick taxiert mich, sodass ich mir plötzlich wie ein Huhn vorkomme, das geschlachtet werden soll. Wie lächerlich. »Leg das sofort weg!«, befehle ich ihm streng. Wär ja noch schöner, ich und Angst vor dieser Rotznase. Aber ich fühle mich stärker, wenn ich angezogen bin.

»Mama redet nie so hässlich mit mir!«, sagt er, geht zurück zum Schrank und legt den Stielkamm weg.

Ich bin beruhigt, aber die Lust zum Baden ist mir jetzt vergangen. Ich möchte raus aus der Wanne. Wo sind nur die Handtücher hingekommen?

Ich halte Leon wie einen Schutzschild gegen Gert-Gideons Blicke vor meinen Körper und überlege, mit welchem Trick ich meinen Neffen dazu bringen könnte, das Badezimmer zu verlassen.

Als Gerd-Gideon sich wieder umdreht, hat er einen Föhn in der Hand. Er tappt wieder näher an den Badewannenrand und wedelt mit dem Föhn.

»Weißt du, was passiert, wenn man einen Föhn in die Badewanne wirft?«, fragt mich der kleine Forscher, und mein Körper wird so heiß, als hätte er kochendes Wasser zulaufen lassen. Nur mein Kopf fühlt sich an, als hätte ich ihn in eine Gefriertruhe gesteckt. Denk schneller!

»Natürlich weiß ich das, und deshalb sage ich dir, dass du ihn jetzt nicht benutzen sollst. Warte, bis wir beide aus dem Bad draußen sind!«

Er geht zum Waschbecken und steckt den Föhn dort in die Steckdose. Dann zieht er an der Schnur und prüft, wie lang sie ist.

Ich kann nicht glauben, was ich da sehe. Hastig stehe ich auf. Ganz egal, wo die Handtücher sind, wir müssen raus hier. Ich hoffe, dass ich mit dem glitschigen Leon auf dem Arm nicht ausrutsche. Schnell!

Gerd-Gideon grinst und schaltet den Föhn an.

Leon liebt das Föhngeräusch.

Ich auch. Es ist so beruhigend.

Und die Ruhe sorgt dafür, dass mein Gehirn wieder arbeitet.

Ich weiß jetzt, was ich tun muss.

Ich muss Gerd-Gideon einfach bei seinen Forschungsarbeiten unterstützen.

Ein kleiner Schubs in die richtige Richtung wirkt ja manchmal Wunder.

Und was passt besser zu Weihnachten als ein kleines Wunder?

Meret Ammon

Am Weihnachtsbaum die Lichter brennen

Es war der Vorabend zum ersten Advent. Harriet sank erschöpft in ihren Ohrensessel und blickte hinaus in den Garten. Die Außenbeleuchtungen waren eingeschaltet. Blinkende Sterne funkelten in der Dunkelheit, kleine Tannenbäume trugen erhaben ihre Lichterketten und der wetterfeste Christbaumschmuck wiegte sich im aufkommenden Ostwind. Harriet gähnte. Das Feuer im Kamin knisterte. Sie hörte Edda in der Küche hantieren und freute sich auf einen starken Kaffee mit englischem Buttergebäck.

Auch in diesem Jahr waren die Adventsvorbereitungen wieder in ein unglaubliches Durcheinander ausgeartet. Doch nun waren endlich alle Lichterketten angebracht und die Krippenfiguren standen wie immer neben dem Geräteschuppen. Josef, Maria, Jesus in der Krippe und ein schlafender Hirte. Lebensgroße Hartwachsfiguren, die Madame Tussauds Wachsfigurenkabinett alle Ehre gemacht hätten. Harriet lächelte und streichelte gedankenverloren ihre Katze Alberta. Sie liebte die Vorweihnachtszeit. Erinnerungen an ihre ersten Lebensjahre in Cornwall und die Kindheit in Kanada wurden lebendig. Schlittenrennen. Engelhaar an der Tür zum Weihnachtszimmer. Das Telefon klingelte und riss Harriet aus ihren Gedanken. »Guten Abend, Frau

McGregor.« Es war die Stimme des Pfarrers. »Ich habe erfreuliche Neuigkeiten für Sie«, sagte er. »Der Gemeinderat hat einstimmig beschlossen, dass Ihnen dieses Jahr die Ehre zuteil wird, das Hermann-Kletke-Singen in ihrem Garten auszurichten.«

»Was für eine gute Nachricht«, sagte Harriet und zeigte Edda, die gerade mit Kaffee und Plätzchen hereinkam, den erhobenen Daumen. Seit vielen Jahren bewarben sie sich um die Ausrichtung des alljährlichen Adventssingens. Diese Tradition war dem Andenken von Hermann Kletke gewidmet, dem Texter des Liedes *Am Weihnachtsbaum die Lichter brennen*. Er hatte einige Jahre in der Gemeinde gelebt. An seinem Ehrentag trugen Kinder in feierlicher Prozession brennende Kerzen zur Nordmanntanne eines ausgewählten Gemeindemitglieds.

»Ich freue mich, dass Sie sich um das Adventssingen beworben haben«, sagte der Pfarrer. »Vielleicht finden Sie so wieder einen Zugang zu unserer Gemeinde, nachdem Sie sich in der letzten Zeit doch sehr zurückgezogen haben.« Harriet überhörte den leisen Vorwurf und wollte das Gespräch schon beenden, doch da räusperte sich der Pfarrer und fuhr fort: »Übrigens, Ihr neuer Nachbar hat sich über die Beleuchtung in Ihrem Garten beschwert. Er behauptet, dass er nachts nicht schlafen kann, weil die vielen Lichter sein Schlafzimmer taghell erleuchten.«

»Wir schmücken das Haus und den Garten schon seit vielen Jahren. Niemand hat sich bisher darüber beschwert«, sagte Harriet. – »Wilbert Köhler schon«, erwiderte der Pfarrer. »Er scheint extrem empfindlich auf Licht zu reagieren.«

»Der reagiert auf alles Mögliche empfindlich«, versetzte Harriet. »Wir hatten schon häufiger Ärger mit ihm.«

»Er ist neu in der Gemeinde und Ihr einziger Nachbar«, beschwichtigte der Pfarrer. »Außerdem hat er schwere gesundheitliche Probleme. Das Herz, wissen Sie. Er braucht nur ein freundliches Wort, gerade jetzt in der Adventszeit.« Er verabschiedete sich und legte auf.

»Wir haben es geschafft«, verkündete Harriet. »Jetzt müssen wir mit der Blaskapelle der freiwilligen Feuerwehr telefonieren und Halterungen für die Kerzen kaufen.« Sie verschwieg Wilbert Köhlers Beschwerde.

Am späten Abend ging Harriet hinaus in den Garten, um Brennholz zu holen. Stolz betrachtete sie die unzähligen elektrischen Kerzen, die das Haus erleuchteten. Der Wind blies eisig. Seit einigen Tagen hatte ein verfrühter Winter das Land im frostigen Griff. Plötzlich fühlte Harriet sich beobachtet. Sie sah zum Grundstück ihres Nachbarn hinüber. Wilbert Köhler stand wie versteinert unter einer alten Eiche. Sein Schäferhund Wotan saß ebenso reglos bei Fuß. Zwei unbewegliche schwarze Silhouetten im kalten Wind. Harriet dachte an die Worte des Pfarrers: »Er ist krank. Er braucht nur ein freundliches Wort ...« Sie winkte ihrem Nachbarn zu. Doch Köhler rührte sich nicht. Harriet lud sich eilig einige Holzscheite auf den Arm und ging kopfschüttelnd ins Haus.

Am nächsten Morgen schlurfte Edda in die Küche, brühte Kaffee auf und zündete das Kaminfeuer an. Alberta sprang auf das Fensterbrett und blinzelte hinaus. Eine Krähe saß auf dem Dach des Vogelhäuschens und krakeelte lauthals. Edda trat zu Alberta ans Fenster. Da sah sie die Verwüstung – die Krippenfiguren waren umgestoßen und die Lichterketten teilweise von den Tannen gerissen. Edda starrte fassungslos auf das Chaos. Sie und Harriet zogen sich eilig etwas über und liefen in den Garten, um den Schaden zu begutachten. Einige Lichterketten waren durchtrennt, überall lagen Glassplitter von zertretenen Glühbirnen herum und die Beleuchtung des Hauses war im unteren Bereich völlig abgerissen. Harriet kniete neben Maria und Josef nieder. Marias Gewand war zerrissen und Josefs rechte Gesichtshälfte eingedrückt. Das Jesuskind steckte kopfüber in einer Hecke und der schlafende Hirte war verschwunden.

»Ich werde die Polizei rufen«, sagte Edda schließlich. Eine halbe Stunde später hielt ein Streifenwagen vor dem Haus. Die Beamtinnen ließen sich den verschwundenen Hirten beschreiben. »Haben Sie denn nichts gehört?«, fragten sie. Harriet schüttelte den Kopf. »Ich nehme meist ein Schlafmittel«, erklärte sie. »Und Eddas Gehör hat in den letzten Jahren nachgelassen.«

Bis zum nächsten Tag waren die schlimmsten Schäden beseitigt. Doch am Nikolausmorgen war der Garten erneut verwüstet. Edda brach in Tränen aus. Harriet wählte die Nummer der Polizei. Doch der Beamte beschwichtigte sie und sah keinen Grund, sofort auszurücken. Enttäuscht machten sich Edda und Harriet wiederum ans Aufräumen. Als am Morgen des zweiten Advents die Dekoration wieder zerstört war, riss Harriet schließlich der Geduldsfaden. »Wir müssen die Sache selbst in die Hand nehmen«, verkündete sie entschlossen. Edda nickte. »Was schlägst du vor?«

»Wir legen uns nachts auf die Lauer. Vom Wintergarten aus haben wir einen guten Überblick.« Also richteten Edda und Harriet die Weihnachtsdekoration wieder her und bewachten in den folgenden Nächten abwechselnd ihr Grundstück. Eine Woche lang geschah nichts. Der erste Schnee fiel und dann hörte es gar nicht mehr auf zu schneien. Die Temperaturen fielen unter minus fünfzehn Grad. Trotzdem bezogen Edda und Harriet allabendlich ihren Posten im Wintergarten. »Vielleicht hat dieser schreckliche Mensch aufgegeben«, bemerkte Edda hoffnungsvoll. Doch in der Nacht auf den dritten Advent sah Harriet eine dunkle Gestalt im Garten umherschleichen. Die Nacht war ungewöhnlich finster, sodass sie nur die Silhouette eines Mannes erkennen konnte. Er war mit Pudelmütze und langem

Mantel bekleidet. Als er begann, Lichterketten von den Tannen zu reißen und die Krippenfiguren umzuwerfen, wurde Harriet wütend. »Ich bringe dich um«, flüsterte sie, huschte in den Garten und ging hinter dem Geräteschuppen in Deckung. Doch die Gestalt war verschwunden. Da bellte ein Hund. »Bei Fuß, Wotan!« Harriet spähte zum Nachbargrundstück hinüber und sah gerade noch, wie Wilbert Köhler im Haus verschwand. Er trug einen langen Mantel.

Am nächsten Morgen passte Edda den Nachbarn ab, als er mit seinem Hund spazieren ging. »Herr Köhler. Wir möchten Sie bitten, unsere Außendekoration in Zukunft in Ruhe zu lassen«, sagte sie mit Nachdruck. Der Nachbar sah sie mit großen Augen an. Aber Edda ließ sich nicht beirren.

»Harriet hat Sie letzte Nacht in unserem Garten beobachtet«, erklärte sie.

»Mich? In Ihrem Garten? Aber das ist doch völliger Unsinn, ich …« – »Sie brauchen es gar nicht abzustreiten«, fiel Edda ihm ins Wort. »Wir wissen, dass Sie es waren, und wir möchten Sie bitten, das zu unterlassen.« – »Ach, Sie sind ja nicht ganz richtig im Kopf!«, schrie Wilbert Köhler. Mit hochrotem Kopf zog er mit Wotan an der Leine fluchend davon.

Von diesem Tag an sanken die Temperaturen zwischen den Nachbarn weit unter den Gefrierpunkt. Edda und Harriet versuchten Wilbert Köhler zu ignorieren. Doch er grölte nachts vor ihrem Haus herum, beschimpfte sie lauthals und stahl ihnen die Morgenzeitung. Außerdem ließ er Wotan frei herumlaufen. Der Hund nahm sofort den Garten der beiden Frauen in Besitz und bellte unaufhörlich, wenn sie das Haus verlassen wollten. Edda, die sich vor Hunden fürchtete, traute sich kaum noch vor die Tür und lebte in ständiger Sorge um Alberta. Harriet rief ein paar Mal die Polizei, doch die Beamten schienen ihre Beschwerden nicht recht ernst zu nehmen. Der Nachbar stritt alle Vorwürfe ab und stellte sich selbst als Opfer dar.

Weihnachten rückte näher. Harriet und Edda versuchten, sich auf die Vorbereitungen für das Kletkesingen zu konzentrieren. Sie kauften Kerzenhalter mit Windglas für ihre Tanne, bestellten Glühwein und telefonierten mit der Blaskapelle der freiwilligen Feuerwehr. Eines Morgens dann war Alberta verschwunden. Edda und Harriet suchten sie im ganzen Haus, doch sie fanden die Katze nicht. Als Harriet am Mittag die Post aus dem Briefkasten holte, lag Alberta steif gefroren unter der Rosenhecke. Harriet spürte, wie ihr das Blut aus dem Gesicht wich. Sie drückte die geliebte Katze an sich. Dabei sah sie die Wunde an Albertas Hinterkopf. »Das soll er büßen«, flüsterte sie.

Wilbert Köhler klingelte zaghaft und grinste unsicher, als Harriet ihm die Tür öffnete. Umständlich überreichte er ihr ein Adventsgesteck mit lilafarbenen Kerzen.

»Wie es hier duftet ... und diese Musik«, bemerkte er erfreut.

»Herr Köhler«, begann Edda, während sie ihm Brot und Brombeermarmelade reichte, »wir haben Sie heute eingeladen, um uns bei Ihnen zu entschuldigen. Wir haben Sie zu Unrecht verdächtigt.«

»Das sagten Sie bereits am Telefon«, antwortete der Nachbar gut gelaunt und strich sich die selbst gemachte Marmelade dick aufs Brot. »Es freut mich, dass Sie nun einsehen, dass ich mit den Verwüstungen in Ihrem Garten nichts zu tun habe.« Er blinzelte Edda zu, grunzte vergnügt und löffelte ungeniert Marmelade aus dem Glas. »Lecker«, sagte er anerkennend und begann dann unaufgefordert, den beiden in aller Ausführlichkeit seine Lebensgeschichte zu erzählen. Harriet seufzte verstohlen, während Edda Interesse vortäuschte. Köhler redete und aß, bis er ganz plötzlich verstummte. Seine Lippen schwollen an. »Mir ist nicht gut ... ich glaube, ich ...«, stammelte er und versuchte aufzustehen, was ihm jedoch nicht gelang. Stattdessen würgte er und übergab sich über seinem Teller. Edda sprang auf und hielt seinen Kopf. Harriet war wie gelähmt. Sie starrte Köhler mit offenem Mund an. Schweißperlen rannen ihm von der Stirn und in seinen Augen stand blankes Entsetzen. Seine Pupillen weiteten sich. Er röchelte. Er wollte etwas sagen, doch es kamen nur noch einige unverständliche Laute aus seinem Mund. Ein kurzes Zucken, dann sackte er zur Seite und blieb reglos liegen.

»O mein Gott!«, schrie Harriet. »Was hast du ihm gegeben? Ihm sollte nur übel werden. Er sollte Durchfall und Magenkrämpfe bekommen. Ein Denkzettel, so hatten wir es abgemacht, aber nun ... er sieht so ... so tot aus.«

Edda war alle Farbe aus dem Gesicht gewichen. »Ich weiß nicht ... Er muss wohl schon vorher ein Herzleiden gehabt haben«, sagte sie leise. »Anders kann ich mir das nicht erklären.«

»Er *hatte* ein Herzleiden«, bestätigte Harriet.

»Du hast es gewusst?« Edda sah ihre Freundin irritiert an. – »Der Pfarrer hat es mal erwähnt. Ich wusste ja nicht, dass es wichtig ist.« – »O nein!«, stöhnte Edda. »Ich habe Atropa belladonna und Daphne mezereum in die Marmelade getan.« Harriet sah Edda fragend an. »Tollkirschen und Seidelbastsamen«, flüsterte Edda. »Kleine Mengen erzeugen Schwellungen und Übelkeit. Aber für einen Herzpatienten kann schon eine geringe Dosis tödlich sein.«

»Das sehe ich.« Harriet raufte sich verzweifelt die Haare. »Und jetzt? Jetzt haben wir hier einen Toten in unserem Wohnzimmer liegen. Was machen wir denn nur?« – »Aber es war ein Unfall«, wandte Edda ein. »Wir wollten ihn nicht töten.«

»Tollkirschen und Seidelbastsamen! Du bist die Expertin – spielt man da nicht zwangsläufig mit dem Tod?«

»Nicht wenn die Dosierung stimmt«, beharrte Edda. Harriet funkelte sie wütend an. »Streiten hilft uns nun auch nicht weiter«, schloss Edda und begann zu weinen. Harriet ließ sich auf einen Sessel fallen und starrte ins Leere. Von schweren Gewissensbissen geplagt, fassten die beiden gegen Mitternacht den Entschluss, die Leiche von Wilbert Köhler vorerst als schlafenden Hirten in die Krippenszene zu integrieren. Die Temperaturen lagen immer noch unter dem Gefrierpunkt. Während Edda dem toten Nachbarn widerwillig ein altes Hirtengewand überstreifte, ging Harriet mit Spitzhacke und Schaufel in den Garten und grub hinter Maria und Josef eine Mulde. Es war bitterkalt. Ein Schneesturm erschwerte ihre Arbeit. Als sie endlich fertig war, sah sie Wotan. Er stand hinter der geschlossenen Terrassentür und bellte sich die Seele aus dem Leib.

Der nächste Tag war der vierte Advent. Der Tag des Kletkesingens. Ein schneidender Wind pfiff über das vereiste Land. Edda und Harriet konnten einander nicht in die Augen sehen. Aber sie registrierten beide erleichtert, dass Wilbert Köhlers Leiche vollkommen mit Eis und Schnee bedeckt war.

Am Nachmittag kam die Sonne heraus und schwächte den kalten Nordwind ab. Nach und nach füllte sich der Garten mit Besuchern. Kinder tollten umher, während die Erwachsenen sich in kleinen Grüppchen unterhielten und Glühwein tranken. Als die Blaskapelle der freiwilligen Feuerwehr gemeinsam mit dem Bürgermeister eintraf, konnte der offizielle Teil der Feier beginnen. Der Pfarrer hielt eine kleine Rede zu Ehren des großen Texters, als plötzlich ein Mann in die Veranstaltung platzte. Er stellte sich breitbeinig vor die versammelte Gemeinde und blickte streitlustig in die Runde. Der Fremde hielt Wotan an der

Leine. Der Hund knurrte und fletschte die Zähne. Edda wurde schlecht. »Ich heiße Berthold Köhler«, sagte der Mann mit fester Stimme. Er hatte sichtlich Mühe, den Schäferhund, der in Richtung Krippe zog, an der Leine zu halten. Edda und Harriet tauschten ängstliche Blicke.

»Ich bin heute Morgen angekommen, um das Weihnachtsfest bei meinem Vater zu verbringen. Aber er ist verschwunden.« Die Leute sahen sich fragend an.

»Wotan war allein im Haus. Mein Vater hätte ihn niemals zurückgelassen. Er hat mir von Streitigkeiten erzählt. Was ist hier passiert?« Wotan riss nun so heftig an der Leine, dass Berthold Köhler ihn nicht mehr halten konnte. Er ließ ihn los. Der Hund sprang zur Krippe und stürzte sich bellend auf den schlafenden Hirten. Edda hielt die Luft an. Harriet schloss die Augen. Gleich würde alles herauskommen. Gleich würden sie vor allen Leuten als Mörderinnen entlarvt werden. Doch niemand achtete auf Wotan. Die Versammelten ärgerten sich über den Eindringling, der ihr jährliches Adventssingen störte. »Sie haben meinem Vater etwas angetan!«, schrie Berthold Köhler mit hochrotem Kopf und hob drohend eine Faust. Einige Kinder begannen zu weinen. Wotan winselte und scharrte verzweifelt mit den Pfoten im Eis. »Sie sind ja verrückt!«, rief ein Mann. »Hauen Sie ab oder wir machen Ihnen Beine!«

Die Blaskapelle stimmte das Lied *Am Weihnachtsbaum die Lichter brennen* an. Die Posaunen übertönten Berthold Köhlers Geschrei. Er tobte und fluchte noch eine Weile, doch dann riss er Wotan von der Krippe fort und stapfte wütend zum Haus seines Vaters. Harriet und Edda atmeten auf. Aber sie genossen weder die Lichterprozession noch das Krippenspiel der zukünftigen Kommunionkinder. Die Anspannung wich auch nicht, als der letzte Gast gegangen war. Sie fühlten sich schrecklich.

Schweigend saßen sie im Wintergarten, als es an der Haustür

klingelte. Gemeinsam gingen sie zur Tür. Draußen stand ein Junge von höchstens siebzehn Jahren mit hochgeschlagenem Mantelkragen und einer schwarzen Strickmütze, die er tief ins Gesicht gezogen hatte. Harriet spürte ein flaues Gefühl in der Magengegend.

»Ich heiße Rouven Torwald«, sagte der Junge. »Ähm, ich bin gekommen, um mich bei Ihnen zu entschuldigen. Ich habe ... ich bin einige Male in Ihren Garten, ich meine ... ich habe Ihre Weihnachtsdekoration zerstört.« Edda starrte Harriet an. »Es tut mir Leid«, beteuerte Rouven. »Nur ... na ja ... meine Familie ... sie waren alle so enttäuscht darüber, dass das Adventssingen nicht bei uns stattfinden sollte, wo Hermann Kletke doch schließlich in unserem Haus gelebt hat.«

Schweigen.

»Sagen Sie doch etwas!«, flehte der Junge. »Ich ... kann ich irgendwas tun?«

»Es ist zu spät«, sagte Harriet, schloss die Tür und sank auf den Dielenboden. Rouven klingelte wiederholt, doch die beiden hatten nicht die Kraft, zu reagieren. Ihr Leben war zerstört, es gab keinen Ausweg. Mit dieser Schuld konnten sie nicht weiterleben. Niemals.

»Ich habe uns aus den Blättern des roten Fingerhuts einen Tee aufgebrüht«, sagte Edda später. Harriet schluckte. »Wird es schnell gehen?«, fragte sie. Edda nickte. Harriet setzte sich neben ihre Freundin und sah hinaus in den Garten. Gemeinsam tranken sie den Tee. Die Lichter an den verschneiten Tannen strahlten im festlichen Glanz. Die Welt sah so friedlich aus.

»Am Weihnachtsbaum die Lichter brennen«, flüsterte Edda und hielt ihre Tränen nicht zurück. »Wie glänzt er festlich, lieb und mild, als spräch er: Wollt in mir erkennen getreuer Hoffnung stilles Bild.« Sie drückte Harriet an sich. »Kein Ohr hat ihren Spruch vernommen«, sagte Harriet. Das Sprechen fiel ihr bereits schwer. »Unsichtbar jedes Menschen Blick sind sie gegangen, wie gekommen, doch Gottes Segen bleibt zurück.«

Ina Coelen

Kling, Glöckchen, kling

»Hella hat heute angerufen.« Piet setzte sich neben mich und legte mir beruhigend den Arm um die Schultern. Er wusste, dass ich auf den Namen seiner Exfrau allergisch reagierte. Ich versuchte mich weiter auf meine Arbeit zu konzentrieren. Gerade nähte ich winzige Stoffreste zu dreieckigen Engelskörpern zusammen, auf denen ich später die bestickten Köpfchen anbringen würde. Bis zur nächsten Woche musste ich sechzig Stück abliefern. Wir konnten gerade zur Weihnachtszeit ein zusätzliches Einkommen immer gut gebrauchen. Piet sah mir schweigend zu.

»Hella sagte, ich soll dich fragen, ob du einverstanden wärst, wenn die Kinder Weihnachten bei uns verbringen würden.« Er sah mich mit seinen großen braunen Augen an. Ich wusste, dass Hella ganz bestimmt nicht von »fragen« gesprochen hatte – sie hatte wohl eher bestimmt, dass die Kinder zu uns kämen. Schon im letzten Jahr hatte sie ihre drei Kinder bei uns abgeladen, um die Feiertage mit ihrem neuen Lover auf Malta zu verbringen. Es sah Hella ähnlich, das jetzt zur Tradition zu machen. Wie immer hatte sie Piet um den Finger gewickelt und ich wurde vor vollendete Tatsachen gestellt.

Piets Tochter Romi war zwölf Jahre alt. Sie hatte, seit ihre Eltern sich vor knapp zehn Jahren getrennt hatten, ihre Ferien, Ostern und Weihnachten, immer mit Piet verbracht. Die fünf-jährigen Zwillinge Tom und Jerry, die eigentlich Thomas und Jeremias hießen, waren nicht von Piet. Hella hatte das zwar mal behauptet, doch Piet und ich waren schon seit sieben Jahren zu-sammen und hatten vor fünf Jahren geheiratet. Aus dem Namen des wirklichen Vaters hatte Hella bisher ein Geheimnis ge-macht. Einmal hatte sie behauptet, er gehöre zur Mafia, aber wahrscheinlich wollte sie sich damit nur wichtig machen.

»Ich hab Hella gesagt, dass du bestimmt einverstanden bist«, fuhr Piet fort. »Du magst die Kinder doch auch.«

»Natürlich mag ich die Kinder«, erwiderte ich zögernd.

»Dann sind wir Weihnachten eine richtige Familie«, lachte Piet. Eine richtige Familie wäre mein Traum gewesen, aber Piet und ich konnten uns keine Kinder leisten. Jeden Monat muss-ten wir einen größeren Betrag an Hella überweisen. Während ihrer dreijährigen Ehe hatte Piet als freischaffender Fotokünst-ler sehr gut verdient. Sie hatten einen aufwändigen Lebensstil gepflegt. Bei der Scheidung wurde für Hella und Romi eine stattliche Summe als Unterhalt festgesetzt, obwohl sich Piets Bilder zu der Zeit schon nicht mehr gut verkauften. Hellas erst-klassiger Anwalt hatte einen Unterhalt durchgesetzt, der es ihr ermöglichte, ihren Lebensstandard zu halten. Piet hatte aus Kos-tengründen auf einen teuren Rechtsanwalt verzichtet. Sie be-hielt das Haus, Piet nahm nur seine Arbeitsutensilien und sei-ne Kleidung mit.

Ich verdiente nicht schlecht als Orgaleiterin bei einer mittelgroßen Werbeagentur. Ursprünglich war ich dort als Te-lefonistin eingestellt worden, doch dann entdeckte man mein Talent und für mich wurde die Stelle einer Organisationsdi-rektorin erfunden. Wenn irgendetwas gebraucht wurde – sei es ein spezielles Papier für transparente Drucksachen oder eine Stretchlimousine für ein Fotoshooting –, ich konnte es beschaffen.

Allerdings mussten immerhin zwei Familien von meinem Gehalt leben. Piet hatte vor zehn Jahren eine Schaffenskrise, und wenn man bösartig war, könnte man behaupten, dass sie immer noch anhielt. Er verkaufte nur selten etwas. Aber ich glaubte an ihn. Irgendwann würde er den Durchbruch wieder schaffen. Wenn es nicht zu lange dauerte – immerhin war ich schon Ende dreißig –, könnten wir dann vielleicht ein Kind haben.

Piet hieß natürlich nicht wirklich so. Doch da sein richtiger Name Peter Müller lautete, wird wohl jeder verstehen, dass er sich den Künstlernamen »Piet Muller« zulegte. Keiner in seiner Familie wurde so genannt, wie er hieß – Hella hieß eigentlich Helga, aber das war ihr zu spießig. Romi hieß Rosemarie, so wie Piets Mutter, aber die wollte wiederum nur Rose genannt werden. Ich heiße Ira, so steht es in meinem Pass und ich wurde auch immer schon so genannt.

Am Morgen des vierundzwanzigsten Dezember war ich mit fast allen Vorbereitungen für die Festtage fertig. Die Wohnung war geschmückt, alles in Rot und Grün, und es roch nach Tanne und Zimt. In der Diele hing über der Eingangstür ein Mistelzweig mit einer tuffigen roten Schleife und kleinen goldenen Glöckchen. Jedes Mal, wenn die Tür geöffnet wurde, schlugen sie durch den Luftzug aneinander und klingelten in sanften, hellen Tönen. Das war für mich der typische Weihnachtsklang. So hatte es geklungen, wenn in meiner sorglosen Kindheit zur Bescherung geläutet wurde. Anstelle eines Tannenbaumes hatten wir ein schwarzes Metallgestell, an dessen Querstangen ich Weihnachtsgebäck und verschiedene Glocken aufgehängt hatte.

Ich hatte pünktlich meine Engelchen abgeliefert und dafür ein nettes Weihnachtsgeld bekommen. Alle Geschenke auf meiner Liste hatte ich besorgt und war ausgesprochen stolz, dass ich Piet die teure Designeruhr schenken konnte, auf die er schon lange ein Auge geworfen hatte. Ich hatte genügend Lebensmittel für die Festtage besorgt und alle Zutaten für die Kuchen, die ich am ersten Weihnachtstag backen wollte, wenn meine Eltern zum Kaffee kämen. Hella wollte die Kinder am ersten Weihnachtstag abends bringen und eine Woche später wieder abholen. Die Agentur hatte zwischen den Jahren geschlossen, sodass ich die Woche nach Weihnachten freihatte. Piets Eltern würden wie jedes Jahr am zweiten Weihnachtstag kommen. Für Heiligabend hatte Piet bei »Der Pate«, einem Nobelitaliener, einen Tisch bestellt, nur für uns zwei. Meine Planung war perfekt.

Es war Heiligmittag, wenn man es denn so nennen kann, und ich steckte mit beiden Händen in dem Teig für meinen ersten selbst gebackenen Christstollen, als es klingelte. Mit dem teigfreien Ellenbogen gelang es mir, die Wohnungstür aufzuklinken, vor der meine Schwiegermutter nebst Koffer stand.

»Lasst mich rein, Kinder!«, rief sie energisch und stürmte an mir vorbei, sodass die Glöckchen über der Wohnungstür hektisch aneinander schlugen. Sie stürmte schnurstracks in Piets Atelier und ließ sich auf die Corbusierliege fallen.

»Ich lass mich scheiden«, stöhnte sie, »diesmal endgültig.«

Piet spähte hinter seinem Computer hervor.

»Guten Tag, Rose. Du bist zwei Tage zu früh, ihr seid erst für den zweiten Weihnachtstag eingeladen.«

»Hast du nicht gehört, Piet? Ich habe mich von deinem Vater getrennt. Ich werde fürs Erste bei euch wohnen.« Sie strich ihren dunklen Rock glatt und sah mich herausfordernd an.

»Was hast du mit deinen Händen gemacht?«

»Ich backe Stollen«, antwortete ich brav.

»Für Weihnachten?«, fragte Rose. »Das ist zu spät. Stollen

schmeckt erst richtig, wenn er mindestens eine Woche alt ist. Am besten machst du mir erst mal das Gästezimmer zurecht.«

»Tut mir Leid«, sagte ich, »aber du weißt doch, wir haben kein Gästezimmer, und mein Nähzimmer habe ich schon für die Kinder frei gemacht. Die Jungs werden auf dem Ausziehsofa schlafen und Romi auf der Gästeliege. Da ist kein Platz mehr für dich.«

»Dann schlafe ich im Atelier«, entschied Rose.

»Kommt gar nicht infrage, im Atelier darf niemand schlafen außer mir«, erklärte Piet.

»Und das auch nur während der Arbeitszeit«, fügte ich bissig hinzu und entschwand Richtung Küche. Ich bereitete alles für das morgige Weihnachtsessen vor und war froh, dass die beiden mich allein ließen. Als ich später das Wohnzimmer betrat, saß Piet allein auf dem Sofa. Er zog mich sanft zu sich herunter.

»Also, Schätzchen, wir haben uns geeinigt, dass Rose unser Schlafzimmer nimmt. Ich schlafe auf der Liege im Atelier und du hast die Wahl zwischen deinem Bett und dem Wohnzimmersofa.«

»Das ist ein Witz«, sagte ich trocken.

»Das ist kein Witz«, erwiderte Piet und tat zerknirscht. Demonstrativ nahm ich das Telefon und bestellte den Tisch bei »Der Pate« ab. Traurig sah Piet mich an. »So schlimm?«

Rose kam ins Zimmer. »Was gibt es zum Abendessen?« »Spagetti«, antwortete ich, woraufhin Piet in gespieltes Entzücken ausbrach: »Spagetti mit Tomatensoße, mein Leibgericht!«

»Verrückter Kerl, deck lieber den Tisch!«

»Das würde sich dein Vater nicht bieten lassen«, kommentierte Rose. »In all den Jahren, in denen wir verheiratet waren, habe immer ich den Tisch gedeckt.«

»Aha«, bemerkte Piet, »das war der Fehler.«

»Du bist ein Kindskopf!«, schimpfte Rose. »Unsere Ehe ist zerrüttet.«

Plötzlich klingelte es. Piet drückte seiner Mutter die Teller in die Hand. »Deck mal den Tisch, wie du es gewohnt bist. Ich schau nach, ob das schon das Christkind ist.«

»Wenn es dein Vater ist, ich bin nicht da!«, rief Rose, stellte die Teller ab und rannte in unser Schlafzimmer.

»Lasst ihr uns rein?«, fragte Hella. Sie sah aus, als käme sie gerade von einem Fototermin. Die blonden Locken hatte sie hochgesteckt, ihre Augen waren blau geschminkt und ihr Mund tiefrot. Sie trug einen weißen Mantel aus Teddystoff, dazu knallrote Stiefeletten. Man hätte sie für die Tochter vom Weihnachtsmann halten können.

»Na, wo ihr schon mal da seid«, erwiderte Piet und hielt die Tür auf, bis alle mit ihrem Gepäck in unserer Diele standen. Die Glöckchen in den Mistelzweigen klingelten und Hella fiel Piet um den Hals und küsste ihn.

»Küssen unterm Mistelzweig – wenn das kein Glück bringt«, säuselte sie. Tom und Jerry stürzten ins Wohnzimmer und ließen sich mit ihren Gameboys in einer Ecke nieder. Romi rang sich ein müdes »Hi!« ab. Sie hatte Kopfhörer auf den Ohren und fummelte gelangweilt an ihrem Discman herum. Hella nahm auf dem Sofa Platz.

»Wir sind zu früh, ich weiß, aber es ist ein Notfall.«

»Ein Notfall?«

Hella schnitt Grimassen und deutete auf die Zwillinge, um uns klar zu machen, dass sie vor den Kindern nichts sagen wollte.

»Wir haben noch nicht mal gegessen. Ich musste Hals über Kopf unsere Sachen zusammenpacken.«

»Ich setze noch einen zweiten Topf Spagetti auf«, sagte ich.

»Ihr esst Spagetti zu Weihnachten?« Hella warf Piet einen mitleidigen Blick zu. »Wenn ich denke, was wir früher …« Sie hielt inne – offenbar wollte sie es sich nicht gleich zu Beginn mit mir verscherzen.

Als das Essen fertig war, kam Rose aus unserem Schlafzimmer. Die Mahlzeit verlief wenig weihnachtlich. Rose war verstimmt, dass sie nicht mehr im Mittelpunkt stand. Romi verweigerte die Nahrungsaufnahme, weil ich darauf bestand, dass sie die Kopfhörer zum Essen abnahm, und die Zwillinge versuchten ihre Nudeln mit den Fingern zu essen. Ich war eingeschnappt, dass Hella mir die Rolle der bösen Stiefmutter zugeschoben hatte. Nach dem Essen, als die Kinder sich vor den Fernseher zurückzogen, rückte Hella mit der Sprache heraus. Sie erzählte eine haarsträubende Geschichte – der Erzeuger von Tom und Jerry sei plötzlich aufgetaucht und wolle die Jungs nach Italien entführen. Piet war auffallend still geworden, dann sagte er mit versteinerter Miene: »Verdammt, Hella! All die Jahre hast du mir weisgemacht, ich sei der Vater der Jungs. Ewig bist du wegen Geld angekommen und hast mir ein schlechtes Gewissen gemacht. Jetzt erfahre ich so nebenbei, dass du genau wusstest, dass ein Spagetti der Vater ist?«

»Ich musste doch auch sehen, wo ich bleibe.« Hella zog eine Schnute. »Du hast für die zwei doch nur sporadisch bezahlt, wenn du gerade mal was verkauft hattest. Dafür habe ich dir das Gefühl geschenkt, dass du zwei fantastische Söhne hast.« Sie warf mir einen abschätzenden Blick zu. »Ira steht ja mehr auf Karriere als auf Kinder. Für die Jungs ist es auch besser, wenn sie denken, du seist ihr Vater. Was meinst du, Rose?« Meine Schwiegermutter ergriff Hellas Hand. »Sicher. Kinder brauchen einen Vater. Ich war sowieso gegen eure Scheidung.« Sie zögerte. »Dann sind die Jungs also gar nicht meine Enkel? Und ich habe ihnen etwas zu Weihnachten gekauft!«

Ich war wie versteinert. Schließlich stand ich auf, trat hinter meinen Stuhl und sagte ganz ruhig: »Ich finde euch ziemlich geschmacklos. Ist dir klar, Rose, was du für einen Unsinn redest? Du hast Piets Vater mal wieder wegen einer Nichtigkeit verlassen und kannst von Glück sagen, dass er dich bisher immer wieder zurückgenommen hat. Wenn du Pech hast, merkt er bald, dass du eine egoistische alte Frau bist. Und wo bleibst du dann? Ganz sicher nicht in meiner Wohnung. Überhaupt solltest du dir mal gründlich überlegen, wie du mit mir umgehst.« Rose war blass geworden. Hella grinste, bis ich mich an sie wandte: »Hella, dich habe ich immer schon für einen Schmarotzer gehalten. Du glaubst, ich bin die Kuh, die du melken kannst, aber da befindest du dich im Irrtum. Wenn ich euch bisher finanziell unterstützt habe, dann habe ich das für Romi und ihre Brüder getan und weil ich Piets Frau bin. Vielleicht auch aus Mitleid mit dir, weil du auch schon auf dem besten Weg bist, eine egoistische alte Frau zu werden. Du darfst mich um monatlichen Unterhalt bitten, solange du nicht auf eigenen Beinen stehst und solange du nicht meine Gefühle verletzt.« Hella schluckte und sah hilflos zu Piet.

»Und du, Piet, hast bis morgen früh Zeit, dir eine Ausrede einfallen zu lassen, wieso du Hella hinter meinem Rücken Geld gegeben hast. Und wie es sein kann, dass du geglaubt hast, die Zwillinge könnten deine Kinder sein, obwohl wir schon fünf Jahre verheiratet sind.« Ich blickte ihm fest in die Augen. »Ich schlafe heute im Atelier. Gute Nacht allerseits, und vergesst nicht, den Tisch abzuräumen.« Innerlich zitterte ich, und es fiel mir nicht leicht, die Stuhllehne loszulassen, an der ich mich festgehalten hatte. Ich holte mein Bettzeug aus dem Schlafzimmer und schloss mich im Atelier ein. Es hatte gut getan, Dampf abzulassen. Seit Rose gekommen war, hatte ich mich wie ein Schuhabtreter gefühlt. Ich zog mich aus und schlüpfte unter die Decke. Plötzlich wurde mir klar, dass Heiligabend war, dass ich alles ganz anders geplant hatte und dass ich mit meinem Ausbruch den ganzen Abend verdorben hatte. Dann liefen mir die Tränen hinunter.

Ich schlief erst sehr spät ein. Als ich am nächsten Morgen von einem polternden Geräusch geweckt wurde, war es schon nach elf Uhr. Ich lauschte, konnte aber nichts hören. Der gestrige Abend kam mir in Erinnerung. Ich hatte Piet und mich in eine ausweglose Lage manövriert, und das vor meiner Schwiegermutter und Hella. Warum wollte ich wissen, was vor fünf Jahren zwischen Hella und Piet gewesen oder nicht gewesen war? Ein Stöhnen entfuhr mir. Im selben Moment glaubte ich, ein Stöhnen aus dem Wohnraum zu hören. Ich schlüpfte in meine Kleider und verließ auf Zehenspitzen das Atelier. Jemand hatte auf dem Sofa geschlafen. Dort lagen ein Kopfkissen und eine zerwühlte Wolldecke. Der Esstisch war tatsächlich abgeräumt worden, dafür türmten sich dort jetzt Geschenkpapier und Kräuselband. Offensichtlich hatte die Bescherung ohne mich stattgefunden. Das geschah mir recht. Etwas klapperte im Badezimmer. Waren die anderen schon wach? Mein Blick streifte das Bücherregal neben der Kommode, und mir fiel sofort auf, dass der große Bildband »Die berühmtesten Glocken der Welt« nicht an seinem Platz stand. Nach einem vorsichtigen Blick ins Nähzimmer, wo Romi noch selig schlummerte, spähte ich in unser leeres Schlafzimmer. Wieder drangen Geräusche aus dem Bad. Beherzt drückte ich die Klinke der Badezimmertür hinunter. Es war abgeschlossen.

»Wer ist da?«, brüllte ich energisch. Niemand antwortete. »Aufmachen!« Ich bollerte gegen die Tür. Plötzlich wurde sie aufgerissen und jemand zerrte mich gewaltsam in den Raum.

»Mach nicht so einen Lärm, sonst weckst du Romi auf.« Hellas Haare standen strähnig vom Kopf ab, ihr Make-up war verschmiert. »Du musst mir helfen!«, krächzte sie und deutete auf den Badezimmerteppich, der über etwas geworfen war. Ich klappte das eine Ende des Teppichs hoch.

»Mario. Er ist tot«, erklärte Hella. »Er ist heute Morgen hier aufgetaucht und wollte mir die Jungs wegnehmen.« Der Mann, der da lag, musste mal gut ausgesehen haben – gebräunter Teint, schlank, nicht sehr groß, vielleicht eins siebzig, schwarze Haare, zwischen denen jetzt eine blutige Wunde klaffte.

»Wann ist er gekommen?«

»Direkt nachdem Piet gefahren war«, schluchzte Hella.

»Piet bringt Rose zu seinem Vater zurück. Die Kinder sollten mitfahren, nur Romi wollte nicht. Sie haben Weihnachtsstollen mitgenommen und wollen bis nach dem Kaffee wegbleiben. Piet meinte, bis dahin würdest du dich wieder beruhigt haben, und heute Abend will er mit dir beim Paten essen gehen.« Hella deutete auf den Badezimmerteppich. »Als Piet gerade weg war, klingelte es. Ich dachte, er hätte etwas vergessen. Aber es war Mario. Er kam einfach hereinspaziert und wollte die Jungs abholen. Nur über Weihnachten, hat er gesagt, aber ich kenne ihn. Er hätte sie mitgenommen nach Sizilien und ich hätte sie nie wieder gesehen.« Hella brach in heftiges Schluchzen aus.

»Es war ein Unfall, das musst du mir glauben. Er stand da im Wohnzimmer, eiskalt, und hat auf überlegenen Macker gemacht, da habe ich das Buch aus dem Regal genommen und ihm damit eins übergezogen. Ich konnte doch nicht ahnen, dass er gegen die Kommode fällt und sich den Kopf aufschlägt. Du musst mir helfen, bitte! Wenn du mir jetzt hilfst, tu ich alles, was du verlangst.« Das war ein Angebot, das ich schlecht ausschlagen konnte. Eine einmalige Gelegenheit.

»Okay«, sagte ich, »mir fällt schon was ein.«

»Aber schnell, bevor Romi wach wird.«

Für Hella ging es um Leben und Tod. Ich schlüpfte aus dem Badezimmer und kam mit einem Laken wieder. Hella hatte sich inzwischen einigermaßen zurechtgemacht und blickte mich erwartungsvoll an. Wir wickelten Mario erst in das Laken und dann in den Badezimmerteppich. Das Buch hatte Hella in den Wäschekorb gelegt. Ich untersuchte es auf Blutspuren und stellte es dann zurück ins Regal.

»Und jetzt?«, fragte Hella. »Wohin mit Mario?«

»Wir legen ihn in deinen Kofferraum.«

»Und dann?«

»Dann fahre ich deinen Wagen und du fährst mit meinem hinterher. Wir stellen dein Auto in der Tiefgarage der Agentur ab. Dort wird bis Neujahr nicht gearbeitet. Falls Mario schon anfängt zu stinken, wird es niemandem auffallen.«

»Wir müssen uns beeilen, damit Romi nichts mitkriegt.« Hella öffnete vorsichtig die Badezimmertür. »Die Luft ist rein. Schnell, fass mit an.« Mario wog höchstens siebzig Kilo. Ich klemmte mir seine Unterschenkel unter den Arm, und es war kein Problem, ihn bis zur Wohnungstür zu schleppen. Dort setzten wir ihn ab, weil Hella ihren Autoschlüssel holen musste. Langsam öffnete ich die Tür, wobei die Glöckchen am Mistelzweig gegeneinander schlugen.

»Pssst!«, machte Hella.

Ich nahm Marios Beine wieder auf, und Hella packte den Teppich dort, wo sie Marios Schultern vermutete. Aber er rutschte ihr weg und fiel zu Boden. Hektisch beugte sie sich vor und stieß dabei mit dem Hinterteil gegen die Tür. Die Glöckchen tanzten bimmelnd hin und her. »Ganz ruhig, es ist niemand im Haus. Der junge Mann, der unterm Dach wohnt, besucht über Weihnachten immer seine Eltern in Köln«, erklärte ich. Ohne weitere Komplikationen hievten wir die Leiche in Hellas Sharan, der unmittelbar vor der Tür parkte. Was für Hella selbstverständlich war, nämlich dass eine allein erziehende Mutter mit drei Kindern einen Wagen mit acht Sitzen und geräumigem Kofferraum brauchte, erwies sich nun als praktisch. Wir konnten Mario problemlos in der Tiefgarage der Agentur zwischenlagern und kehrten mit meinem Wagen zurück. Gemeinsam räumten wir die Wohnung auf. Die ganze Zeit über genoss ich Hellas lauernden Blick. Sie konnte es kaum erwarten, von mir zu hören, wie sie Mario endgültig loswerden könnte. Kurz bevor Piet zurückkam, hielt sie es nicht mehr aus und zerrte mich ins Bad.

»Du hast mich reingelegt«, zischelte sie, kaum dass ich die Tür hinter mir geschlossen hatte.

»Du wolltest nur, dass Mario aus deiner Wohnung verschwindet. Jetzt liegt seine Leiche in meinem Auto und ich bin dir ausgeliefert.«

»Aber Hella, im Moment können wir nichts tun als Weihnachten feiern.« Ich lächelte engelsgleich. »Du hast gesagt, dass du alles tun wirst, was ich will, wenn ich dir helfe.« Ich legte eine angemessene Pause ein. »Du hast jetzt Zeit, zu überlegen, was das denn sein könnte.« Das war teuflisch. Ich stellte keine konkreten Forderungen, sondern ließ sie entscheiden, was sie tun könnte, um mich zufrieden zu stellen.

»Übermorgen fahren wir zu deiner Wohnung und suchen alten Hausrat und Sperrmüll, den wir über Marios Leiche drapieren. Bis dahin habe ich auch herausgefunden, welche Müllverbrennungsanlage zwischen den Feiertagen geöffnet ist. Da bringen wir Mario hin.«

»Müllverbrennungsanlage?« Hella verstand nicht.

»Wenn du Sperrmüll zur Verbrennungsanlage fährst, wird das Auto zuerst mit dem Müll und am Ende leer gewogen. Die Gebühr richtet sich nach dem Gewicht. Zwischenzeitlich fährst du zur Rampe und schmeißt deinen Müll eigenhändig aus dem Wagen in den Trichter. Große automatische Greifarme packen den Müll, der dann verbrannt wird. Wenn Mario in die Tiefe gerutscht ist, merkt kein Mensch, dass es sich in diesem Fall um eine illegale Feuerbestattung handelt. Friede seiner Asche.«

»Genial!«, hauchte Hella, und ich war ihrer Meinung.

Es wäre übertrieben, zu behaupten, wir beide seien Freundinnen geworden. Dafür sehen wir uns seit diesem Weihnachtsfest viel zu selten. Hella behandelt mich auf eine sehr entgegenkommende, respektvolle Art. Wenn sie die Kinder bringt oder holt, fällt sie Piet nicht mehr um den Hals, um ihn abzuknutschen. Sie arbeitet halbe Tage bei einer Galerie und hat angeboten, eine Ausstellung für Piet zu organisieren. Vor den Osterferien rief sie mich an, die Kinder würden uns gern besuchen – wann es mir denn recht sei. Und als sie einen Käufer für das Haus gefunden hatte, überwies sie die Hälfte des Erlöses auf Piets Konto. Ich überlege, ob ich ihr nächstes Jahr zu Weihnachten das Buch »Die berühmtesten Glocken dieser Welt« schenke.

Michaela Küpper

Es ist ein Ros' entsprungen

Augen so klar wie Tautropfen, die Haut zart wie ein Blütenblatt, die Lippen eine rosafarbene Knospe – wenn ich dich anschaue, geht mir das Herz über vor Liebe. Ich kann mich nicht satt sehen an deinem Anblick, versinke ganz und gar darin, und dann vergesse ich für einen Moment, dass du kein Mensch bist. Oder sollte ich sagen: »nicht menschlich«? Oder besser: »nur zur Hälfte Mensch«? Doch all das klingt, als wärest du nicht vollständig, als fehle dir etwas Wesentliches. Dabei hast du alles im Überfluss und noch unendlich viel mehr.

Neun lange Monate habe ich dich erwartet. Ich wollte vorbereitet sein. Es sollte dir an nichts mangeln, und wenn ich dir auch keinen Palast bieten kann, so doch mein schönstes Zimmer mit Blick auf die Linde im Hof und die beste Pflege und all meine Liebe. Ich habe Bücher gewälzt, Kurse absolviert, habe Mütter im Park beobachtet, stundenlang. Denn erst einmal bist du ja nur ein kleines, hilfloses Wesen, vollkommen abhängig von meiner Fürsorge und – ja, ich darf es ruhig sagen – auch von meiner Gnade.

Der Herr hat dich mir in die Arme gelegt, mir allein. Unter allen Frauen hat er mich erwählt und zu seinem Werkzeug gemacht.

So bin ich es, die euch das Blümlein Gottes gebracht hat, und bin doch rein geblieben, rein und unbefleckt von jeglicher Verderbnis. Gedankt hat es mir niemand, aber ich hatte auch nichts anderes erwartet.

Ach, wenn ich dich anschaue, steht die Zeit still. Diese Brauen so fein wie chinesische Tuschezeichen, das Haar weich wie Distelflaum, deine winzigen Ohrmuscheln – vollkommen.

Und bis in alle Ewigkeit könnte ich deine vollendeten kleinen Hände bestaunen. Welch wunderbares Versprechen an die Zukunft! Mit diesen Händen wirst du segnen, denn in dir ist der Geist des Herrn ... *der Geist der Weisheit und der Einsicht, der Geist des Rates und der Stärke, der Geist der Erkenntnis und der Gottesfurcht*, wie es in der Prophezeiung Jesajas so wunderbar geschrieben steht.

Ja, segnen wirst du! Von mir aus auch die dicke, ungelenke Person mit den strähnigen Haaren, auf dass sie ihren Frieden finde.

Ein flüchtiger Blick genügte doch, um zu erkennen, dass du wunderbares, feines Geschöpf nie und nimmer ihr Kind sein konntest. Welche Verblendung! Fast hätte man Mitleid haben können mit diesem irren Weib. Aber Mitleid bringt uns Gott nicht näher. Der Herr ist streng. Schon Abraham sollte seinen Sohn Isaak opfern, um dem Schöpfer seine Liebe zu beweisen. Was zählt dagegen das nichtige Schicksal von *irgendjemandem*?

O du mein Engel, weine nicht. Ich werde dich schützen vor der Welt, werde der Dorn sein, der alles Übel von dir fern hält, bis du alt genug bist, um diese Welt zu erretten.

Mein Plan war lange gefasst: Zunächst galt es, dich zu finden, dann die Lage zu erkunden, um dich schließlich aus ihren Händen zu befreien.

Ich wusste ja bereits, wann ich dich erwarten durfte, das Datum deiner Geburt stand fest: *mitten im kalten Winter wohl zu*

der halben Nacht. Wann anders hätte es sein können als Heiligabend?

Und der Herr stand mir bei und lenkte meine Schritte. Gleich
in der ersten Klinik wurde ich fündig. In Hut und Wintermantel, Blumen in den Händen wie für einen Krankenbesuch, warf
ich einen kurzen Blick ins Neugeborenenzimmer, wie es die
meisten tun, die ihr Weg dort vorbeiführt. Da lagst du, gut sichtbar in deinem Schneewittchensargbettchen. Ich erkannte dich
sofort: das vollkommenste kleine Wesen, das man sich vorstellen kann, so verschieden von den anderen wie ein Vollblutfül-
len mitten in einer Schafherde. Wie lange hatte ich auf diesen
seligen Augenblick gewartet! Ich musste mich zwingen, die Augen von dir abzuwenden. Nur keine Aufmerksamkeit erregen,
weiter den Flur entlang. Nach einer angemessenen Zeit der
Rückweg ohne Blumen, noch einmal ein flüchtiger Blick – nun
warst du fort. Aber wohin?

Blind und taub sind sie alle, so leicht zu trügen! Ein Kittel,
ein Kopftuch und ein Schrubber in der Hand genügten, um den
zweiten Schritt einzuleiten. Das Kleid der Armen macht unsichtbar. Noch ein wenig die Haut getönt und die Brauen ge-
schwärzt, doch das war fast schon überflüssig.

In der chirurgischen Ambulanz ein Stockwerk tiefer wartete ein einsames Putzwägelchen auf mich. Schnell mit dem Fahr-
stuhl wieder hinauf und die Suche konnte beginnen. Nur ein
kurzer Moment des Schreckens, als eine Schwester aus einem
der Zimmer trat.

»Ach, Schwester Inge?« Eine fordernde Stimme drang heraus auf den Flur. Wie von unsichtbaren Fäden gezogen, verschwand die Frau in Weiß wieder hinter der Tür, aus der sie gerade getreten war.

Im ersten Zimmer eine Schlafende, deren Bauch sich rund
wie ein Walfisch unter der Bettdecke wölbte. Im zweiten zwei

Frauen, Schneewittchenbetten zu ihren Seiten. Beim Wischen reichte ein Blick aus den Augenwinkeln, um zu erkennen, dass es gewöhnliche Säuglinge waren.

Im dritten Zimmer: du. Die feiste Glucke presste dich an ihren Busen, dass mir angst und bange wurde. Wie solltest du atmen inmitten dieser Fleischberge?

Ich unterdrückte mühsam den Impuls, dich ihr zu entreißen, und zwang mich zur Geduld. Es durfte nichts schief gehen. Der Herr würde mir nie verzeihen, wenn es mir nicht gelänge, sein eigen Fleisch und Blut aus den Fängen der Verderbten zu retten.

Die Dicke sah mitgenommen aus und irgendwie schmierig. Sie hätte wahrhaftig eine Dusche vertragen können. Jetzt versuchte sie, dich zurück in dein Bettchen zu hieven, beugte sich dabei ungeschickt über Adventsgesteck und Kaffeetasse. Das konnte nicht gut gehen. Die Tasse kippte, ergoss ihren Inhalt über ihr Nachthemd und zersprang am Boden.

Den Tränen nahe, warf mir die Matrone einen flehenden Blick zu. Ich trat zu ihr ans Bett und beseitigte schnell das Malheur. Ein kurzer Dank, beinahe geflüstert, doch ihre Aufmerksamkeit galt schon wieder dir. Ein leises Wimmern, dann warst du still. Schwerfällig quälte sich die Dicke aus dem Bett, starrte eine Weile auf dich hinab und verschwand dann im Waschraum.

Ich hatte nicht gehofft, die dritte Stufe meines Plans noch an diesem Tag vollenden zu können, doch wieder war der Herr mit mir. Im Waschraum begann Wasser zu rauschen.

»Frau Sabotzki?« Das Krankenblatt am Fußende des Bettes hatte mir ihren Namen verraten.

»Einen Moment, bitte, ich wollte gerade unter die Dusche!« Ihre Stimme klang weinerlich.

»Ich bin es nur, Schwester Inge. Lassen Sie sich nicht stören.

Die Kinderärztin schaut sich noch einmal unsere Frischlinge an, deshalb nehme ich ihren Sohn kurz mit. In einer halben Stunde bringe ich ihn wieder.«

»Ist gut, danke schön.«

Bitte schön, gern geschehen, du heulender Fleischklops. In einer halben Stunde würde ich über alle Berge sein.

O du meine Rose, Blümlein Gottes! Schon einmal bist du uns erschienen, aber die Welt war nicht reif für dich. Nun wird es anders werden, das spüre ich mit jeder Faser meines Herzens. Denn eines nicht mehr fernen Tages richtest du die Hilflosen gerecht und entscheidest für die Armen des Landes, wie es recht ist. Du vernichtest den Gewalttätigen mit deinem machtvollen Wort und tötest den Schuldigen mit dem Spruch deines Mundes ... Welch ein Trost sind mir Jesajas Worte! Welche Hoffnung liegt darin! Und ich bin es, die berufen ist, dir den Weg zu ebnen, der die Rettung verheißt! Welche Glückseligkeit! Der Herr sei gepriesen!

»So weit das Wort zum Sonntag. Den Rest der Geschichte kennst du besser als ich.« Schmittmann schaltete die Kassette aus, die sie in der Wohnung der Kindesentführerin gefunden hatten. »Sollte wohl so eine Art neues Evangelium werden – die Bibel in Fortsetzung. Was für ein dämliches Geschwafel! Da kann man doch nur drüber lachen.«

»Drüber lachen? Ich finde das gar nicht komisch!«

»Schon gut, schon gut.« Er erkannte peinlich berührt, dass es keinen Zweck hatte, die Beleidigungen herunterzuspielen. Feiste Glucke, heulender Fleischklops ... Hatte diese Verrückte sich ausgerechnet an der Sabotzki und ihrem Sprössling vergreifen müssen?

Andererseits, sagte sich Schmittmann im Stillen, hatte diese unglückselige Wahl wohl auch ihr Gutes gehabt. Würden wohl alle Verbrechen so schnell aufgeklärt, wenn man sie ausschließlich an Polizisten verübte?

Die Ermittlungen waren wirklich in Rekordzeit abgeschlossen worden. Nicht zuletzt weil das Opfer sie selbst in die Hand genommen hatte – Monika Sabotzki, die nicht mehr ganz junge, unerfahrene Mutter, dafür allerdings desto erfahrenere Kriminalhauptkommissarin, im Kollegenkreis nur »der Bullterrier« genannt.

»Wie bist du nur so schnell auf unsere heilige Maria gekommen?«

Monika zuckte die Achseln. »Irgendetwas kam mir an dieser muslimischen Putzfrau von Anfang an merkwürdig vor, ich wusste nur zuerst nicht, was, und achtete nicht weiter darauf. Ich war so wahnsinnig erschöpft. Doch nach Florians Verschwinden kam ich darauf: Ich hatte dummerweise die Kaffeetasse hinuntergeworfen – oder Gott sei Dank, sollte ich jetzt besser sagen. Die Scherben lagen also auf dem Boden, und die Frau bückte sich, um sie zusammenzufegen. Da blitzte für einen Moment dieses Kreuz im Ausschnitt ihres Kittels hervor. Ein unscheinbares, goldenes Kreuz an einer dünnen Kette. Aber ein Kreuz am Hals einer Muslimin?

Der Rest war reine Routine. Ich hatte sie schnell identifiziert, sie war ja schon mehrfach wegen Diebstahls vorbestraft, und beim Klauen ist sie immer als Mitglied einer Putzkolonne getarnt aufgetreten. Das ist beim vierten Mal nicht mehr sehr originell.« Versonnen kratzte sich Monika den fleischigen Handrücken. Plötzlich sah sie auf und warf ihrem Kollegen einen triumphierenden Blick zu. »Wenn Gott hier die Finger im Spiel hatte, dann war er doch wohl eher auf meiner Seite.«

Schmittmann überlegte, ob er dem noch etwas hinzufügen sollte, doch die Entscheidung wurde ihm abgenommen. Der

Säugling in der Babywippe, die auf seinem Schreibtisch geparkt war, wimmerte plötzlich.

»Ah, das Christkind ist wach geworden!« Mit seligem Lächeln beugte sich die Sabotzki über ihren Sohn. »Jetzt aber schnell wieder ab nach Hause! Bei deiner Mami ist es doch am schönsten, nicht wahr?«

Nun bin ich schon drei Tage ohne dich und viele, viele werden folgen. Wenn ich an dich denke – und das tue ich ohne Unterlass –, so blutet mein Herz und ich vergehe fast vor Sehnsucht. Doch ich war hochmütig, und nun erst erkenne ich die Prüfung, die Gott mir auferlegt hat: Ich muss ihm beweisen, dass ich der Aufgabe würdig bin, die er mir zugedacht hat, muss erst die Niederlage ertragen und das Unrecht und den Schmerz, muss mich in Demut üben, jahrelang. Der Herr ist streng.

Sie überraschten uns im Schlaf, behelmte Männer in schusssicheren Westen. Was haben sie erwartet? Dass du das Feuer auf sie eröffnest? Die Welt ist lächerlich in ihren kleinmütigen Ängsten!

Hinter dem nächtlichen Überfall steckte die Dicke. Wer hätte das gedacht? Ich muss zugeben, ich habe Sie unterschätzt, *Frau Kriminalhauptkommissarin*. Sie haben es sehr geschickt verstanden, Ihre Position für Ihre Zwecke auszunutzen. Haben einfach behauptet, ich hätte Ihnen Ihr Kind gestohlen und uns Ihre Meute auf den Hals gehetzt. Als Verkäuferin oder Buchhändlerin wäre Ihnen dieser Streich wohl nicht gelungen!

Sie fanden dich schlafend, und auch ihr ganzes Spektakel verschliefst du, als wolltest du ihnen zeigen, dass du ihre Macht nicht fürchtest und himmelweit über den irdischen Dingen stehst. Doch als sie sich feige mit dir davonstehlen wollten, hast du für einen Moment die Augen geöffnet, und ich bin sicher, dein Blick enthielt eine Botschaft für mich: *Sorge dich nicht, sie* können mir nichts anhaben! *Wir werden uns wieder sehen, ich warte auf dich!*

Mein über alles geliebtes Blümlein, meine Rose! Wenn ich wieder frei bin, so wird mich nichts mehr aufhalten und nichts und niemand wird mehr zwischen uns kommen. Niemals mehr, das schwöre ich. Ich schwöre es bei Jesajas heiligen Worten und ich schwöre es bei meinem Leben ...

Mischa Bach

O du fröhliche

Als die Tür hinter ihr ins Schloss fiel, wusste Irene, in dieses Leben würde sie nie wieder zurückkehren können. Nur, wo ging man hin, wenn man eine – seine! – Welt verloren hatte? Einen Augenblick überlegte sie, sich jetzt sofort zu stellen. Doch das ging nicht. Nicht am Vorabend von Weihnachten.

Ein paar Stunden später stand sie am Bahnhof. Stunden zu früh für die Reise nach Hause, zu Großmutter, Mutter und Schwester. Die wenigen Nachtzüge waren ausgebucht. Es blieb ihr nichts übrig, als zu warten. Noch länger durch die leere Stadt zu irren, deren Weihnachtsdekorationen weder zu ihrer Stimmung noch zum viel zu warmen Wetter passen wollten, hätte sie nicht ausgehalten. Drei, fast vier Stunden bis zum nächsten Zug – wie sollte sie die nur überstehen? Unwillkürlich musste sie plötzlich kichern. Normalerweise war die Abfahrt zu Oma Serafine und Tante Linda, wie Björn, ihr Sohn, die beiden nannte, Stress pur. Bis alle fertig gepackt hatten, bis Robert ganz sicher war, dass sie kein Haushaltsgerät versehentlich eingeschaltet gelassen hatte, bis sie also endlich zu dritt in der Tiefgarage des exklusiven Apartmentkomplexes angelangt waren und glücklich im Wagen saßen, dauerte es immer ewig. Und jedes Mal der Streit zwischen Robert und Björn, weil der Junge die ewige Nachfragerei, die tausend Checklisten des Vaters nicht ausstehen konnte. Sie selbst hatte das auch nie leiden können. Das jedenfalls würde sie nicht vermissen.

Aber sie wollte nicht über Robert nachdenken, das würde sie früh genug tun müssen. Wie jedes Jahr seit Björns sechzehntem Geburtstag hatte sie auch diesmal Serafine vorgewarnt, möglicherweise käme sie allein und dann mit dem Zug. Man wusste ja nie, was der Junge sich in den Kopf setzte oder ob Robert plötzlich noch »arbeiten« musste. Gut, bis jetzt hatte es jedes Mal in letzter Minute doch noch geklappt. Aber diesmal war daran nicht im Traum zu denken.

Obwohl es eine milde Dezembernacht war, fröstelte Irene. Die Restaurants am Bahnhof hatten schon lange geschlossen, einzig in der Bahnhofsmission brannte noch Licht. Zögernd ging Irene darauf zu und öffnete die Tür. Es tat ihr Leid, die freundlichen Menschen hier darüber belügen zu müssen, warum sie um diese Zeit am Bahnhof war und vor allem warum es unmöglich war, zu Hause auf den ersten Frühzug zu warten. Doch niemand schien es zu bemerken oder sich daran zu stören. Man bot ihr einen Platz auf einem Sofa und ein Getränk an. Niemand drängte sich ihr auf. War die Weihnachtszeit vielleicht doch so gnadenbringend, wie das Lied verhieß?

Das Lied. Fast hätte sie aufgestöhnt, als sie es erkannte. Diesmal lief es im Radio und nicht nur in ihrem Kopf. »O du fröhliche« ... Jedes Mal, seit sie denken konnte, waren die Großmutter Stine, ihre Mutter Serafine und später auch ihre ältere Schwester Linda bei diesem Lied in Tränen ausgebrochen. Jeden Heiligen Abend dasselbe. Sie hatte es nie begriffen. Auch Robert und Björn hatten diesen Teil der Feierlichkeiten stets nur mit heimlichem Augenrollen ertragen. Das war einer der wenigen Punkte, in denen sich ihre kleine Familie einig war – ein

Punkt auch, der Irene jedes Jahr aufs Neue die unüberbrückbare Kluft zwischen ihr selbst und, wie es ihr Therapeut genannt hatte, ihrer Herkunftsfamilie deutlich machte.

Aber gab es diese Kluft wirklich? Selbst wenn sie, Irene, nicht die unerklärliche, sentimentale Neigung zu diesem Lied verspürte – anscheinend hatte sie durchaus die Tendenz geerbt, sich einen Ehemann nach Art des Vaters zu suchen. Ihr Vater Heinz war genau so ein gründlicher, pedantischer, alles kontrollierender und planender Mensch gewesen wie Robert. Und angeblich war ihr Großvater Adolf noch viel schlimmer, nämlich obendrein cholerisch und ein Filou gewesen. Sie war zu klein, als Opa Adolf nur Tage vor Weihnachten tödlich verunglückte. Mit ihren fünf Jahren hatte sie den Tod an sich wohl nicht verstehen können. Es hieß, sie habe sich nur Sorgen gemacht um das Fest und die große Krippe, die doch stets der Opa eigenhändig und ganz allein aufbaute. Mehr wusste sie nicht mehr von ihm, sie erinnerte sich einfach nicht. Bei der Bescherung damals – das wusste sie noch, als wäre es gestern gewesen – war sie unendlich erleichtert, als sie die Krippe erblickte, und wunderte sich, warum ausgerechnet bei »O du fröhliche« alle in Tränen ausbrachen. Alle außer ihrem Vater natürlich. Der fuhr sie dafür barsch an, als sie nachfragte, warum die Tränen. Das gehörte sich nicht, nicht nachdem Opa Adolf gerade zu den Engeln gegangen war. Überhaupt, er sei jetzt der Herr im Haus und die Heulerei habe gefälligst aufzuhören. In dem Moment mochte das gewirkt haben – hier versagte Irenes Erinnerungsvermögen erneut –, aber selbst wenn ihr Vater diese Schlacht gewonnen hatte, den Krieg gegen das Lied hatte er klar verloren. Die Heulerei gab es jedes verdammte Jahr wieder. Und es würde sie, da war Irene sich sicher, auch am morgigen Heiligen Abend wieder geben. Es war einfach furchtbar.

»Ich weiß nicht, was ich tun soll, Oma«, hörte Serafine die verunsicherte Stimme ihres einzigen Enkels Björn. »Bitte, du musst mir helfen.«

»Ich kann hier jetzt nicht weg, das Weihnachtsessen braucht mich«, antwortete die resolute Bäuerin bestimmt, »aber ich werde Linda wecken und sie dir vorbeischicken. Bis dahin räumst du erst mal auf, verstanden?!«

Es dämmerte bereits, als Irene endlich die Bahnhofsmission verließ, um in ihren Zug zu steigen. Entgegen ihren Erwartungen hatte sie auf dem Sofa dort vor lauter Erschöpfung tief und ruhig geschlafen. Sie hatte sich sogar umziehen können. Schließlich war sie einfach aus der Wohnung gestürzt, hatte sich nur den eleganten Kaschmirmantel über Jeans und Sweatshirt, die sie für gewöhnlich zu Hause trug, geworfen und ihre fertige Reisetasche geschnappt. Sie sah klasse aus in dem legeren Hosenanzug, wie eine Geschäftsfrau auf Reisen, so nannte das Björn. Und wenn es einen Neunzehnjährigen beeindruckte, musste es wirklich gut aussehen.

Armer Björn, dachte sie, wie wird es wohl für ihn werden nach diesem Weihnachtsfest, ihrem letzten im Schoß der Familie? Sie glaubte nicht, dass Robert ihm fehlen würde. Die beiden hatten sich nie verstanden. Schon seit Björn ein kleines Kind war, hatte er sich immer gewünscht, einen anderen Vater zu haben. Dass dem tatsächlich so war, hatte er erst gestern Abend erfahren – erfahren müssen. Weder Irene noch Robert hatten gehört, wie er vom Sport nach Hause kam. Zu sehr waren die beiden in ihren Streit vertieft. Sie hatte eine alte Hotelrechnung gefunden, diesmal nicht nur ein Doppelzimmer, sondern gleich die Hochzeitssuite. Ausgestellt auf Roberts Namen und den seiner Sekretärin.

Sie war wie vor den Kopf geschlagen. Am Abend zuvor noch

hatte sie sich widerwillig, aber um Weihnachten zu retten und den Schein zu wahren, in seine ekelhaften Sexspielchen gefügt. So, wie sie immer alles tat, was er von ihr wollte, seit sie sich damals im Humangenetikseminar an der Uni kennen gelernt hatten. Schon die gemeinsame Promotion war eine Farce gewesen – Robert hatte das bisschen, was daran seine Arbeit hätte sein sollen, geklaut und war dabei so ungeschickt vorgegangen, dass er erwischt wurde. Um vor allem seine Haut zu retten – sie hätte ganz gut ohne Promotion leben können –, hatte sie ihre Haut zu Markte tragen müssen und mit ihrer beider Doktorvater eine Affäre angefangen. So war sie mit Björn schwanger geworden. Robert kümmerte das nicht, im Gegenteil: Er schien ganz froh, dass sie dadurch nach Erreichen des Doktortitels sein braves Eheweib zu Hause wurde, statt ihm im Labor Konkurrenz zu machen. Gönnerhaft erlaubte er ihr schließlich, die PR-Abteilung der Biotech-Firma mitzugestalten, deren Mitgründer er war. Was immer sie tat, er hatte die Kontrolle. Was immer er tat, war seine Sache.

Genau so hatte er am Vorabend auch reagiert, als sie ihn wütend mit der Hotelrechnung konfrontierte. Erst verwies er halbherzig auf den Fachkongress, den er besucht haben wollte. Sie hätte an der Stelle klein beigeben, alles stillschweigend verzeihen und vergessen können. Aber diesmal reichte es ihr endgültig. Sie wollte eine Entschuldigung – oder eine Entscheidung. Er sollte wenigstens die Bettgeschichte mit der Sekretärin eingestehen. Roberts Reaktion war ebenso typisch wie verletzend. Statt auf ihre Vorwürfe einzugehen, machte er ihr Vorhaltungen: Was er denn tun solle, wenn sie anscheinend keine Lust mehr auf ihn habe und nicht mal den Anstand besäße, sich um ihre Attraktivität für ihn zu bemühen. Überhaupt, er hatte mit keiner anderen Frau ein Kind, sie dagegen einen mißratenen, Schulserver hackenden Sohn von einem anderen Mann. Dass er darauf bestanden hatte, dass sie die wissenschaftlichen Wogen im Bett des Professors glättete, überging er geflissentlich. Und dass auch er sich um Björns Schul- und andere Probleme hätte kümmern können, interessierte ihn ebenfalls nicht. Nein, es traf ihn nicht einmal, dass der Junge plötzlich im Zimmer stand. Wie lange er ihnen schon zugehört hatte, wusste Irene nicht, aber es war wohl lange genug gewesen. Er habe schon immer geahnt, dass Robert nicht sein Vater, aber eben ein durch und durch verlogenes Schwein sei, sagte Björn ätzend in das Schweigen hinein, das seinem Auftritt folgte. Und seine Mutter solle bloß nicht glauben, dass er Großmutter und Tante zuliebe Familienfrieden bei Geheule unterm Weihnachtsbaum spielen würde. Von wegen »O du fröhliche«! Er nahm seine Tasche, die Irene vor- und fürsorglicherweise bereits für die Feiertagsreise gepackt hatte. Er werde Weihnachten bei Freunden verbringen und vielleicht hätte seine Mutter danach ja Konsequenzen gezogen. Er würde jedenfalls keinen Tag länger mehr mit diesem ... diesem großkotzigen Lügner und Zuhälter seiner Mutter unter einem Dach verbringen. Irene lief ihm nach – sie konnte ihn nicht so gehen lassen. »Lass nur, Mama«, sagte er zum Abschied. »Überleg dir gut, was du tust. Ich will dich nicht verlieren.« Dann war er weg.

Sie wusste nicht, wie lange sie aus dem verschmierten Fenster des Zuges gestarrt hatte. Gedankenverloren zupfte sie einen imaginären Faden von ihrem Hosenanzug. Wie passend, ausgerechnet darin die Reise nach Hause anzutreten, wo alle sie für die wunderbare, erfolgreiche Tochter und Schwester hielten – glücklich verheiratet, beruflich erfolgreich und was nicht noch alles. Sie hatte seit Jahren mit diesen Vorurteilen aufräumen wollen, sich aber nie durchringen können, Mutter und Schwester ihre Illusionen zu nehmen. Schließlich waren sie doch allen Widrigkeiten zum Trotz allein, ohne »männlichen Schutz«

auf dem Erbhof geblieben, auf dem sie alle aufgewachsen waren. Es schien irgendwie wichtig für sie, an Irenes Erfolg zu glauben. Jetzt aber würde sie ein für alle Mal mit diesen Flausen, diesen Träumen aufräumen müssen.

Bei dem Gedanken seufzte sie vernehmlich – jedenfalls laut genug, um den fragenden Blick eines Mitreisenden von der anderen Seite des Ganges auf sich zu ziehen. Warum starrte er so? Sah man ihr an, was passiert war? Verstohlen schaute Irene an sich hinunter. Natürlich waren da keine Blutspuren. Nicht mal auf der Jeans und dem Sweatshirt vom Vortag waren solch verräterische Flecken gewesen. Wie denn auch? Als Robert sie wiederholt demütigte, sie eine Hure nannte und Schlimmeres, er dann noch nach ihrem Lieblingsweihnachtsengel griff und ihn zu zerschlagen drohte, weil sie doch niemals gegen ihn aufbegehren, den schönen Ehschein oder gar das verheulte, fröhliche Familienweihnachtsfest auf dem Hof stören würde, da reichte es ihr endgültig. Schneller und heftiger, als sie es je für möglich gehalten hatte, entriss sie ihm den Engel. Und bevor einer von beiden auch nur begriff, was vor sich ging, hatte sie ihm die Figur an den Kopf geschlagen. Erstaunt, grenzenlos erstaunt hatte ihr Mann sie da angesehen, bevor er wie ein nasser Sack rücklings umkippte, den Weihnachtsbaum mitriss und dann liegen blieb. Wie eine Anklage hatte die eine spitze Ecke des Baumständers aus seinem Adamsapfel geragt.

Allein bei dem Gedanken daran wurde ihr schlecht. Sie stürzte geradezu auf die Zugtoilette. Anschließend musste sie erneut die Kleidung wechseln – natürlich hatte der Zug genau im falschen Moment heftig geruckt. Vielleicht passten Lederhose und Kaschmirpulli ohnehin besser zu ihrer neuen Rolle? Als sie zum zweiten Mal von der Toilette wiederkam, schüttelte der Fahrgast schräg gegenüber nur hinter vorgehaltener Zeitung den Kopf. Irene kümmerte das nicht, denn sie war fast am Ziel. Björns

Uroma, ihre Großmutter Stine, lag im Krankenhaus in der Kreisstadt nahe dem Heimatdorf. »Die Generalprobe«, dachte Irene, als sie die Klinke zum Krankenzimmer hinunterdrückte. Doch als sie die gebrechliche, geradezu winzige Zweiundneunzigjährige anblickte, brachte sie es einfach nicht übers Herz, auch nur eine Andeutung fallen zu lassen.

»Na, Kindchen«, begrüßte Stine die Enkelin, »ist Robert heute nicht da?«

Irene wusste nicht, was sie erwidern sollte, doch das war auch gar nicht nötig.

»Macht ja nichts, ich konnte ihn noch nie leiden, genauso wenig wie deinen Vater Heinz, diesen Möchtegernmacho, diesen Patriarchen für Arme. Dabei hätte ich dir wie deiner Mutter mehr Glück in der Liebe gewünscht, als ich es hatte. Ich weiß auch gar nicht, warum sich deine Schwester bis heute grämt, nur weil ihr Verlobter sie hat sitzen lassen ...« So redete die alte Dame im Plauderton vor sich hin und schickte Irenes Gedanken zurück in die Vergangenheit oder das, was sie davon noch an dürftigen Erinnerungen hatte.

Richtig, nur wenige Jahre nach Opa Adolfs tödlichem Unfall war ihr Vater verschwunden. Einfach so, von einem Tag auf den anderen, und auch das geschah, wie Irene plötzlich irritierend klar bewusst wurde, kurz vor Weihnachten. Dieses allererste Fest ohne ihn war eigenartig gewesen. Ihre Mutter musste geahnt haben, dass es ein Abschied für immer war, jedenfalls erschien sie Irene ähnlich schockiert, fast gelähmt, wie nach dem Tod ihres Vaters. Die beiden Mädchen waren zunächst noch verunsichert, besonders als Großmutter Stine entschied, dass die Geschenke für Heinz wegzupacken seien. Was, wenn Papa doch nach Hause gekommen wäre? Hätte das nicht ein furchtbares Donnerwetter gegeben? Sicher, tief drinnen, so gestand sie sich jetzt ein, war auch sie erleichtert gewesen, dass nun niemand mehr die exakte Ausrichtung der Servietten auf dem Tisch, der Kerzen und des Lamettas am Baum und all der anderen Kleinigkeiten kontrollierte, die Kinder in ihrer Lebendigkeit und erwachsene Bäuerinnen vor lauter Arbeit gern übersehen. Überhaupt, letztendlich hatte es ihnen allen gut getan, dass er fort war. Irene hatte endlich etwas, was sie von den anderen Mädchen in der Schule unterschied, etwas, was sie selbst für die beliebtesten Kinder dort interessant und geheimnisvoll machte. Und auch Linda brachte es Vorteile, denn die hatte plötzlich nicht nur Verehrer – für eine Siebzehnjährige ungeheuer wichtig –, sie konnte sie auch gefahrlos mit nach Hause bringen. Da war ja niemand mehr, der die Jungs Erbschleicher und Waschlappen nannte, die sich wohl nur an ein entstelltes Mädchen wie Linda rantrauten. Wie war es eigentlich zu der riesigen Brandnarbe gekommen, die fast die gesamte rechte Gesichts- und einen Großteil derselben Körperhälfte ihrer Schwester bedeckte? Irene wollte schon Großmutter Stine fragen, doch die schwärmte gerade von den Hausmacherwürsten, der Blutgrütze und den anderen Leckereien, die es auf dem Hof immer nach der Silvesterschlachtung zu Neujahr gab. Hatte Stine wirklich soeben lächelnd bemerkt, dass die beim Jahreswechsel nach Heinz' Abgang besonders schmackhaft gewesen seien, sodass ihr Vater neben der Zeugung zweier prächtiger Töchter der Familie wenigstens noch einen Dienst erwiesen hatte?

»Aber was hat das nun wieder mit Robert und, wie hieß er noch? Peter? Lindas Verlobtem eben, zu tun?«, wollte Irene wissen.

»Ach, mit Peter gar nichts.« Stine machte, soweit der Tropf es zuließ, eine wegwerfende Geste. »Der hat irgendwann begriffen, dass das ›Weibervolk‹ ihm den Hof jedenfalls nicht überschreiben wird. Natürlich war Linda verletzt, aber mal ehrlich: Das ist doch besser, als erst nach der Hochzeit zu begreifen, auf was für einen Schuft man sich eingelassen hat, oder?«

Großmutter blickte Irene direkt in die Augen. Verrückt oder dement sah sie eigentlich nicht aus, nur gebrechlich und, ja, und wütend. Konnte Stine hellsehen? Ahnte sie, wie sehr der Streit mit Robert eskaliert war? Oder was Irene nun bevorstand?

»Das reicht jetzt«, sagte Tante Linda mürrisch-bestimmt wie immer, als sie mit dem unhandlichen, schweren, in zwei große Müllsäcke gehüllten Paket vor dem ökologisch korrekten Schweinestall standen. »Das hier willst du nicht sehen. Geh ins Haus, hilf Serafine oder regel das mit dem Computer, aber geh!«

Björn zögerte, doch er ließ die Füße dessen, den er noch bis vor vierundzwanzig Stunden unwillig seinen Vater genannt hatte, los. Tante Linda zerrte den Kadaver bereits in den Stall, als sie noch einmal innehielt und den Neffen mit unwilligem Winken Richtung Wohnhaus scheuchte.

Es war sicher das Beste für alle.

Irene saß inzwischen in dem kleinen, alten Zug, der sie nach Hause bringen sollte. Nach Hause ... welch ein Hohn! Was sind wir nur für eine Familie, dachte sie. Dann sorgte sie sich wieder um Björn – ob der auch allein zurechtkäme? Nun ja, vielleicht würde man ihr ja so lange Zeit lassen, bis er wenigstens das Abitur im Frühjahr hinter sich gebracht hätte. Angeblich waren deutsche Gerichte doch so furchtbar langsam und völlig überlastet. Wie würde die Mutter es aufnehmen, wie die Schwester? Jahrelang hatte sie sich vergebens gefragt, wie sie den beiden beibringen sollte, was für ein Trümmerhaufen ihr Leben hinter der geschönten Fassade der Biotech-Managergattin und Wissenschaftsredakteurin war. Nicht einmal als Björn im vergangenen Jahr ohne Umschweife zu dem Einbruch ins

Computersystem der Schule stand, der ihn fast die Abiturzulassung gekostet hätte, wenn nicht Schlimmeres – nicht einmal da hatte sie sich durchringen können. Jetzt blieb ihr nichts anderes übrig. Sie musste gleich am zweiten Feiertag zurück in die Großstadt fahren und sich stellen. Was sollte sie denn sonst machen, mit der Leiche ihres untreuen, verhassten Gatten im Wohnzimmer? Linda und Serafine würden sich sicher um Björn kümmern. Und wer weiß, vielleicht war das Gefängnis ja gar nicht so schlimm, wie es im Fernsehen immer aussah. Vielleicht würde sie dort endlich in Ruhe lesen können und ohne die ständige Angst leben, dass Robert sie für irgendeinen realen oder vermeintlichen Fehler auf die eine oder andere Art bestrafen und demütigen würde. Anscheinend hatten die Frauen ihrer Familie eben kein Glück mit den Männern. Wenn sie recht darüber nachdachte, wurde ihr klar, dass Großmutter und Mutter, ja selbst die verlassene Schwester erst nach dem Abgang des jeweiligen Mannes so richtig aufgeblüht waren. Vielleicht würde ihr das auch gelingen. Möglicherweise könnte sie sogar eine Gefängniszeitung gründen. Fast traumhaft schien ihr diese Aussicht, doch da bemerkte sie, dass sie bereits ihr Ziel erreicht hatte. Eilig raffte sie ihre Sachen zusammen und stieg aus dem Zug.

»Mama!«, rief Björn. Erstaunt erblickte Irene ihren Sohn, der mit Lindas Geländewagen am Bahnhof auf sie wartete.

»Was ... wieso bist du ... du warst doch nicht etwa zu Hause?«, fragte Irene entsetzt. Björn nahm sie wortlos in den Arm und führte sie dann unter beruhigendem Zureden zum Wagen. Er platzierte seine Mutter, die wie betäubt alles geschehen ließ, auf den Beifahrersitz, schnallte sie sogar eigenhändig an, bevor er sich selbst hinters Steuer setzte.

»Mach dir keine Sorgen, Mama, es ist alles geregelt.« Er schob ihr seinen Laptop rüber – das Ding, das ihm Robert geschenkt hatte und mit dem er den Schulserver gehackt hatte. Eine automatisch generierte E-Mail informierte Dr. Robert T., dass die Buchung seines Mietwagens sowie des einfachen Fluges auf die Bahamas bestätigt sei.

»Blätter weiter«, forderte Björn seine Mutter auf, wobei er mühsam den jungenhaften Stolz in seiner Stimme zu unterdrücken versuchte. Mechanisch klickte sich Irene durch die geöffneten Fenster auf dem Bildschirm. Roberts Kündigung, die Auflösung seines Portfolios samt Geldertransfer zu einer Offshorebank eines dieser winzigen Inselstaaten, die keine Fragen stellen – selbst zwei Abschiedsbriefe, einer an sie und einer an die Sekretärin, waren dort zu lesen. Irene blickte ihren Sohn fragend an.

»Na ja, er ist halt weg, abgehauen«, erklärte Björn. »Was kann ich dafür, wenn er zu blöd war, die Standardpasswörter zu ändern?«

»Und wo ist er – wo ist seine ...?« Irene konnte es nicht aussprechen, nicht vor ihrem Sohn.

»Dafür haben Tante Linda und Oma gesorgt«, erwiderte Björn in einem Ton, der unmissverständlich signalisierte, dass dieser Teil des Gesprächs damit beendet war.

Es wurden merkwürdige, aber auch schöne Weihnachtsfeiertage im Bauernhaus. Serafine und Linda bemühten sich rührend um die Heimkehrerin, die nun, genau wie sie, eine verlassene Frau war. Jedenfalls in gewissem Sinne – und in den Augen der Großstadtwelt, in die sie samt Sohn nach dem Fest zurückkehren würde, sowieso. »Manchmal kann man eben nicht auf ein Wunder warten«, stellte Serafine fest, »manchmal muss man selber handeln. Glaub mir, Kind, das Leben geht weiter. Das hat Großmutter Stine so erlebt und mir ging's auch nicht anders.« Linda nickte und Björn drückte Irenes Hand.

Zum ersten Mal empfand sie dankbar, dass sie alle wirklich eine Familie waren.

Als sie gemeinsam »O du fröhliche« anstimmten, liefen auch Irene plötzlich die Tränen übers Gesicht. Mit einem Mal verstand sie, dass nicht immer Versöhnung im üblichen Sinne gnadenbringend ist, sondern dass es manchmal endgültigerer Schritte bedarf. Natürlich bezahlt man für solche Schritte, dachte sie schniefend, aber manche Welten sollten besser verloren gehen. Und auch verloren bleiben. Dafür würden, was Robert anging, die Schweine im Stall schon Sorge tragen ...

Susanne Mischke

 O Tannenbaum

Als Luise die Axt niederlegte, war nur noch ein blutender Stumpf übrig.

Sie wischte sich den Schweiß von der Stirn, ging in die Küche und stärkte sich mit einem Schluck Malteser. Dann telefonierte sie.

»Knochenhauer, Bachstelzenweg 12. Man kann ihn jetzt abholen. Ja, sofort.« Grußlos legte sie auf.

Sie wartete am Küchenfenster. Grimmig betrachtete sie die gen Himmel gereckten Glieder des geschlagenen Feindes. Acht Meter sattes, ahnungsloses Grün versperrten die Garageneinfahrt.

… *wie treu sind deine Blätter* …, kam es ihr in den Sinn. Aber nicht mehr lange! Vielleicht streifte die saftigen Nadeln just in diesem Augenblick der Todeshauch?

Luise Knochenhauer grübelte nicht länger darüber nach, sondern nahm lieber noch einen Malteser zur Brust.

Wie und wann die Tragödie ihren Anfang nahm, lässt sich schwer bestimmen. Möglicherweise streckte das Unheil schon vor zwei Jahren seine Klauen aus, als es bei Aldi Lichterketten im Sonderangebot gab und Knochenhauers eine kauften, die sie um die Krüppelkiefer in ihrem Vorgarten wickelten.

Das störte mich zunächst nicht sehr. Manchmal, wenn ich spät nach Hause kam, fand ich das Leuchten sogar irgendwie anheimelnd. Ich ließ mich dazu verleiten, eine hölzerne Pyramide mit elektrischen Kerzen ins Flurfenster zu stellen. Nicht von Aldi – vom Weihnachtsmarkt. Steve hatte mich an diesen schrecklichen Ort geschleppt. Ihr mattgelber Schein wurde durch einen Zeitschalter geregelt, sodass er bei einsetzender Dunkelheit aufleuchtete und in den späten Morgenstunden fast unbemerkt erlosch. Ähnlich handhaben es Knochenhauers mit ihrer Lichterkette und wenig später mit dem Lichtschlauch, der die Umrisse ihrer Haustür markierte. Ob sie Angst hätten, der Weihnachtsmann würde sonst den Eingang nicht finden, witzelte ich, wurde aber von Helmut Knochenhauer belehrt, dass Weihnachtsmänner ihren Weg für gewöhnlich durch Schornsteine nähmen. Das müsste ich als Frau eines Amerikaners doch wissen. Die Knochenhauers wussten sehr wohl, dass Steve und ich nicht verheiratet sind, verdrängten die Tatsache aber hartnäckig.

Den Lichtschlauch fand ich obszön. Steve sagte nichts dazu, kaufte aber tags darauf zwei Lichterketten bei besagtem Discounter. Mangels Koniferen (unsere Weihnachtsbäume mit Wurzelballen waren leider stets eingegangen) drapierte er sie um die Spitzen des Gartenzauns. Es missfiel mir, wie der antike Eisenzaun auf diese Weise seiner strengen Würde beraubt wurde, aber ich hielt den Mund. Weihnachten würde schließlich irgendwann einmal vorüber sein. Dennoch – Steve hätte mich wenigstens fragen können.

Für meinen Geschmack waren wir nun von ausreichend elektrischer Adventsstimmung umgeben, erstrahlte doch bei Knochenhauers zusätzlich zu dem Lichtschlauch neuerdings in jedem Fenster ein weihnachtliches Motiv – ein Stern, ein Engel, ein Tannenbäumchen oder ein Nikolaus. Wann immer ich hinaussah, packte mich das Grauen. Dabei war das erst der Anfang.

Im Jahr darauf verbrachten Steve und ich die erste Adventswoche bei seiner Schwester, die in einer Siedlung für texanische Besserverdienende lebte. Jedes Mal wenn jemand das Haus der Kramers betrat oder verließ, winkte ein Plastikschneemann von der Größe eines Massaikriegers mit seinem Plastikbesen und plärrte: *Merry Christmas!* Von dem, was sich im Inneren des Hauses abspielte, bin ich nachhaltig traumatisiert.

Nach einer harten Woche glitten wir im Taxi durch die nächtlichen Einbahnstraßen auf unser trautes, dunkles Heim zu ...

Carpe diem, hatte sich das Ehepaar Knochenhauer wohl gesagt und den Lichtschlauch vom Vorjahr um den Kamin gewunden. Offenbar hatte es wieder Lichterketten im Angebot gegeben. Im Garten schlang sich eine um jede Zypresse, um jeden kahlen Busch. Wenn es so weiterging, würden sie nächstens die Maulwurfshügel erleuchten, orakelte ich. Um Knochenhauers Haustür jagten sich Lauflichter in vier wechselnden Farben, wie man es von Biosaunen mit Farblichttherapie her kennt. In dieser Umgebung wirkte das Ganze allerdings eher wie der Eingang zu einer Dorfdiskothek. Der Taxifahrer grinste. Ich schämte mich in Grund und Boden für meine Nachbarschaft.

Einen erheblichen Teil des nächsten Abends verbrachte Steve draußen, wo er, wie im letzten Jahr, den Zaun lichterverkettete. Ich liebte das schlichte kleine Siedlungshaus, das meine Eltern erbaut hatten. Den Eisenzaun hatte ich bei einem halb kriminellen Trödler erstanden und anstelle des Jägerzaunes meiner Kindheit anbringen lassen. Rosen sollten sich um ihn ranken, nicht Aldi-Lichterketten. Warum hatte ich diesen Unfug im vorigen Jahr bloß durchgehen lassen?

Nach dem Abendessen saß Steve noch eine Weile am Computer und ging dann zu Bett, während ich mich trotz anhaltendem Jetlag bis kurz nach Mitternacht wach hielt. In meinem Kapuzenparka, in der Tasche das Maglite und die Rosenschere, schlich ich hinaus. Es hätte eine herrliche Nacht sein können. Eine bleiche Mondsichel stand über den Dächern, der Große Wagen funkelte majestätisch, aber vergeblich gegen Knochenhauers Lichtspiele an. Ich füllte meine Lungen mit der klammen Vorstadtluft und schritt zur Tat. Was heißt Tat? Dies war ein Akt der Notwehr!

Ich zog den Stecker aus der Außensteckdose, schnitt das Kabel durch, kaute ein wenig auf der Ummantelung, steckte das Kabel wieder ein. Es war wie nachlassender Kopfschmerz. Haustür, Kamin und Garten lagen wieder in stillem Dunkel. Nur die Sterne, Engel, Tannenbäumchen und Nikoläuse brannten nach wie vor in den Fenstern, da sie ihre Energie aus dem Inneren des Hauses bezogen.

Bald darauf trafen die ersten Pakete ein. Knochenhauers nahmen sie netterweise für uns entgegen. Als Luise und ihr Mann sie zu uns brachten – Größe und das Gewicht des einen verlangten nach starken Armen –, beschwerten sie sich über den Marder, der während der letzten Nächte mehrmals die Kabel ihrer Adventsbeleuchtung durchgebissen hatte.

»Das schont Ihre Stromrechnung«, tröstete ich meine hilfsbereiten Nachbarn und fügte wahrheitsgemäß hinzu: »Bei uns hat er auch gewütet.«

Seit zwei Tagen war der Zaun wieder Zaun und sonst nichts.

»Heute Nacht legt sich Helmut mit dem Gewehr auf die Lauer«, verriet Luise Knochenhauer und presste die Hand auf den Mund, als ihr Gatte sie verstohlen anstieß.

»Es ist das alte Gewehr von meinem Vater. Alte Waffen darf man ohne Waffenschein behalten«, rechtfertigte sich der kleine, dicke Glatzkopf, und Luise nickte eifrig, wobei ihre Dauerwellenlöckchen wippten. Beider Augen brannten vor Jagdfieber. Ich wünschte Herrn Knochenhauer *Waidmannsheil* und wuchtete die Pakete ins Haus.

Es waren zwei, ein kleineres und ein riesiges, schweres, beide an Steve adressiert.

»Ebay«, erklärte Steve. Dann trug er seine Schätze in den Keller.

Noch am selben Abend bekam ich den tanzenden Weihnachtsbaum zu sehen. Zu den blechernen Klängen von O *Tannenbaum* wand er seine Plastikarme wie eine balinesische Tempeltänzerin. Ich bat Steve, er möge das Ding sofort in sein Arbeitszimmer schaffen. Möglicherweise fiel mein Ton dabei ein wenig harsch aus. Steve nannte mich engstirnig und intolerant und verdächtigte mich, das Kabel *seiner* Lichterkette zerschnitten zu haben.

»Die an *meinem* Zaun hängt«, stellte ich klar.

Überhaupt war ich entschlossen, ihn ab sofort zu behandeln wie einen Untermieter, mit dem ich zufällig ein Verhältnis hatte.

Wir stritten über alles Mögliche, die Pizza verbrannte im Backofen und wir schliefen Rücken an Rücken zornig ein.

Während unser Nachbar einsam am Küchenfenster Wache hielt, irrte ich durch die Glühwein- und Bratwurstschwaden eines Weihnachtsmarktes, auf der Flucht vor einer riesigen grünen Plastikkrake, die O *Tannenbaum* krächzte. Ich bat einen Nikolaus um Hilfe, doch der entpuppte sich als Steve in Verkleidung und nutzte die Gelegenheit, mir einen Sack über den Kopf zu stülpen und per Handy die Krake anzurufen. Dann gab es einen Knall. Ich schreckte auf. Es war zehn nach zwei und Herr Knochenhauer feierte seinen ersten Jagderfolg. Frau Knochenhauer vergoss tags darauf Tränen der Reue und zwang ihren Mann, seine Sehschärfe beim Optiker kontrollieren und das Gewehr verschwinden zu lassen, was mich sehr erleichterte. Dennoch wurden die beiden vom Rest der Nachbarschaft für eine ganze Weile geschnitten, denn alle hatten den grauen Kater aus Nummer acht gern gehabt.

Als ich an diesem Abend spät nach Hause kam, glomm ein roter Punkt von der Größe eines Golfballes neben dem Hauseingang in der Luft. Wurden inzwischen Infrarotwaffen eingesetzt? Noch ein Schritt und es erschien – im wahrsten Sinne des Wortes – ein Rentier in Lebensgröße (zumindest vermutete ich das). Hinter ihm, auf dem obligatorischen Schlitten, saß ein dicker, weißbärtiger Santa Claus im roten Mantel. Ich näherte mich dem Ensemble so vorsichtig wie einer angeschossenen Wildsau. Aufgrund einschlägiger Erfahrungen während des Texasaufenthaltes war ich auf alles gefasst. Prompt wackelte das Rentier mit seinen Ohren, und Santa auf dem Schlitten ließ ein kehliges »Houhouhou«, hören, ehe die Pracht wieder erlosch. Dann erglühte von neuem die rote Nase des Rentiers ... und so weiter. Minutenlang stand ich wie erstarrt vor dem Schauspiel. Das Rentier hatte hübsche Ohren und einen sanften Blick. Santa Claus sah aus wie Gottvater. Etwas Anrührendes ging von den beiden aus. Ich fuhr zusammen, als sich die Haustür öffnete. Steves Haltung glich der eines Hundes, der den Sonntagsbraten gefressen hat.

»Kann man es auch so schalten, dass es immer leuchtet?«, fragte ich.

Bald pilgerten Mütter mit ihren Kindern durch unsere Straße. Das Rentier war die Attraktion. Knochenhauers grüßten dieser Tage ein wenig knapp. Am Samstag vor dem vierten Advent sah man sie mit sperrigen Leitern im Vorgarten hantieren. Es hatte mich schon die ganze Zeit über gewundert, dass bei der ganzen Beleuchtungsorgie die mächtige Tanne verschont geblieben war, die, seit ich denken konnte, gleich hinter unserem Zaun neben Knochenhauers Garageneinfahrt stand. Vielleicht lag es daran, dass der Baum längst höher als das Knochenhauer'sche Haus und deshalb aufwändig und sicher auch kostspielig zu

illuminieren war. Eine Teilbeleuchtung hätte dilettantisch gewirkt. Helmut Knochenhauer war Perfektionist. Den ganzen Tag
über sah man ihn mit Kabelwerk um die Schultern in waghal-
sigen Posen zwischen Leiter und Tanne balancieren und am
Abend erstrahlte der große Baum triumphierend mit hunder-
ten, wenn nicht gar tausend Lichtern. Auf seiner Spitze prangte silbern blinkend ein großer Stern mit einem Schweif.

Für die Kleinkinder war das Rentier nach wie vor Favorit,
aber die Erwachsenen, das bemerkte ich, wenn ich heimlich am
Schlafzimmerfenster auf die Kommentare horchte, sympathi-
sierten eher mit Knochenhauers Baum.

Zwei Tage vor Heiligabend, in aller Herrgottsfrühe, erwisch-
te ich Steve. In seinem roten, mit Nikoläusen bedruckten Mor-
genrock stand er am offenen Klofenster und schoss mit einer
Zwille Kieselsteine auf den Stern von Bethlehem ab. Ich wandte
mich stumm ab. Im Lauf des Tages erwähnte keiner von uns beiden den Vorfall.

Als ich am Morgen des Vierundzwanzigsten aus dem Fenster
sah, war die Landschaft bilderbuchmäßig verschneit. Bei unseren Nachbarn gab es schon wieder etwas Neues zu bestaunen.
Offenbar hatten sie sich einen von diesen Weihnachtsmännern
angeschafft, die man neuerdings kopfüber an Fassaden bau-
meln sah wie schlaffe Gehenkte. Nur hing der von Knochenhauers in der großen Tanne und bei näherem Hinsehen war es
auch kein Weihnachtsmann.

Während ich noch hinüberstarrte, stürzte mein Texaner mit
wehendem Nikolausmorgenrock aus dem Haus und erklomm
barfuß die vereiste Tanne.

Ein sinnloses Opfer. Den Männern von der Feuerwehr blieb
nur noch, Helmut Knochenhauer aus der Verstrickung der Lichterkette zu befreien, die ihn erdrosselt hatte. Er hatte kaputte
Lämpchen austauschen wollen, erklärte Frau Knochenhauer,

die in der Metzgerei für die Weihnachtsgans Schlange gestanden hatte, als das Unglück geschah. Die Glückliche!

Ich dagegen hatte Steve vom Baum stürzen sehen.

Ich beobachtete, wie der Baum von den Arbeitern des Gartenbauunternehmens zersägt, verladen und abgefahren wurde. Als die Dämmerung einsetzte, öffnete ich eine Flasche Bordeaux. Die Gärten lagen still und dunkel. Das Rentier hatte eine neue Heimat bei der Familie aus Nummer acht gefunden. Steve schwebte vermutlich gerade im Laderaum einer Boeing über dem Atlantik. Matt schimmerten die Eisenspitzen des Zaunes im letzten Tageslicht. Ein paar Stäbe hatten die Feuerwehrleute durchsägen müssen, weil sie sich zu fest in Steve verbohrt hatten. Sie würden nach den Feiertagen fachkundig erneuert werden. Alles würde sein wie vorher. Ich nahm einen Schluck Wein. Die große Tanne würde ich vermissen.

Patricia Vohwinkel

Stille Nacht, heilige Nacht

Weiße Weihnachten, seit langem einmal wieder! Es hatte schon am frühen Nachmittag zu schneien begonnen und dank dem Dauerfrost der letzten Tage häuften sich die großen, schweren Flocken auf dem Boden bald zu einer geschlossenen weißen Decke.

Ich hatte mir das Sofa ans Fenster gerückt, Kerzen in die Erkernische gestellt und es mir so recht gemütlich gemacht. Früh brach an diesem dreiundzwanzigsten Dezember die Dunkelheit herein. Schon als Kind hatte ich es geliebt, in den Himmel zu schauen, wenn die Flocken in unendlicher Fülle aus dem schwarzen Nichts zu Boden taumelten. Stundenlang konnte ich so dasitzen, ganz still, während auch die gewöhnlichen Straßengeräusche draußen vor meinem Fenster immer gedämpfter klangen.

Die Konturen des kleinen Vorgartens, auf den ich durch das Fenster blickte, verschwammen bereits in ebenmäßigem Weiß.

Auf der Straße, die um diese frühabendliche Zeit noch befahren war, markierten nur noch jeweils zwei tiefe, breite Reifenspuren die Fahrbahnen. Doch auch die Eindrücke waren weiß – kein Flecken dunkler Asphalt schaute mehr unter der rasch dicker werdenden Schneeschicht hervor.

Wenn das so weiterging, würde bis zum Morgen des Heiligen Abends alles im Schnee versunken sein. Sollte mir recht sein – ich hatte sämtliche Einkäufe und Besorgungen erledigt, der Wagen stand in der Garage, ich saß im Warmen. Sogar den Tannenbaum hatte ich schon ins Haus geholt. Er stand tiefgrün, noch ohne den Silberschmuck, neben der großen, alten Standuhr auf der anderen Seite des Wohnzimmers. Weit weg vom Kamin, damit er nicht durch die Hitze frühzeitig zu nadeln begann.

Als der Kakao schaumig im Topf hochkochte, fiel mein Blick auf die angebrochene Flasche Rum auf dem Weinregal neben dem Herd. Übrig geblieben von der Feuerzangenbowle, zu der ich am vergangenen Samstag ein paar Freunde eingeladen hatte.

In diesem Jahr hatte ich mir schon Anfang Dezember vorgenommen, die Adventszeit einmal so richtig zu genießen. Mir Ruhe zu gönnen und allen unnötigen Trubel zu meiden. Ein paar Kinder- und Jungendzeitrituale wieder aufleben zu lassen: Bratäpfel in den Ofen schieben, jeden Tag ein Kalendertürchen öffnen, einen dicken, warmen Schal stricken. Für Peter.

Bei diesem Gedanken huschte mir unwillkürlich ein Lächeln über die Lippen.

Dann ein plötzlicher Gedanke; Stirnrunzeln. Der Schnee würde doch den Flugverkehr nicht behindern?

Ach was – ich vertrieb alle Trübsal. Schließlich erwartete ich Peter erst am Mittag des ersten Weihnachtsfeiertages und so lange pflegte es in diesen Breiten wirklich nicht zu schneien.

Sicherlich würde ein Schüsschen Rum im Kakao mir helfen, das plötzliche Unbehagen abzuschütteln. Als Kinder hatten wir von der Großmutter manchmal ein paar Tropfen des Rumaromas, das sie zum Backen verwendete, in unseren Kakao bekommen.

Der metallene Löffel, mit dem ich das köstlich duftende Gebräu umrührte, erzeugte in der Steinguttasse einen seltsam dumpfen Ton. Gedämpft, wie die Geräusche von der Straße. Als hätte man die Welt in einen dicken Wollschal eingewickelt, ging es mir durch den Kopf, während ich es mir wieder auf dem Sofa vor dem Fenster bequem machte. Ehe ich die Beine hochlegte, schob ich mein Strickzeug beiseite, um mich nicht an den langen Nadeln zu stechen.

Noch immer fielen die Flocken weiß und dicht aus dem dunklen Himmel, der weder Mond noch Sterne trug.

Mit angezogenen Knien genoss ich die zweite Tasse heißen Kakao, als mein Bauch begann, die diesmal etwas üppiger ausgefallene Portion Rum mit einem leisen, aber deutlichen Grummeln zu quittieren. Ich legte meine linke Hand auf die Stelle, wo ich den Ursprung des Rumorens vermutete – etwas oberhalb des Nabels. Dann ließ ich mich langsam zurücksinken und starrte in das knisternde Kaminfeuer. Kleine Funken stoben auf, verglühten und rieselten auf die Fliesen vor der Kaminöffnung. Leichter als der Schnee. Doch die Asche war fast genauso weiß.

Als es an der Tür läutete, wäre ich beinahe nicht hingegangen. Hätte nicht geöffnet, welchem späten Besucher auch immer. Schließlich erwartete ich niemanden und ein unangekündigter Gast war mir an diesem Abend nicht gerade willkommen.

Einem Gewohnheitsimpuls oder Pflichtgefühl folgend, stand ich dann aber doch vom Sofa auf. Wer mochte an diesem kalten Dezemberabend um Einlass bitten? Während ich zur Haustür ging, fielen mir alte Geschichten von seltsamen Besuchern ein. Ich schüttelte den Kopf, schob den Riegel zur Seite und öffnete die Tür.

Vor mir stand eine Frau. Weiße Flocken sprenkelten ihr dunkles Haar und ihren wollenen Mantel.

Ich blickte in ihr Gesicht. Noch während ich zwischen Erstaunen und vagem Wiedererkennen schwankte, sprach sie mich mit einem unsicheren Lächeln an:

»Susanne! Erkennst du mich nicht mehr? Tja, es ist lange her ... und wohl auch ein ungewöhnlicher Zeitpunkt, so kurz vor Weihnachten und noch dazu abends ... Ich bin's, Margarete. Margret. Maggie. Deine alte Schulfreundin!«

Natürlich! Als sie ihren Namen nannte, war augenblicklich alle Fremdheit fortgewischt. Vor mir stand Margret, wer sonst? Mit hochgeschlagenem Mantelkragen, die Hände tief in den Taschen vergraben und noch immer lächelnd. Als ich sie hereinbat, Entschuldigungen stammelnd, dass ich sie nicht gleich erkannt hatte, war ich mir noch nicht sicher, ob ich mich über den unerwarteten Besuch freuen sollte. Doch was war schon dabei?

Margret klopfte den Schnee von den Schultern ihres Mantels und erklärte im Hereinkommen, wieso sie mich gerade jetzt aufsuchte.

»Der Flugplan, weißt du. Sie haben meinen Flug gestrichen, wegen des Wetters.«

Sie habe eine recht weite Anfahrt zum Flughafen gehabt, erzählte sie weiter. Nein, sie wohne schon lange nicht mehr in Düsseldorf. Sie sei aufs Land gezogen, direkt nach dem Abitur. Und, na ja, irgendwoher habe sie halt gewusst, dass ich noch immer unter der alten Adresse zu erreichen sei. Nicht weit vom Flughafen, mit dem Taxi noch so gerade zu bewerkstelligen. Sie hoffe, sie komme nicht gar so ungelegen. Aber andererseits, warum nicht einem spontanen Impuls folgen? Sie neige momentan ohnehin dazu, ihrer sentimentalen Seite mehr Gewicht einzuräumen. Bei diesen Worten streifte sie ihren Mantel ab und umfasste mit beiden Händen die ausladende Wölbung ihres Leibes.

»Oh!«, entfuhr es mir.

»Neunundzwanzigste Woche. Keine Angst, Susanne, es ist noch nicht so weit!«

Sah ich so aus, als hätte ich vor irgendetwas Angst?

Auf dem Tisch stand der Rest meines Kakaos. Während Margret etwas schwerfällig auf den breiten, samtbezogenen Ohrensessel gegenüber dem Sofa zuging, leerte ich die Tasse in einem Zug. Ich fragte meine Besucherin, was ich ihr zu trinken anbieten könne. Enthielt mich jeglicher Anspielung auf ihren Zustand und ihre damit verbundene Enthaltsamkeit. Als ich schließlich mit Wasser und Rotwein – Letzterer natürlich für mich – an den Tisch zurückkehrte, waren alle Verwunderung und alles Befremden über ihr plötzliches Erscheinen verflogen und einer tiefen, ehrlichen Freude gewichen. Margarete! Nach so langer Zeit! Wir würden einander viel zu erzählen haben. Mit vor Erwartung glühenden Wangen wandte ich mich ihr zu.

»Wie damals«, sagte sie. Ihre Stimme klang dunkel, ein wenig abwesend.

Die mächtigen Scheite, die ich nachmittags in den Kamin gelegt hatte, waren nun bald vollends durchgeglüht. Margarete saß mit dem Rücken zum Feuer. Jedes Mal wenn die Flammen sekundenlang aufloderten, wurde sie von einer feurigen Aura umhüllt.

Rechts von mir lag mein begonnenes Strickwerk. Ein dicker warmer Schal. Das winterliche Kleidungsstück mutete irgendwie abwegig an ob der Wärme, mit der das Kaminfeuer den Raum erfüllte. Ob der Erregung, ja Hitze, die das Gespräch über unsere gemeinsamen Kindertage entfachte. Und der Wein tat wohl ein Übriges, wie ich mir eingestehen musste, als ich den letzten Rest aus der Flasche in mein Glas goss.

»Weißt du noch, wie wir damals im Kunstunterricht Porträts zeichnen mussten?«

Während Margarete die nächste lebhafte Erinnerung aus dem schier unerschöpflichen Reservoir ihres Gedächtnisses hervorholte, drehte ich das herrlich funkelnde Kristallglas in meinen Händen.

Der Schliff – ein altertümliches Muster aus Rauten und Sternen, die in regelmäßigen Abständen über das Rund verteilt waren – brach den Schein der Kerzen und des Feuers und warf tanzende Reflexionen an die Wände. Keine Sekunde lang waren sie still oder gleich – wo es eben noch hell aufblitzte, breitete sich im nächsten Moment schon ein großer Lichtfleck aus, dessen unscharfe Ränder ins Dunkel verliefen.

»In dieser Rastertechnik, bei der man ein Foto in kleine Quadrate unterteilt und Kästchen für Kästchen abmalt. Auf die Art bekam man auch ohne großes künstlerisches Talent Bilder hin, die der Vorlage erstaunlich ähnlich sahen.«

»Du hast mein Foto abgemalt und ich das deine.« Die Bilder stiegen plötzlich lebhaft in meiner Erinnerung auf und ich lächelte unwillkürlich.

»Ich glaube, ich habe das Bild von dir noch. Es müsste zu Hause auf dem Dachboden liegen. Ich könnte vielleicht ...«

Der tiefe, wohlklingende Schlag der alten Standuhr verkündete die halbe Stunde.

»Wie die verrückte alte Frau, die man auf dem Speicher einsperrt!« Ein seltsam fremdes Lachen entfuhr meiner Kehle.

»Ja, das ist sie, unsere alte Susanne. Du konntest schon immer die besten Gruselgeschichten erzählen.«

Margarete saß aufrecht in dem tiefen Sessel. Es stimmte nicht, was sie sagte. Ich wusste noch genau, wie wir Mädchen in längst vergangenen Jugendherbergstagen an ihren Lippen gehangen hatten. Strickjacken über den Flanellnachthemden.

Wie wir uns in dem Zimmer versammelt hatten, in dem Maggie schlief. Wie wir auf den oberen Etagen der knarrenden, doppelstöckigen Betten gehockt und uns zu dritt, zu viert eine Wolldecke geteilt hatten.

Und Margret erzählte. Damals war es mir vorgekommen, als ob ihre düsteren Fantasien keine Grenzen kannten. Verfolgungsjagden in tiefen Wäldern. Gruselige Gestalten, die bei verwitterten Grabsteinen auftauchten. Unheimliche Dorftrottel mit niedriger Stirn und wulstigen Lippen. Mädchengeschichten, bevölkert von den zeitlosen Figuren und Requisiten des Unfassbaren, das uns schaudern macht.

Meine Schritte erschienen mir seltsam schwer und schleppend, als ich in die Küche ging, um neuen Wein zu holen. Auf dem Herd stand noch immer der stählerne Topf, in dem ich meinen Kakao heiß gemacht hatte. Der eigentlich blanke Boden war von einer eingebrannten, fast schwarzen Schicht bedeckt.

An den Rändern klebten die Spuren der Blasen, die das dickflüssige Getränk beim Kochen geworfen hatte.

Mein Atem ging schnell. Das Zimmer musste völlig überhitzt sein – ich hätte ein Fenster öffnen sollen. Unbarmherzig loderten die trockenen Scheite.

Ich hatte Schwierigkeiten, die Weinflasche zu öffnen. Um mehr Gewalt über die Bewegung zu haben, stellte ich die Flasche auf den Boden, zwischen meine Füße, und beugte mich darüber. Dennoch rutschte ich bei dem Versuch, die Spirale des Korkenziehers in den weichen Kork zu drehen, ab und hätte mich beinahe mit der Spitze des Instrumentes verletzt. Ich schwitzte.

Margret entledigte sich ihres Sweaters. Als sie ihn über den Kopf zog, sah ich für einige Momente nicht ihr Gesicht, sondern nur ihren gewölbten Leib, über dem sich das T-Shirt spannte.

»Und mich besucht eine hochschwangere Frau am Abend vor Weihnachten«, kicherte ich nervös in mein Glas.

»Stille Nacht«, entgegnete Margret mit undurchdringlicher

Miene. »Ich habe gleich bemerkt, dass du dich fürchtest. Unsere kleine Susanne fürchtet sich recht leicht, nicht wahr?«

Sie sprach im Tonfall der Kindermädchen oder ältlichen Tanten, hinter deren zuckersüß besorgter Fassade die Lust an der Angst der Schutzlosen lauert, die ihrer Obhut anvertraut werden. Wer ahnt schon, was in jenen Zeiten des Ausgeliefertseins in den armen kleinen Köpfen vor sich geht? Sicher nicht die liebenden Eltern, die ihre Kinder wieder und wieder für Stunden dort zurücklassen – Stunden, in denen es dunkler und dunkler wird. In den Kinderseelen.

Ich stellte das Glas auf den Tisch, weil meine Hände zu zittern begannen. Reiß dich zusammen, Susanne! Der Wein, die überhitzte Luft ... Ich wollte aus dem Fenster schauen, um zu sehen, ob es noch schneite, aber es gelang mir nicht, den Kopf zu drehen. Meine Finger suchten irgendeinen Halt. Krampften sich in das Strickzeug.

»Du handarbeitest? Was machst du denn gerade? Zeig mal!« Margarete beugte sich vor. Ihr runder Bauch streifte die hölzerne Tischplatte. Legte sich darauf.

Mit einer mechanischen Bewegung reichte ich ihr das Strickzeug.

Unwirsch entrollte sie das halb fertige Werk. Beinahe wären die mühsam aneinander gereihten Maschen von einer der langen, silbernen Nadeln gerutscht.

»Gib Acht!«, rief ich, um mein Geschenk besorgt. Gleich darauf war es mir peinlich, dass ich so heftig reagiert hatte.

»Für Peter«, setzte ich entschuldigend hinzu, irgendwie hilflos. Ich mahnte mich zur Ordnung. Niemand brauchte mir zu helfen. Ich saß mit einer alten Schulfreundin in meinem Wohnzimmer. Und ich hatte vielleicht ein bisschen zu viel Wein getrunken. War möglicherweise etwas nervös wegen des bevorstehenden Weihnachtsfestes. Wegen des Schnees, der Flugpläne ...

»Peter? Immer noch Peter?«

Margaretes Stimme nahm einen säuselnden Klang an.

»Ja, immer noch Peter«, entgegnete ich – beinahe trotzig, aber mit gesenktem Blick.

Das regelmäßige Ticken der Standuhr verlor sich im wütenden Knistern des Feuers.

»Ha, ha, ha!« Ihr kehliges Lachen gellte mir in den Ohren.

»Peter! Wie der zurückgebliebene Junge in der alten Geschichte. Huh, huh, Peterle kommt! Lauft, Mädchen, lauft, er hat sein Messer dabei.«

Ihre Worte schnitten mir ins Hirn und krampften zugleich meine Eingeweide zusammen.

Ich wollte Margret bitten, sie möge aufhören. Sie sollte nicht so sprechen wie damals, sollte nicht diese Geschichte, nein, nicht diese Geschichte ... Aber ich sagte nichts. Mein Blick hing wie gebannt an ihren Händen, in denen sie das Strickzeug drehte. In denen sich die Wollfäden wie Würmer wanden, um ihre Finger schlangen, wieder losließen, sich enger knüpften.

Silbrig ragten die Nadeln aus der weichen Wolle. »Peterle ...« War das meine Stimme?

Seht, Mädchen, Blut ist an seinen Händen. Peterle hat's Schwein geschlachtet! Lauft, Mädchen, lauft! So viel Blut! »Peterle!«

Peterle, was hast du ...? Peterle, wo ist der Nachbarin Kind?

Ich vermochte nicht mehr auszumachen, welche der Worte gesprochen wurden. Stimmen. In meinem Haus? In meinem Zimmer? In meinem Kopf? Die Uhr schlug zur vollen Stunde.

Margaretes Gesicht wollte vor meinen Augen verschwimmen, ihr schwarzes Haar eins werden mit dem Feuer, der Asche, dem Schnee. Vor dem Fenster. Und draußen war's kalt. Und dunkel. Und morgen war Weihnachten. Und nichts war mir geschehen. Der letzte Schlag verhallte in den Tiefen des hölzernen Uhrkastens.

»Susanne?« Sie sprach wie durch Samt. Wie durch Wolle. Ich zwang mich, sie anzusehen. Noch einmal anzusehen. Das Feuer war jetzt in ihren Augen, ihren Pupillen.

»Sieh, was ich kann, Susanne. Was du mich gelehrt hast!« Margarete hielt eine der langen, silbernen Nadeln in ihrer rechten Hand. Mit der linken zog sie das T-Shirt über ihrem prallen Leib hoch. Die Spitze der Stricknadel war auf die Mitte ihres Bauches gerichtet. Auf ihren Nabel. Sie führte sie näher und näher heran. Und dann ließ sie die Nadel hineingleiten. Ganz leicht und mühelos. Ich sah, wie sie die Nadel langsam, Stück für Stück, Zentimeter für Zentimeter in ihren Leib schob. Durch den Nabel. Tiefer, tiefer, tiefer.

Weiß. Alles ist weiß. Schneeweiß. Und warm. Ich möchte die Augen ganz öffnen. Nicht nur blinzeln. Durch den Wimpernkranz in das Weiß. Hell. Kein Feuer. Die Sonne. Durchs Fenster.

»Susanne! Mein Gott, Susanne! Du hast uns vielleicht einen Schrecken eingejagt!«

Peters Stimme. Ich kam rasch zu mir. Das hier war eindeutig ein Krankenhausbett. Es war helllichter Tag. Neben mir saß Peter und hielt meine Hand. Ich versuchte ein Lächeln.

»Dass mir das aber jetzt nicht zur Gewohnheit wird.« Er beugte sich über mich und küsste meine Stirn.

Ich verstand nicht. Wieso war ich im Krankenhaus? Und was sollte nicht zur Gewohnheit werden? Peter half mir, mich im Bett aufzusetzen, rückte die Kissen zurecht. So weiß.

Ich fühlte mich frisch. Stark beinahe. Und durstig. Fürsorglich griff Peter nach der Wasserflasche auf dem Nachttisch, öffnete sie und goss prickelndes Mineralwasser in ein bereitgestelltes Glas. In meinem Blick musste eine stumme Aufforderung gelegen haben, denn sobald ich ein paar Schlucke getrunken und das Glas abgesetzt hatte, vor mich auf die Bettdecke, auf meinen Bauch, begann Peter zu erzählen. Das heißt, er begann mit der Frage, ob ich zuerst die gute oder die schlechte Nachricht hören wollte.

»Die schlechte«, forderte ich.

»Du hast Heiligabend verschlafen«, eröffnete er mir, das warme Lächeln noch immer auf seinen vollen Lippen. Ich runzelte die Stirn und er fuhr fort.

Es war schon sehr spät gewesen, nach Mitternacht, am dreiundzwanzigsten Dezember, also eigentlich schon am vierundzwanzigsten, korrigierte er sich. Die nette Frau von nebenan, wie hieß sie doch gleich? Frau Schepphardt, genau, sie war noch einmal mit dem Hund rausgegangen. Das Tier wollte einfach keine Ruhe geben. Wahrscheinlich war es nervös wegen des vielen Schnees. Ja, wirklich ungewöhnlich für unsere Gegend. Und da habe sie gesehen, dass meine Haustür offen stand. Bei diesem Wetter! Sie sei natürlich hingegangen, um nachzuschauen, ob etwas nicht in Ordnung sei.

Die Tür musste schon eine ganze Weile offen gewesen sein, denn der Schnee war bereits in den Flur geweht. Frau Schepphardt hatte geklingelt, meinen Namen gerufen, und als sie keine Antwort bekam, war sie eingetreten. Die Kerzen brannten noch, auch das Kaminfeuer. Sie hatte mich im Wohnzimmer gefunden, den Kopf nach hinten über die Rückenlehne des Sofas gebogen. Irgendwie in einer unnatürlichen, ja ungesunden Position. Ich hatte nicht reagiert, als sie mich ansprach, meine Wange tätschelte, mich sanft schüttelte. Da hatte die besorgte Nachbarin den Notarzt gerufen. Mir wollte noch immer nicht recht klar werden, was das alles zu bedeuten hatte.

»Und die gute Nachricht?«, fragte ich, ein wenig unsicher.

»Du bist schwanger. Wir bekommen ein Kind«, sagte Peter rundheraus.

Im Laufe der nächsten Stunden ließ ich noch einige Untersuchungen über mich ergehen. Peter wartete die ganze Zeit geduldig. Seine Gegenwart gab mir ein Gefühl der Sicherheit. Als der Arzt schließlich erklärte, ein solcher Schwächeanfall sei zwar ungewöhnlich, aber im Übrigen sei nichts Beunruhigendes festzustellen, drängte ich darauf, nach Hause zu gehen.

»Sagen Sie«, sprach mich die Schwester an, als ich die Formulare zur Entlassung auf eigenes Risiko unterschrieb, »wer ist eigentlich Margarete?«

Der letzte Bogen meines Nachnamens rutschte mir ein wenig unter die dafür vorgesehene Linie.

»Margarete?«, wiederholte ich.

»Ja, Sie haben ein paar Mal nach ihr gerufen, während Sie bewusstlos waren.«

»Ich kenne keine Margarete«, antwortete ich, und wir verließen das Büro.

Daheim war noch alles genau wie am Vortag. Nein, wie zwei Tage zuvor, korrigierte ich mich selbst in Gedanken. Es war schließlich der fünfundzwanzigste Dezember. Der Weihnachtsbaum lehnte dunkelgrün und ungeschmückt an der Wand gegenüber dem Kamin, wie in stummer Anklage. Am nächsten Heiligen Abend würden wir zu dritt sein. Peter, ich – und das Kind.

Ich schaute mich um. Die Steinguttasse stand noch auf dem Tisch. Ich nahm sie auf. Beinahe noch halb voll. Mit Kakao. Und Rum, bestätigte mir mein Geruchssinn, als ich das Gefäß an die Nase hielt. Nirgendwo waren Weingläser zu sehen. Die Standuhr schlug. Vier volle, tiefe Schläge. Ich hörte Peter in der Küche hantieren. Dann kam er ins Zimmer, umfasste meine noch nicht gerundete Taille und drehte mich in seinen Armen um. Er zog mich zu sich heran, etwas gebückt, sodass mein Kinn auf seiner Schulter lag.

»Ich freue mich so«, sagte er leise.

Mein Blick fiel auf etwas neben dem großen Ohrensessel. Es war eine meiner Stricknadeln und ihre Spitze war dunkelrot.

Regula Venske

Aber heidschi, bumbeidschi

Das Mädchen – drei, vier Jahre mochte es sein – blickte ihn mit großen blauen Unschuldsaugen an und instinktiv legte er den Zeigefinger an die Lippen. Genauer gesagt dorthin, wo sich sein Mund unter dem dicken weißen Rauschebart verbarg. Aus Erfahrung wusste er, dass diese Geste eine vollkommen überflüssige Vorsichtsmaßnahme war – noch kein Kind hatte bei seinem Anblick je geschrien. Respekt und Neugier ließen sie noch immer verstummen, heute genauso wie vor hundert Jahren. Und tatsächlich, auch diese Kleine, die ein paar Mal den Refrain *Aber heidschi, bumbeidschi, bum bum* vor sich hin gesummt hatte, hielt mitten im Wort inne.

Schon hatte er sich mit einer für seine Leibesfülle erstaunlichen Geschmeidigkeit ins Zimmer geschoben und die Tür zum Korridor geräuschlos hinter sich geschlossen. Das Neugeborene lag, wie erwartet, nicht mehr in seinem Krankenhausbettchen, sondern steckte bereits in einer blauen Tragetasche, die auf dem großen Bett abgestellt war. Daneben hockte das ältere Geschwisterchen, zum Aufpassen verpflichtet, und langweilte sich, derweil der Vater den Koffer seiner Frau und zwei festliche Kerzengestecke (nachdem er ihr ausgeredet hatte, dass es Unglück bringen würde, die mitzunehmen – nur Sträuße!, hatte er gesagt, doch nur welkende Sträuße!) sowie diverse mit Babygeschenken voll gestopfte Tüten schon mal zum Auto trug. Der Knabe war ihm eben auf dem Gang begegnet, rührend aufgeplustert vor Stolz und Eifer und erfüllt von dem Bewusstsein, ganz und gar unentbehrlich zu sein. Kurz waren sich die Blicke der beiden Männer begegnet, fast verschwörerisch hatte der junge Vater ihm, dem Alten, ewig Kinderlosen, zugeblinzelt. Das würde ihm sicher bis an sein Lebensende in Erinnerung bleiben. Gleich würde er zurückkehren, um seine Familie abzuholen, und desgleichen die Wöchnerin, die sich gerade ihren vorzeitigen Entlassungsschein ausstellen ließ. Es ging ihr schließlich gut, da wollte sie Weihnachten natürlich lieber zu Hause als im Krankenhaus feiern. Mit ihrem Heidschi Bumbeidschi – so hatte sie das freudig Erwartete, unter ihrem Herzen Wachsende während der vergangenen neun Monate gelegentlich im Scherz genannt. Für ihn war nun höchste Eile geboten.

Später würde er sich Vorwürfe machen, nicht das Mädchen geschnappt zu haben, das für seine Zwecke unmittelbar besser getaugt hätte. Aber irgendetwas, eine ihm selbst unerklärliche Scheu, hatte ihn abgehalten. Vielleicht doch die Besorgnis, die Kleine hätte um Hilfe rufen, strampeln, um sich schlagen oder gar beißen und damit seinen ganzen Plan zunichte machen können. So hatte er ihr nur behutsam, wie segnend, ja, wie segnend, übers Haar gestrichen, ihr mit der Linken ein Tütchen Mandeln und Rosinen in den Schoß geworfen und dann, ohne weiter nachzudenken, den Säugling mitsamt seiner Häkeldecke ergriffen. Der Winzling verschwand schon allein in seinen dicken Pranken, und als er ihn unter den Mantel steckte und an seine breite, wärmende Weihnachtsmannbrust drückte, war von dem Bübchen so gut wie gar nichts mehr zu sehen. Bloß ein paar helle Christkindhaare schimmerten unter einem verrutschten Mützchen hervor und leuchteten so fein, o leuchteten –

Wenig später fand er sich draußen auf der Straße wieder. Ebenso unbemerkt, wie er hineingekommen war, hatte er das Krankenhaus auch wieder verlassen. Er hörte nicht mehr, wie die junge Mutter schrie, als sie ins Zimmer kam und das Tragekörbchen leer vorfand. Törichte Frau, sie wusste ja nicht, wie gut ihr Heidschi Bumbeidschi es bei ihm haben würde. Um solch borniertes, selbstverliebtes Leid durfte er sich nicht scheren, seine Maßstäbe waren von anderen Dimensionen. So betraf ihn auch die Erregung des jungen Vaters nicht, der seine Frau soeben wie toll vorfand und seine Große – die nur kurz seine Große gewesen war, bald schon, jetzt, sollte sie wieder seine Einzige sein –, der also sein einziges Kind mit teilnahmslos blauem Unschuldsblick daneben hocken sah, dass er die Kleine packen und schütteln musste, um überhaupt nur einen Ton aus ihr herauszupressen. Der Weihnachtsmann hatte das Brüderchen gebracht und der Weihnachtsmann hatte es nun wieder geholt, das Kind verstand die ganze Aufregung nicht.

Der Rest kümmerte ihn erst recht nicht mehr – die hastigen, über die Gänge hallenden Schritte und die ungläubigen Rufe des Personals, das Zuschlagen von Türen, das Tickern und Klingeln von Telefonen, schließlich die Polizeisirenen, wieder Türenschlagen und kurz und schneidend gebrüllte Kommandos, in die sich nur der beruhigende Singsang einer Krankenschwester mischte, als sie die Beruhigungsspritze für die junge Mutter aufzog. Und das Summen und Sirren und Plärren hinter verschlossenen Türen, wo die anderen Mütter ihre Kindlein wiegten und sich schworen, sie nie wieder los- und nie, nie, nie aus den Augen lassen zu wollen. Und schließlich das Gestammel des Pförtners, der sich sehr wohl an die untersetzte, rot und weiß gewandete Gestalt erinnerte – für verkleidet hatte er ihn gehalten, er konnte ja nicht ahnen, ja nicht ahnen ...

Ein leichter Eisregen hatte eingesetzt, er spürte ihn kaum. So viele Winter waren schon über ihn hinweggegangen, so viele Regengüsse und Hagelschauer waren auf ihn herabgeprasselt und hatten ihn durchnässt, wenn er schier unermüdlich unterwegs gewesen war. Schnee hatte ihn bestäubt und umhüllt, dass er mit seinem Gefährt darin stecken blieb, aber auch Hitze und unerträgliche Sonnenglut hatten ihn gequält, wenn ihn seine Aufträge alle Jahre wieder auf die andere Erdhälfte führten. Unter all diesen Unbilden zu leiden hatte er längst hinter sich gelassen, die Hoffnung, gar Spannung, mit der die Irdischen auf weiße Weihnacht warten mochten, lagen für ihn jenseits aller Empfindungskraft. Seit Jahren schon – waren es Jahrzehnte? Jahrhunderte? – spürte er nur mehr die Qual in seinem Inneren, diese gefräßige, alles verzehrende Müdigkeit, die ihn besetzt hielt, fast gänzlich auszufüllen schien. Nichts war mehr geblieben von der Verve, mit der er einst seinen Siegeszug gegen den Nikolaus angetreten hatte, den heiligen Gesellen, seinen Todfeind. Mit Ingrimm dachte er daran, welch grober Fehler es gewesen war, einfach dessen Gewand zu übernehmen, Bart, Kapuzenmantel, Rute und Sack, und sich nicht deutlich von ihm abzuheben. Er hatte ihn verdrängen wollen, den Krampus, den Ruprecht, den Katholen, ihn einfach vergessen machen, und hatte seine PR-Strategie, wie man das wohl heutzutage nennen würde, im Bund mit dem Christkind höchstpersönlich ausgeheckt. Aber ihr Erfolg war nur ein halber gewesen, wenn man angesichts der Größe ihrer Opfer überhaupt von Erfolg sprechen mochte. Santa Claus wurde er in manchen Ländern genannt, das war vielleicht die größte Schmach. Zwar hatten sie sich auf dem Markt behaupten können, aber der andere eben auch, ganz hatten sie sich nie gegen den Schlingel durchgesetzt. Sie hatten eben die Unersättlichkeit der Menschen unterschätzt, deren maßlose Hab- und Raffgier und diese ekelhafte Genusssucht, ob katholisch oder protestantisch war da fast egal. Die brachten es fertig, an keinen von beiden zu glauben und trotzdem beide zu feiern, den Nikolaus wie den Weihnachtsmann, stellten am sechsten Dezember Schuhe auf oder hängten am vierundzwanzigsten Socken in den Kamin, etliche taten beides und kamen sich noch großartig vor, wenn sie ihm Milch und Haferplätzchen hinstellten und dazu ungelenke Briefe schrieben, die zu lesen er längst aufgegeben hatte. Besonders die Kinder waren schrecklich, diese Nervensägen, die sich mit Pfeffernuss, Äpfelchen, Mandeln, Korinthen längst nicht mehr zufrieden gaben. Er hatte rein gar nichts mehr übrig für sie. Daran trug natürlich auch das Christkind Mitschuld, das ihn so schnöde im Stich gelassen hatte. Es hätte sich schon selber für die Menschheit hingegeben, da müsse es nicht auch noch für Geschenke sorgen, die doch nur Plunder seien, eitler Tand. Eine ganz billige Fahnenflucht war das gewesen – jedes Mal wenn er daran dachte, stieg ihm die Galle hoch. Zornig schüttelte er sich, da spürte er das leichte, flaumweiche Etwas, das sich im Kragen seines Mantels regte. Das Christkind. Eine Zeit lang hatte er ihrer beider Arbeit erledigt, bis an die Grenzen seiner Belastbarkeit geschuftet, dann war er auf die Idee gekommen, sich Nachwuchs heranzuziehen. Ein paar geklaute Kinder im Laufe des Jahrhunderts fielen im Weltmaßstab ja nicht weiter ins Gewicht. Zumal er bislang in die Slums gegangen war, an Orte, an denen ein einzelnes Kind kaum vermisst wurde. Vor zehn Jahren Kalkutta, vor zwanzig Rio, vor fünfzig Warschau, vor siebzig New York – kein Detektiv von Interpol würde da je eine Verbindung ziehen. Dieses weiße Wohlstandskerlchen würde bestimmt die Ausnahme bleiben, er wusste selbst nicht, welcher Teufel ihn heute geritten hatte. Rührend eigentlich, wie so ein junges Herzchen gegen sein altes pochte. *Aber heidschi, bumbeidschi, bum bum.* Ob es seine Mutter wohl vermisste? Gut sollte es der Kleine bei ihm haben, wie all die anderen, die er erst nicht hatte leiden können und die ihm dann schmerzlich ans Herz gewachsen waren.

Inzwischen hatte er die belebten Straßen der Innenstadt erreicht. Hier herrschte das dichte und hektische Treiben, dem sich am Tag vor Weihnachten nur die ganz Hartgesottenen entziehen konnten, zu denen er sich selbst leider, leider ja nicht zählen durfte. Hier wurde er von einer Dame – einer Dame? – angerempelt, da versetzte er einer anderen seinerseits einen Stoß, während er versuchte, das Kindlein vor den Püffen abzuschirmen. Etliche rot-weiße Epigonen waren natürlich auch unterwegs, albernes Gesocks, mit ihren angeklebten Rauschebärten, ihren Leierkästen oder Bonbonsäcken und ihren Brillen, die sie unter ihren Kapuzen nur notdürftig verbergen konnten. Und dabei hielten sie sich noch für täuschend echt – ihr Anblick jammerte ihn. Wieder musste er sich schütteln und schnauben vor Ekel, Zorn und Gram, da erwachte sein Christkind, das zarte, und fing an zu schreien.

Der Weihnachtsmann hielt es mit der Linken fest und sicher an sich gepresst und schlug mit der Rechten den großen, weiten Mantel ganz um sich und das Kleine herum. Dann entschwand er aus dem Gewühl, löste sich an Ort und Stelle in ein leuchtendes Nichts auf – keiner der Passanten hätte später sagen können, wie.

Ingrid Schmitz

Alle Jahre wieder

Ende Oktober freute sich 012 noch auf die Arbeit. Feierlich schmückte sie ihre Abteilung mit silber- und goldfarbenen Girlanden, Mistelzweigen und mit Tannengrün. An sämtliche Preistafeln band sie rot-grün karierte Schleifen. Selbst die Verkaufstheke dekorierte sie mit einem Weihnachtsstern aus Seide. Gut gelaunt sang sie leise vor sich hin:

Alle Jahre wiiiiedeeer,
kommt das Christuskind
auf die Erde niiiiedeeer,
wo wir Menschen sind.

Mitte November hatte 012 sich satt gesehen an dieser künstlichen Winter-Weihnachtswelt, satt gegessen an Lebkuchen. Besonders an den Wochenenden drängten die Kunden nun in Scharen in das Kaufhaus. Sie pressten mit gehetztem Blick ihre Einkaufstaschen an sich, um die Geldbörsen vor Taschendieben zu schützen. Spätestens als erste Kollegen ausfielen und Mittagspausen gestrichen wurden, konnte sie die aus dem Lautsprecher tönenden Weihnachtslieder nicht mehr mitsingen, sondern nur noch leise vor sich hin brummen:

Alle Jahre wieder
stinkt der Chef nach Schweiß,
platzt bei mir das Mieder,
hab ich satt den Scheiß.

Anfang Dezember hasste 012 Weihnachten. Alle Jahre wieder! Die Kunden wurden immer hektischer und rücksichtsloser. Alle Jahre wieder! Der Chef bekam nun jeden Tag seine cholerischen Anfälle. Alle Jahre wieder!

Und wegen diesem Lied, »Alle Jahre wieder«, hätte sie am liebsten den Lautsprecher zerschossen.

Einen Tag vor Heiligabend hetzte 012 mit bleichem Gesicht umher. Ihre sonst stets gut frisierten aschblonden Haare standen wirr vom Kopf ab. Dass sie im Privatleben Simone Pelzer hieß, wusste sie nur noch, wenn sie auf ihr Namensschild sah. Hier in der Damenkonfektionsabteilung eines großen Kaufhauses war sie eben nur die 012 und für die Kunden eine langsame, unfähige Verkäuferin.

»Ich muss einen Mantel mit Gürtel haben! Gibt es den Mantel auch mit Gürtel?«

»Nein.«

Hätte diese mit Schmuck behängte Frau sich nur einen Tick höflicher ausgedrückt, dann hätte 012 ihr geholfen. Aber so ignorierte sie die Kundin und ging zum nächsten Kleiderständer, um die falsch gehängten Größen auszusortieren. Die Goldbehängte nahm die Verfolgung auf, in der Hand einen für ihren Körperumfang viel zu kleinen Mantel im Ponchoschnitt.

»Diesen Mantel muss es doch mit Gürtel geben! Sie wollen nur nicht nachsehen!«

012 verdrehte die Augen. »Das ist ein Poncho und kein Trenchcoat!«

»Kommt denn keiner an die Kasse? Voll lahm hier!«, schrie eine Jugendliche in Schlaghosen und Daunenjacke dazwischen.

»Moment! Ich bin allein, da …«

»Neulich habe ich den Mantel aber mit Gürtel gesehen!«

012 ergriff gänzlich kundenunfreundlich die Flucht und hastete zur Kasse, an der sich bereits eine Schlange gebildet hatte.

»Wir haben unsere Zeit nicht gestohlen«, schimpfte die ungeduldige Kundin, die sich offenbar als Sprecherin der Gruppe betrachtete. »Wir müssen auch noch andere Besorgungen machen.«

Die Schlange nickte. »Genau. Ein Personal ist das heutzutage! Unfreundlich und langsam, dabei sollten sie froh sein, überhaupt Arbeit zu haben.

012 vertippte sich – Storno, auch das noch! Ihre Hände zitterten. Eine grau-lila dauergewellte Kundin schmiss den ausgesuchten Lurex-Festtagspulli demonstrativ auf die Theke. »Woanders geht das schneller. Komm, Willi, wir gehen.«

»Lass die Frau doch, siehst du nicht, wie nervös sie ist. Ich möchte auch nicht in dem Weihnachtsstress arbeiten.« Hinter dem Rücken seiner aufgebrachten Frau, die bereits dem Ausgang zustrebte, zwinkerte Willi 012 anzüglich zu, wobei er kurz die Zungenspitze blitzen ließ.

Angeekelt kassierte 012 weiter. Sie beeilte sich, wollte diese giftende Schlange loswerden, bevor ihr womöglich die Tränen kamen. Mürrisch vor sich hin brummelnd, zogen die Letzten ab. Geschafft! Sie blickte zu den Verkaufskarrees, die allesamt aussahen wie Wühltische. Einst fein säuberlich gestapelte, nach Farben und Größe sortierte Pullis lagen verknüllt durcheinander. Sie musste es wieder richten, bevor ihr Chef seinen Kontrollgang machte. Schnell sah 012 nach den Umkleidekabinen, um sich zu vergewissern, ob dort vielleicht etwas liegen geblieben war oder, was auch schon mal vorkam, Unfug getrieben wurde.

»Können Sie bitte mal schauen«, sprach eine große, stattliche Frau aus dem Aufenthaltsraum sie an, den 012 seit heute Morgen als Umkleideraum freigegeben hatte – zum einen weil sie allein in der Abteilung war und sowieso kaum Zeit hatte, eine Pause zu machen, und zum anderen damit die Kunden nicht so lange vor den Kabinen warten mussten.

Die Kundin lächelte charmant. »Ich habe mir diesen Mantel hier ausgesucht, aber er ist etwas zu kurz. Wenn ich ihn ohne Gürtel trage, geht es – oder haben Sie in Ihrem Haus auch eine Näherin?« Sie schlenkerte mit dem Gürtel hin und her.

»Tut mir Leid«, entgegnete 012 bedauernd, fasste an den Mantelsaum und ließ ihn durch die Finger gleiten, »wirklich. Eine Schneiderin haben wir schon lange nicht mehr – seit es an jeder Ecke preiswerte Änderungsschneidereien gibt. Vielleicht versuchen Sie es ...«

»Nein!« Ein durchdringender Schrei gellte aus dem Verkaufsraum. »Da ist er ja! Der Mantel, den ich die ganze Zeit gesucht habe! Geben Sie ihn sofort her!« Die Goldketten klimperten bei jedem Schritt.

»Was denn, diesen Mantel?« Schnell stopfte die Kundin eine Hand in die Tasche. »Tut mir Leid, da sind Sie zu spät gekommen.«

»Der steht Ihnen doch überhaupt nicht – viel zu kurz! Außerdem ist das ja wohl die Höhe, die ganze Zeit frage ich nach einem Mantel mit Gürtel und ...« Schon riss sie der überraschten Kundin den Gürtel aus der Hand.

Diese ließ sich das nicht gefallen, sondern packte sofort das andere Ende des Bindegürtels, der nun wie beim Tauziehen hin- und hergezerrt wurde.

»Ich hole Hilfe!«, rief 012, die die Lage mit einem Blick erfasst hatte, und lief davon.

Als sie wenig später mit dem rotgesichtigen Abteilungsleiter zurückkam, stand die Mantelträgerin bereits im Verkaufsraum und lächelte zufrieden.

»Es ist alles in Ordnung. Ich habe diese Person davon überzeugt, dass mir der Mantel zusteht.«

012 atmete tief durch und strich sich die Haare glatt. Unsicher blickte sie zum Abteilungsleiter, der sich nach einer höflichen Entschuldigung in Richtung Kundin in seine Gemächer zurückziehen wollte. Vorher wies er 012 allerdings noch mit einer Kopfbewegung auf die Kasse hin, wo sich schon wieder ungeduldige Käufer zum gemeinsamen Nörgeln eingefunden hatten. 012 begann wieder zu kassieren, wobei sie ihre Ohren auf Durchzug stellte. Nur noch zwanzig Minuten durchhalten, sagte sie sich, dann war Feierabend. Sie überlegte, ob es nicht für immer sein sollte. Nie mehr arbeiten gehen – aber dazu fehlte ihr das Geld. Miete, Heizung, Versicherungen, Auto, Essen – alles Kosten, die sie selbst tragen musste, da sie allein stehend war.

Wie sollte es auch anders sein? So, wie sie aussah – so unscheinbar –, eben wie … wie eine 012. Eine verdammt einsame 012, gerade heute. Scheißtag, Scheißweihnachten, Scheißleben! Deprimiert warf sie einen letzten Blick auf die Umkleidekabinen. Sie waren sauber. Dann entdeckte sie zu ihrer Überraschung, dass der Eingang zum Aufenthaltsraum mit ihrem Stehpult versperrt war. Verwundert schob sie es beiseite und öffnete langsam die Tür. Ihr Blick fiel direkt auf die blauen, stabilen Kleiderhaken an der Wand. Die ehemals Goldbehängte, nun selbst hängend, hatte den Gürtel des Mantels ungesund um den Hals gebunden.

Erst nachdem alle Kunden gegangen waren, schlug 012 Alarm. Dann ging alles sehr schnell. Eine halbe Stunde später fand die Kripo einen Haufen Goldschmuck im Papierkorb. Goldschmuck, den sie darin versteckt haben sollte, weil sie gestört worden sei, und der einwandfrei der Toten gehörte, schließlich sah man noch die Abdrücke der Ringe und des Armbands.

Belastend kam die Aussage des Abteilungsleiters hinzu, der von dem Streit um einen Mantel berichtete und angab, 012 habe sehr blass ausgesehen und nervös gewirkt. Fasern des Mantelstoffs wurden an 012s Pullover gefunden, was nicht weiter verwunderlich war, aber anscheinend doch ausreichte, um sie zur Vernehmung mit zur Wache zu nehmen. 012 hatte es die Sprache verschlagen.

Auf dem Polizeirevier sah Simone Adventsgestecke auf den Tischen. Kerzen brannten, ein Teller mit Plätzchen stand daneben. Ihr wurde schlecht von so viel Weihnachtsambiente. Polizisten, die in den Feierabend gingen, verabschiedeten sich mit: »Fröhliche Weihnachten! Lasst euch reich beschenken.«

Einer summte »Alle Jahre wieder«. Nur gut, dass er schon halb zur Tür hinaus war. Simone schrie es heraus: »Ja, ich war es! Ich habe es getan!« Sie wollte den Mord gestehen, sofort, ehe sie es bereute.

012 wurde aufgefordert, erst einmal ihre Personalien anzugeben. Sie verhaspelte sich bei ihrem Namen: »012 von der Damenkonfekt..., nein ... Simone Pelzer ... glaube ich.« Sie warf einen raschen Blick auf ihr Namensschild. »Ja, ich bin mir ganz sicher.«

Simone gestand alles und noch viel mehr.

Es lief wie ein Film vor ihren Augen ab. Sie sah förmlich vor sich, wie sie die Kundin mit dem vermaledeiten Gürtel langsam erdrosselte, aus Hass, stellvertretend für alle anderen nervenden Kunden, die sie wie Dreck behandelt hatten.

Sie lächelte wie versteinert bei dem Gedanken. Leider war ihr die andere zuvorgekommen. Egal. Hauptsache, es war passiert. Hauptsache, sie, 012, musste nicht mehr zurück ins Kaufhaus, wenn nach Weihnachten die große Umtauschaktion losging und die Kunden mit dreisten Ausreden kamen, warum sie dies oder jenes zurückgeben wollten.

Sie brauchte absolute Ruhe, und die konnte sie nur dort finden, wo man sie gleich hinbringen würde.

Die dritte Strophe von *Alle Jahre wieder* fiel ihr ein:

Ist auch mir zur Seite,
still und unerkannt,
dass es treu mich leite
an der lieben Hand.

Ein schönes Lied!

Die Autorinnen

Meret Ammon

Wurde 1963 in Köln geboren und verbrachte den größten Teil ihrer Kindheit im Bergischen Land. Sie begann schon als Kind, Geschichten zu schreiben. Nach dem Studium der Sozialarbeit arbeitete sie als Referentin für Präventionsfragen bei der Stadt Köln. 1998 gab sie ihre Festanstellung auf, machte sich im Bereich Coaching selbstständig und wurde im gleichen Jahr Lehrbeauftragte an der Fachhochschule in Köln. 2001 erschien ihre erste Kurzgeschichte.

Mischa Bach

Geboren in Neuwied/Rhein, lebt in Essen. In England wäre »writer« die Berufsbezeichnung der Filmwissenschaftlerin, (Drehbuch-)Autorin, Dramaturgin, Journalistin und Übersetzerin, die bereits seit 1982 veröffentlicht. Ab 1992 erste Fernsehkrimis. 2001 erhält *Der Tod ist ein langer, trüber Fluss* den Martha-Saalfeld-Preis; 2002 wird *Vollmond* für den Kurzkrimi-Glauser nominiert. Ihr Drehbuch für die geplante Verfilmung von Silvia Kaffkes Roman *Herzensgut* wird von der Filmstiftung NRW gefördert.

Christa von Bernuth

Christa von Bernuth arbeitete als Bedienung, Paketzustellerin und als Zigarettenverkäuferin auf dem Oktoberfest, bevor sie anfing zu schreiben: über Liebe, Sex, Kultur und Bücher, die andere verfasst hatten. 1999 erschien ihr erster Roman *Die Frau*, die ihr *Gewissen verlor*. Es folgten *Die Stimmen* und *Untreu*, beide verfilmt mit Mariele Millowitsch. Christa von Bernuth schreibt zurzeit an ihrem vierten Roman.

Ina Coelen

1958 geboren, studierte Visuelle Kommunikation und arbeitete für verschiedene Werbeagenturen und in einem Verlag, bevor sie 1984 mit ihrem Mann ein eigenes Werbeatelier gründete. Seither zeichnet sie Cartoons für eine regionale Zeitung, macht Illustrationen, schreibt Kindertexte und Geschichten für ihr Marionettentheater und Kurzkrimis. Zusammen mit Ingrid Schmitz gibt sie Kurzkrimi-Anthologien heraus. Ina Coelen lebt mit ihrem Mann und zwei Kindern in Krefeld.

Karin Ebeling

Geboren 1965 in Hamburg, wuchs im ländlichen Nordhessen auf. Sie studierte Germanistik und Philosophie in Hamburg, Freiburg, Berlin und Düsseldorf und schloss diese Phase ihres Lebens 1994 mit Magistertitel ab. Diverse Jobs in der Produktion, im Krankenhauslabor, als Taxifahrerin, im Büro, mittlerweile dokumentarische Tätigkeit und Literaturunterricht. Die in Köln lebende Autorin veröffentlichte diverse Kurzgeschichten und, gemeinsam mit Sabine Pachali, den Roman *Alles, alles geht vorbei*.

Monika Geier

Geboren 1970, verdiente bereits im zarten Alter von 12 Jahren ihr erstes Autorinnenhonorar für die Veröffentlichung einer wahren Geschichte (*So lernte ich meinen Ehemann kennen*) in der

Bäckerblume. Von da an war ihr Berufsweg vorgezeichnet. Sie ist seit fast zwanzig Jahren Trägerin der goldenen Wandernadel von Bayrischzell, lebt in Kaiserslautern und schreibt seit 2000 hauptberuflich Kriminalromane.

Gabriele Keiser

Geboren 1953 in Kaiserslautern. Sie schreibt seit ihrer Kindheit. Zweiter Bildungsweg. Studium der Anglistik, Amerikanistik und Germanistik in Heidelberg und Marburg. Einige Jahre Auslandsaufenthalte. Lebt seit 1998 mit ihrer Familie in Andernach am Rhein. Bisher sind der Roman *Mördergrube* und zahlreiche Kurzgeschichten erschienen. Unter ihrem richtigen Namen Gabriele Korn-Steinmetz ist sie auch als Rezensentin und Kulturjournalistin tätig.

Gisa Klönne

Jahrgang 1964, wuchs in Hessen auf. Nach dem Studium – unter anderem Politik und Anglistik – arbeitete sie als Zeitschriftenredakteurin, bevor sie sich selbstständig machte, um endlich das zu schreiben, was sie wollte. Seitdem freie Journalistin und Dozentin. Sie hat zahlreiche Kurzgeschichten veröffentlicht und schreibt ihren ersten Kriminalroman. 2001 Siegerin im Short-Story-Wettbewerb von *Journal für die Frau*. Gisa Klönne lebt mit ihrem Mann in Köln.

Edith Kneifl

Dr. phil., geb. 1954 in Oberösterreich. Studium der Psychologie und Ethnologie an der Universität Wien. Lebt und arbeitet, nach längeren Auslandsaufenthalten in Griechenland und in den USA, als Psychoanalytikerin und freie Schriftstellerin in

Wien. Mehrere Literaturpreise und -stipendien, u. a. 1988 Theodor-Körner-Preis für Literatur, erhielt 1992 als erste Frau den Glauser-Preis. Zu ihren zahlreichen Veröffentlichungen zählen Romane, Essays, Drehbücher, Kurzgeschichten und Übersetzungen.

Michaela Küpper

Wurde 1965 im niederrheinischen Alpen geboren und ist in Bonn aufgewachsen. In Marburg studierte sie Soziologie, Psychologie, Politik und Pädagogik. Sie arbeitet heute als Autorin, Redakteurin und Illustratorin und lebt in Königswinter am Rhein. Ihre Liebe zum Schreiben entdeckte sie bereits als Kind und die Liebe zu Krimis war die logische Folge einer eher dramatisch geprägten Fantasie. Die Autorin veröffentlichte zahlreiche Kurzgeschichten und einen Roman.

Ulla Lessmann

Geboren 1952, Journalistin und Diplomvolkswirtin, lebt in Köln und Italien, arbeitet als freie Autorin für Zeitschriften und Hörfunk. Vorsitzende des Bezirks Köln des Verbands Deutscher Schriftsteller/innen. Für ihre Satiren und Kurzgeschichten erhielt sie mehrere Preise und hat mehrere Kriminalromane veröffentlicht.

Beatrix Mannel

Wurde am 07.10.1961 in Darmstadt geboren. Nach dem Abitur studierte sie Theaterwissenschaften, Neuere Deutsche Literaturwissenschaften, Komparatistik und Italoromanistik in Erlangen, Perugia und München. Danach arbeitete sie knapp zehn

Jahre bei verschiedenen Fernsehsendern und Produktionsfirmen und ist seit 1999 als freie Autorin für Kabarett, Radio, Fernsehen und Verlage tätig. Sie veröffentlichte mehrere Kriminalromane, Gedichtbände und Jugendromane. Zuletzt erschien ihr Kriminalroman *Schön, schlank und tot* bei Ullstein.

Susanne Mischke

Wurde im schroffen Allgäu geboren, dem idealen Ort, um einen Knacks fürs Leben zu bekommen. Sie nahm einen Umweg über Berlin und die Computerbranche, ehe sie sich öffentlich zu ihrer Mordlust bekannte und seither mehrere Kriminalromane veröffentlichte. Lebt inzwischen in der Nähe von Hannover in einem Haus mit schalldichten Kellerräumen. Ausgezeichnet mit Literatur- und Krimipreisen.

Gabi Neumayer

Geboren 1962, lebt seit ihrem Linguistikstudium in Köln. Sie arbeitet als Autorin, Redakteurin und Lektorin und hat bislang einige hundert Artikel, mehrere Kinderbücher, Kurzgeschichten und Ratgeber veröffentlicht.

Eva Rossmann

Wurde 1962 in Graz geboren und lebt im niederösterreichischen Weinviertel. Zuerst war sie Verfassungsjuristin im Bundeskanzleramt, dann Journalistin u. a. beim ORF und der Neuen Zürcher Zeitung. 1994 wurde ihr der innenpolitische Redaktionsalltag zu eng; seither arbeitet sie als Autorin und freie Journalistin. Nach zahlreichen Sachbüchern hat sie sich mittlerweile auch als Krimiautorin einen Namen gemacht.

Ulrike Rudolph

Wuchs im Rheinland auf und verbrachte eine stürmische Jugend an der Nordsee. Wechselvolle Geschicke spülten sie über Studienjahre in Hamburg zurück nach Köln, wo sie mehrere Jahre in »ordentlichen« Berufen arbeitete, zuletzt als Lektorin in einem Fachverlag, bis sie sich 1989 als Autorin, Lektorin und Redakteurin selbstständig machte. Seitdem Veröffentlichung zahlreicher Sachbücher, Artikel und Krimikurzgeschichten. Heute lebt sie mit Mann, Sohn und etlichem Kleingetier im Vorgebirge zwischen Köln und Bonn.

Ingrid Schmitz

Wurde 1955 in Düsseldorf geboren und arbeitete dort als Speditionskauffrau bei einer kanadischen Reederei und später im sowjetischen Außenhandel, bevor sie sich zu einer Karriere als Mutter und Hausfrau entschied und an den Niederrhein zog. Von der tödlichen Stille auf dem Land inspiriert, schloss sie zuerst ein dreijähriges Studium über das Schreiben ab und entdeckte dann ihre alte Liebe zu den Krimis wieder. Sie betätigt sich als Herausgeberin, Manuskript-Gutachterin, Agentin und führt eine Online-Schreibwerkstatt.

Gesine Schulz

Wurde in Niedersachsen geboren und wuchs im Ruhrgebiet auf. Nach einigen Auslandsjahren wohnt sie zurzeit im Ruhrgebiet. In ihren Kurzkrimis schreibt sie über die (nicht immer sauberen) Fälle der Privatdetektivin & Putzfrau Karo Rutkowsky. Im Mittelpunkt ihrer Kinderkrimi-Serie steht die junge Privatdetektivin Billie Pinkernell.

Ursula Steck

Wuchs in Deutschland und den USA auf, studierte Anglistik und Philosophie, arbeitete in der Landwirtschaft, als Parkhauswächterin, Sängerin sowie als Sprach-, Literatur- und Computerdozentin. Sie lebt heute in Köln und San Francisco. Zu ihren Veröffentlichungen gehören zwei Kriminalromane und Kurzgeschichten in diversen Anthologien.

Georgia Stöckmann

Nach dem Studium (Deutsche Philologie, Geschichte und Pädagogik, Abschluss: Magister) zunächst freiberufliche Texterin für verschiedene Werbeagenturen. 1992 Wechsel zum Fernsehen und 1995, nach der Geburt ihrer Tochter Rebecca, Ausbildung zur Drehbuchautorin im Kölner Filmhaus. Ihr erstes Drehbuch erhielt eine Förderung vom Filmbüro NRW. Außerdem hat sie mehrere Theaterstücke für Kinder geschrieben und inszeniert.

Gabriele Valerius

Gabriele Valerius ist das literarische Pseudonym von Gabriele Flessenkemper. Die freie Autorin und Journalistin für Film, Funk und Fernsehen lebt in Köln und hat Sach- und Kinderbücher sowie zahlreiche Kurzgeschichten veröffentlicht. Zurzeit arbeitet sie, neben Drehbuchaufträgen, an ihrem ersten Kriminalroman. Sie ist Mitglied im Verband deutscher Schriftsteller.

Regula Venske

Geboren 1955, Dr. phil., lebt als freie Schriftstellerin in Hamburg. »Mit ihren wissenschaftlichen Arbeiten, ihren Kriminal-romanen und ihren sprachexperimentellen Texten hat sie sich einen eigenen Platz in der deutschsprachigen Literatur gesichert« (aus der Jurybegründung zum Lessing-Stipendium der Stadt Hamburg 1997). Zuletzt erschienen eine von ihr herausgegebene Krimi-Anthologie und ihr Roman für Kinder *Lale und der goldene Brief*, der auf der Bestenliste des Saarländischen Rundfunks und von Radio Bremen steht.

Patricia Vohwinkel

Wurde in Duisburg geboren. Sie studierte manchmal Germanistik und Anglistik an der Uni Düsseldorf, öfter Sex, Drugs and Rock'n'Roll in diversen Proberäumen und eigentlich immer das Leben an vielen Orten dieser Welt. Außerdem genoss sie die verschiedensten Arbeitsverhältnisse als Interviewerin, Sperrmüllsammlerin, Übersetzerin, Texterin, Telefonverkäuferin und Lehrerin. Sie veröffentlicht Romane und Kurzgeschichten.

Jutta Wilbertz

1964 in Dorsten/Westfalen geboren. Studierte Angewandte Theaterwissenschaften in Gießen und absolvierte zusätzlich eine Schauspiel- und Gesangsausbildung in Rom und Köln. Sie tritt als singende Kabarettistin auf, verfasst mörderische Chansons und wendet sich mit wachsender Begeisterung der schreibenden Zunft zu. Lebt und überlebt mit Mann und Tochter in Köln.

Das Leben von Marlene Popp,
Moderatorin beim
erfolgreichen Privatsender
Alpha Plus, gerät schlagartig
durcheinander, als sie ihre alte
Freundin Karin tot in ihrer
Badewanne findet.
Selbstmord? Das kann Marlene
nicht glauben. Sie erfährt,
dass die in letzter Zeit sehr
abgemagerte Karin einer
Diätgruppe angehörte ...
und kommt bei ihren
Recherchen den skrupellosen
Machenschaften der Diätmafia
auf die Spur.

»Ein packend geschriebener
Krimi aus der Medienwelt ...
mit Branchenkenntnis und
einer ziemlich heißen Story.«
Süddeutsche Zeitung
zu Der Brautmörder

Beatrix Mannel

Schön, schlank und tot

Roman

Originalausgabe

ULLSTEIN TASCHENBUCH

UB18